# 菊水兵談

<横溝正史　時代小説コレクション 1>

横溝正史

目次

# 菊水兵談

# 浦賀街道

## 紅梅《こうばい》茶屋

「へえへえ」

と、茶店の親爺は渋茶をくんで出しながら、

「何しろたいへんな騒ぎでございます。武州本牧は細川越中守様、大森羽根田のお台場は毛利大膳大夫様、品川鮫津は松平越前守様、本芝高輪は播《ばん》州の酒井様というふうに、江戸の内海はぎっしり諸侯のお固めで、いまにも黒船相手にひと戦はじまろうという按《あん》配《ばい》、いやもう、町人などもだいぶ逃げ出した者もあるようでございます」

「ふうむ」

と、若い武士は、左手で茶碗の糸底をなでながら、首をかしげて、

「すると、金沢あたりもさぞ警固が厳重だろうな」

「それはもう、厳重どころの段じゃございません。あそこはたしか米倉丹後様の御警固

だと思いましたが、黒船を眼のまえにひかえているだけに、鼎《かなえ》の沸くような騒ぎでございます……」

と、親爺は七輪の下をあおぎながら、

「時に、お武家様はいずれの御家中でございます」

「拙者か、拙者はいずれの家中でもない」

「すると、御浪人で？」

「浪人――？　ふむ、まあそうであろうな」

「上方でございますな」

「わかるか」

「お言葉でたいてい見当がつきまする」

「はははは、言葉は国の手形というが、こればかりはどこへいっても隠せない」

葭簾《よしず》のかげに腰をおろした若い武士は、ゆったりと笑うのである。その笑顔にたまらない魅力があった。

見たところ年齢は十九か二十だろう。色白の、筋骨のたくましい侍で、野袴《のはかま》の裾をかいがいしく結んだいでたちは、どこか悠揚迫らぬところがあって、たくまざる気品は旅の塵にもよごれていない。

茶店の親爺はこの若い武士の、羽織についている菊水の紋所を不思議そうに見やりながら、

「金沢のほうへお越しでございますか」

「ふむ、いって見たいと思っているのだが……」

「なにか御用事でも？」

「いや、格別用事とてはないが、この界隈を通りかかったのを幸い、とてものことに黒船というのを見ておきたいと思っている」

親爺はすこし考えて、

「せっかくでございますがお武家様、それはお止しなすったほうがよろしうございましょう」

「はてな、止せというのか」

若い武士は不思議そうに眼をみはった。邪念のない、美しく澄んだ眼のいろだったが、この時はじめて一抹の疑惑が瞳をかすめたようだ。

そういえば、茶店の親爺としてはいささか風変りな相手であることに、ようやく気が

ついたのである。

ここは鎌倉から金沢へ抜ける切通し、その路傍《ろぼう》にぽっつりとおき忘れられたような茶店の親爺としては、年齢もいささか若過ぎる。眼付きも尋常でない。態度、口の利きようにも、どこか骨っぽいところがあった。いや、それよりももっとおかしいのは、客のまえも憚《はばか》らず、頬冠《ほおかむり》をとろうともしない。その頬冠のしたには、ひょっとしたら武士の丁髷《ちょんまげ》がかくされているのではなかろうか。

若い武士はしかし、別にそれを気にとめるふうもなく、茶店のそばにほんのりと西陽《にしび》に匂っている、紅梅の枝ぶりをさあらぬ態で眺めている。この辺は春のおとずれがどこよりも早いらしいと思いながら。……

「いや、お気にされて下すっては困りますが、昨年の黒船渡来よりこのかた、攘夷《じょうい》とか申しまして世間がおいおいに物騒がしく、血の気の多い御浪人衆のなかには、今度黒船がやって来たら、焼きはらってしまえといきまいている向きもあるとやら、されば、もしものことがあってはならぬと、御公儀では黒船よりもその方が頭痛の種だそうにございますで……」

「なるほど、それで拙者のような風来坊が参っては危いと申すのか」

「いえ、そういうわけではございませんが、君子危きに近寄らずと申しまする」

「はははは、その斟酌《しんしゃく》は忝《かたじけな》いが、拙者はそれほど向う見ずではない。だが、親爺、御公儀でそれほど気をもんでいるとあらば、黒船のそばへ乗りつけてみようなどとは、もってのほかであろうな」

「め、滅相な」

親爺の顔はなぜか不自然なほど蒼くなった。若い武士はそれに気がついているのかいないのか、

「なろうことなら黒船へ乗りこんで、その機械《からくり》というのを見ておきたいと思うのだがどうだろう」

と、飛んでもない事をいうのである。

「ま、何をおっしゃいます。第一、黒船のほうでそんな事を許そう筈がございません。役人でもない者がみだりに側へよろうものなら、ズドンと一発……なんでも御公儀とのあいだに、そんな約束が出来ているそうでございます」

親爺の顔色のかわったのを、若い武士は面白そうに笑いながら、

「はははは、冗談だよ、どれ、それではぼつぼつ参ろうかな」

お鳥目《ちょうもく》をおいて、やおら腰をあげた時だった。鎌倉のほうからやって来たのは、一挺の女駕籠《かご》、――若い武士はこの駕籠を見ると、おやという表情《かおいろ》をして、編笠をかかげたまま茶店のまえに立ちどまっていた。

## 猿と女

駕籠のそばには品のいい白髪の老女がついている。いくらか草臥《くたび》れた歩調に、うすい砂埃《ほこり》がまいあがって、西陽のなかに淡い靄《もや》をつくっている。

駕籠は茶店のまえまでさしかかった。老女も武士の顔を見ると、おやという表情をみせて、軽く会釈をすると、そのまま茶店のまえをいきすぎようとしたが、その時である。

「あれッ」

と、駕籠のなかからかすかな悲鳴がして、

「婆や、あれ、いけないよ。猿が、猿が……」

そういう叫び声とともに、なるほど駕籠のなかから一匹の猿が、銀の鈴をちゃらちゃらと鳴らしながら跳び出して来た。

「婆や、つかまえておくれ。逃がしちゃいけないよ。大事な猿なのだから」

駕籠から顔を出したのは、十七、八の眼のさめるような綺麗な娘だった。とたんに若い武士と、ぴったり視線があって……。ぱっと頬がくれないに炎えあがったのは、必ずしも西陽のせいばかりではなかったろう。

「まあ、いけない猿だこと。さあ、こちらへおいで」

老女は躍起《やつき》となって猿を追っかけるが、相手は元来悪戯者《いたずら》なのである。おっかける老女の袖の下を、あちこちと逃げ廻っているうちに、とうとう茶店のかたわらの、紅梅のてっぺんに掻きのぼって、そこでひとを小馬鹿にしたように蚤《のみ》をとっている。

「まあ、困りました。お嬢様、どうしたらよろしうございましょう」

老女が手を鳴らしたり、名を呼んだり、あせればあせるほど、悪戯者の猿は面白がって、からかうように梅の小枝をゆすぶるのである。そのたびに紅梅の花があられと散る。若い武士は思わず笑った。

娘はそれを聞くと怨めしそうに眉をひそめて、

「まあ、いけない猿だこと、折角の花を散らして……」

若い武士もそれを聞くと気の毒になったのだろう。だしぬけに、

「ええい！」

と、鋭い気合。――若い武士がはなったのである。

ピーンと体にしみわたるその気合に、娘も乳母も茶店の親爺も、さては駕籠舁《かき》まで、ぎくりと胸に波打たせたが、それと同時にころころと、梅の枝から落ちて来たのは、悪戯者のあの猿だった。

武士はその猿を抱きあげて、

「失礼いたしました。しかし、悪戯者はつかまえましたから、さあ、お受取り下さい」

武士のさしだした猿を見て、まあ、驚いた、お人の悪いという顔付きで、娘はほんのりと耳朶《みみたぶ》を染めている。

「死んでしまったのではございませぬか」

「なに、ちょっとびっくりしただけです、ほら眼をぱちくりとさせている」

「まあ……有難うございます」

わざと素っ気なく礼をいった娘が、袂《たもと》のなかに猿を抱きとるのを見て、

「しかし、これは珍しい猿ですな。日本の猿とはおもえないが」

「いえ、あの、有難うございました」

娘はなぜか、ぎくりとした顔付きで、ぱったりと駕籠の戸をおろすと、

「それでは御免下さいまし。さあ、急いでいっておくれ」

駕籠はそのまま夕靄をみだして、金沢のほうへ急いでいった。

若い武士はあとを見送って、はてなと小首をかしげている。なんとなく今の猿のことが気にかかるのである。どう見ても、あれは日本産の猿ではなかった。異国の——南蛮うまれの猿の絵に、ああいうのを見たことがある。黒船騒ぎの折も折、そして場所も場所だった。日本の国に珍しい、ああいう南蛮わたりの猿を寵愛しているあの娘は、いったいどういう人物で、どこからあれを手に入れたのだろう。——若い武士はなんとなくそれが気にかかるのだった。

「お武家様。お見事なお手練《てなみ》でございますね」

茶店の親爺に声をかけられて、若い武士ははっとわれにかえった。

「いやなに」

と、苦笑いをしながら、

「親爺、あれは金沢の者かな」

「さようでございます。金沢で馬大尽といえば、だれひとり知らぬ者はございませぬ。新庄民右衛門といって、苗字帯刀をゆるされた土地での旧家、いまのはその民右衛門のひとり娘で、名前はたしか萩江とか申しました」

「八幡様が信心とみえる。なにやら熱心に祈願をこめていたようだが……」

「おや、鎌倉でお会いでございましたか。そうおっしゃれば、ちかごろは毎日、鎌倉へ日参のようすでございます。どうせ年頃、いずれ色っぽい心願の筋でもあるのでございましょう。はははは、八幡様こそとんだ災難というものでございます」

親爺はそろそろ店をしまいかける。若い武士は空を仰いで、

「親爺、今宵はどうやらひと荒れ来そうだな。西の空が紅すぎる」

捨台詞《すてぜりふ》のように呟いて、そのまま金沢のほうへ立去っていく後姿を見送って、茶店の親爺もふと小首をかしげながら空を仰いだ。

なるほど、夕焼けの紅さの底に、何やら異様な匂いがこもって、ざわざわと吹きつのって来た風の気配も尋常ではない。

「ひと荒れ来るかも知れぬといったな。ふむ、そうかも知れぬ空模様だ」

そして、ぎろりと眼を光らせると、いそいで葭簾を張りめぐらし、そのままどこかへ

足早に消えていくのである。

## 破れ寺の武士

こうして菊水兵馬が飄然《ひょうぜん》と、物情騒然たる金沢へ足をふみ入れたのは、嘉永七年――それから間もなく安政と改元した年の正月の終りごろのことだった。

菊水兵馬。――

これから、かずかずの物語の主人公となるこの人物について、あまり詳しいことがわからないのは甚だ残念である。後日、世間ではかれが常に菊水の紋所を用いていたところから、楠公の子孫であろうなどと噂していたが、それはどうであろうか。

彼自身はいつもそういう噂をきくと、笑って取りあわなかったのであるが。しかしそういう噂の起るのも無理はないのである。

いつかこの人物が洩した述懐によると、かれの生国は吉野の国栖《くず》だということだが、あのへんには最後まで南朝の宮方におつかえ申した郷士《ごうし》の血統がおおくのこっていて、毎年二月五日には南朝様のおまつりさえ行われている。それらの郷士のなかには、楠公の血はまじっていないとしてもその凛烈《りんれつ》たる七生報国の魂は生きていたにちがいない。兵馬はそういう郷土の出身であったのだろう。

それにしても、この歴史的な時期に、飄然としてかれが浦賀街道にすがたを現わした理由についてはつまびらかではない。

何か特別の使命でもおびていたのか。それとも若さの血気がそうさせたのか、誰ひとり知るものはなかったが、しかし後日になって思いあわせるに、こういう際に、この人物が飄然として浦賀街道へすがたを現わしたということが、やがて歴史の筬《おさ》を織るのである。

それはさておき、当時の浦賀から、江戸へかけての江戸の内海いったいの騒擾《そうじょう》はたいへんなものだった。

ペリーが四隻の軍艦をひきいて、はじめて浦賀に来航したのは、その前年、嘉永六年六月のことである。

このことが当時どれほど上下を震撼《しんかん》せしめたかは、恐れ多くも孝明天皇が七社七寺に命じて外艦の退散をいのらせ給い、またとくに伊勢神宮の神官に対しては、すみやかに夷《い》類を退攘《じょう》するようにせよという意味を書いてあたえられたことでも想像出来よう。

後日、幕府を顛覆する大運動となった攘夷なる言葉は、実にこの時からはじまるのである。

だが、嘉永六年のときは、幸い交渉もうやむやのうちに、ペリーはいったん日本近海から立去った。しかし、近日また来航するという約束なので、幕府では急遽《きゅうきょ》開港か攘夷か、国論を統一しておかねばならなかった。

そこで時の老中阿部伊勢守は諸藩主にその意見書を呈出せしめたが、これがかえっていっそう国論を紛糾させる結果となったのである。諸侯の意見は和親と攘夷とにはっきりわかれて、その帰するところを知らない。

なかでも一番強硬な攘夷派というのが、水戸、尾張、長州の三藩で、この有力な三大雄藩が、ともすれば、軟弱に堕そうとする幕閣に対して、猛然と反対の狼火《のろし》をあげたのだからたまらない。国内喧々囂々《けんけんごうごう》たるありさまとなった。

ペリー第二回目の来航をむかえたのは、実にこういう騒ぎの最中だったのである。

これには幕府も狼狽《ろうばい》した。ペリーがまたの来航を約したとはいっても、何しろ、幾千里はなれたアメリカのことだから、そう容易に来られるものではないし、来たにしても前年の約束で、長崎へ来ることになるだろうと、たかをくっておったのに、豈《あに》はからんや、以前のときよりもっと江戸にちかい小柴沖に八隻の軍艦が黒煙をはきながら投《とう》錨《びょう》したのだから、屠蘇《とそ》の夢たちまちさめて、江戸中がふるえあがったのも無理ではない。

幕府でも前年のことがあって以来、にわかに海防のことに心をくだき、諸藩に対して大船製造の禁をとくやら、品川砲台をきずくやら、諸国の富豪に時局の重大をといて、海防費を献ぜしめるやら、だいぶ国防に力をそそいでいたが、そんなことが、この危急の際に役にたつとは思われなかった。

八隻の軍艦がいっせいに砲門をひらけば、江戸市中はたちまち灰燼《かいじん》に帰するであろうことはわかりきっていた。

だが。——

幕府がおそれていたのは、当の相手の黒船ばかりではない。それよりももっと頭痛のたねになったのは、国内に瀰漫《びまん》している攘夷派の跋扈《ばっこ》だ。かれらの無鉄砲な行為が、あるいは無事にまとまるかも知れない交渉を、どう紛糾にみちびくかも知れないと、それが要路の役人たちの悩みのたねだった。

菊水兵馬が金沢へのりこんだのは、実にこういう騒ぎの最中なのである。

さて。――

兵馬が金沢へあしを踏み入れたころ、もうひとり、折からの夕闇にまぎれて、蝙蝠《こうもり》のように村はずれの破れ寺へ舞いこんだ男がある。さっきの茶店の親爺だった。

北条氏の一族実時が、金沢文庫をたてたこのへんは、鎌倉と同じく寺が多い。そういう寺のなかには、長らく無住になって荒れはてているのもある。いま、例の茶店の親爺が人眼をしのんではいっていったのも、そういう荒れ寺のひとつだった。

貝殻をおいたように、点々とこぼれている梅のはなびらをふんで庫裡《くり》へはいると、そこでばたばたと埃をはらい、頬冠をとったところを見ると、案の定、頭は武家髷《ぶけまげ》だった。まだ若い男である。

着物の裾をおろして、足にめりこみそうな畳をふみながら、書院のまえまで来ると、慇懃《いんぎん》に手をつかえ、

「先生、先生、只今かえりました。ここを開けてもよろしうございますか」

うやうやしい調子でいった。

「金子か。――御苦労であった」

襖《ふすま》のうちから穏かな声がこたえた。

金子――と、呼ばれた男がひざまずいて、枠太のくすんだ襖をひらくと、夕闇のおもくしずんだ書院のなかに、ひとところ紙燭《しそく》がほんのりとながれて、そのなかに端然とすわっているのは、峻烈《しゅんれつ》な面差《おもざ》しをしたひとりの武士だった。

総髪を髷にたばねて、削ぎおとしたような頬は、底にこぼれる白梅のように白い。瞳は叡智にかがやいて、痩身からはするどい気魄《きはく》がほとばしっている。

だが、言葉はおだやかに、

「どうであった」

と、若い弟子のほうへ向きなおった。

「は、先生」

と、金子は武士のそばへにじり寄ると、

「別にかわったことはございませぬが、今日、鎌倉から若い浪人がひとり、この金沢へいりこみました」

「ふむ、で……？」

「その男が申しますのに、黒船へ乗りこんでみようかなどと……むろん、冗談ではございましょうが、万一、そのような者にとび出されては、あとが面倒でございます」

「それもそうだ。しかし、その男は本気でそんなことを申しているのではあるまい」

「と、思いますが、何しろこういう時節ですから、一刻も早く決行いたしたほうがよろしうございましょう。それに、先生、どうやら今宵は時化《しけ》らしうございます。ひとつこの期に乗じて……」

金子は何かしら意気ごんでいた。

「ふむ」

総髪の武士は経机からひとみを転じて、窓外へ眼をやったが、そこにはにわかに吹きつのって来た風が、飆々《ひょうひょう》として裏山の枯笹をならしている。

「そして……舟の用意はあるか」

「はい、岬の向うにかくしてあります」

「ふむ……それじゃいよいよ決行するかな」

総髪の武士は、棟をはしる風のおとに耳をすましながら、静かにこう呟くのである。

## 闇の燈火信号

申《さる》の刻（午後四時）から吹き出した風は、戌《いぬ》の刻（午後八時）におよんで、突如、猛烈な雨をともなって来た。

海のほうから吹きよせて来る風のかたまりが海面をたたいて、波は幾百というしろい舌を出して岸を噬《か》んでいる。

目のとどくかぎりの大空は、墨汁《すみ》のかたまりのような雲が皺をきざんで、横なぐりにふる雨は、ときどきつよくなったり弱くなったりする。

金沢の町にたむろしていた米倉丹後守の仮陣屋は、この嵐のためにひと揉みに揉みつぶされた。

幔幕《まんまく》はとび篝火《かがりび》は消える。

海岸の要所要所に張っていた役人達も、はじめのうちこそ塗笠をぬらして右往左往していたが、やがてあきらめたように宿所へひきあげてしまった。むしろこの嵐を幸いに、宿でいっぱい飲んでいるのかも知れない。

あとには笞《むち》をたばねてふるような風の音ばかり、こういう時化のときには、陸よりもかえって海のほうが明るいのである。そういう水のほの明りのうえに、巨大な八隻の軍艦がゆれているのが、まるで沖にかけた黒い虹のように見えている。

——と、この時。

その軍艦を目差して、岬の向うから漕ぎ出した一艘の小舟があった。

風はあいかわらず強い。ご、ご、ごゴッーと、舟がしないそうな音をたてる。一上一下、木の葉のように波にもてあそばれながら、それでも舟は潮にひかれて、少しずつ、沖のほうへ揉まれていく。

乗っているのは二人だった。ひとりが櫂《かい》を握り、一人は舟底に坐っている。二人とも菅笠《すげがさ》をかぶり蓑《みの》を着ている。その蓑がおりおり銀の針のように雨に光った。

「金子——大丈夫か」

「大丈夫です、先生」

そういったのは、あの破れ寺の武士だった。

櫂を握ったほうは息を切らしながら、

「でも、うまくいくでしょうか。果して快く乗艦を許してくれるでしょうか」

「それはわからない。当って砕けろということもある」

口を利くと雨と風が容赦なく吹きつけるので、二人はそれきり黙ってしまった。あとは黙々として、小舟は沖の黒船めがけて進んでいく。

ところが、この舟がようやく黒船へのみちの半ばごろまで来たときだ。ふいに総髪の武士がおやと舷《ふなべり》からからだを乗り出して、

「金子、あれはなんだ」

「は……？」

「向うの軍艦から、何か合図めいたことをしている」

なる程突鼻《とつぱな》にある軍艦の艦尾のほうで、蛍火ほどの灯がくるくる宙に舞っている。灯は三度、虚空《こくう》におおきく輪をえがいた。

「はてな」

総髪の武士がふりかえると、岸のほうでも同様に、くるくると虚空に動く灯が見える。

「なんでしょう、先生」

「おかしいな。まさか外国の軍艦と通謀《つうぼう》しているものがあるとは思えぬが……ともかく舟をやれ」

「はい」

灯が消えるとあとはまた、墨を流したような闇のなかに、風の唸りと雨の音ばかり

だ。小舟はふたたび喘《あえ》ぐように漕ぎすすんでいったが、ふいにまた、総髪の武士がおやと菅笠をかたむけた。

ギッチラ、ギッチラ……急拍子の櫓《ろ》の音がきこえる。

しかも、この櫓の音は、いままでついぞ総髪の武士の耳にしたことのない調子だった。小刻みに……しかも一本や二本ではない……数本の櫓が調子をあわせて、たくみに波を蹴っていくらしい。

「金子、からだを伏せろ」

「ど、どうしたのです、先生」

「何でもよいから、舟底にかくれて向うを見ろ」

総髪の武士の命令に、金子という弟子はぴったりと舟底に身をふせると、顔だけあげて、舷ごしに、きっと波のうえをすかしみた。

その波のうえを、一艘の短艇《バッテーラ》が岸をめざして矢のようにすべっていく。

この短艇《バッテーラ》のなかには五人の男が乗っているのである。四人が漕手で二人ずつ二列にならんで櫓をにぎっている。いずれもアメリカ人であることは、その服装から見ても、からだの巨《おお》きさから見てもわかるが、奇妙なのはあとのひとりだ。

　ほかの四人と同様、黒い外套に身をつつみ、三角の頭巾をかぶっているところを見ると、やっぱりアメリカ人かとも思われるが、ほかの連中にくらべると体がたいへん小さい。それに、顔半分マスクみたいなものでかくしているのも妙だが、そのマスクの下から見える鼻や口もとが、どう見ても異国人らしくない。

「先生、あれはいったいどうしたんでしょう。何んだって今頃、黒船から岸へ漕ぎ出しているのでございましょう」

「おかしいな。ひょっとすると、さっきの燈火信号と、何か関係のあることかも知れないな……だが、まあいい。金子やれ」

「はい」

　小舟はふたたび黒船めがけて漕ぎすすんでいったが、こちらは例の短艇だ。

　さかまく波をたちわって、漕ぎ寄せたのはさっき総髪の武士が漕ぎ出した岬のかげなのである。舟がつくと五人の者はつぎつぎと岸へあがった。

　どうやら彼らはここで何人かを待ちうけているらしい。さっきの灯の輪はその合図だったと見える。しかし、その待人はなかなかやって来なかった。

　一同はしだいに焦《じ》れて来た。無理もない。この雨と風のなかだもの、こんなところで待ちぼうけを喰らわされるのは辛いものだ。

てんでにぶつぶつ呟く。小刻みに脚を動かす。小柄の男にむかって、しきりにわけのわからぬ言葉できいている。

――と、その時だった。

突如、沖に碇泊している軍艦からパッと蒼白い火がふいたかと思うと、間もなくズドンという小銃の音がきこえて来た。風の音でおどろくほどはっきりと聞えたのだ。しかも銃声は一発だけではなかった。

ズドン、ズドン、つづけさまに闇をつらぬく音とともに、黒い虹のいくつからか、花火のような閃光がひらめいた。

騒ぎはもちろん、金沢警固の米倉藩からも見えたにちがいない。たちまち提灯《ちょうちん》がバラバラ飛び出して、海岸のほうへ走っていく。罵《のの》りさわぐ声がする。

短艇の乗組員はにわかに狼狽しはじめた。

五人ひとかたまりになって、何か早口にしゃべっていたが、そのうちにどう話がついたのか、小柄のひとり――、あのマスクをかぶった怪人物だけをそこに残して、あとの四人は短艇にとびのると、沖をめざしていっさんに漕ぎもどしていった。

## 奇怪な婚礼

こういう騒ぎはしごく隠密のうちに行われた。

折からの嵐のこととて、だれひとり知る者はないと思われた。

だが、事実はこういう一伍一什《いちぶしじゅう》をはじめから見ていたものがあったのだ。しかも、この目撃者というのが、菊水兵馬だから事件はそのままおさまらない。

この夜。――

嵐に乗じて金沢へいりこんだ兵馬は、ふとさきほどの燈火信号をみとめると、その信号の意味をつきとめずにはいられなかった。そこで、折りからの嵐をものともせず、海岸を警戒しているうちに気がついたのがあの短艇だ。

物蔭から様子をうかがっているうちに、四人はいそいでひきかえし、あとに残っているのは一人だけ。あいかわらず誰かを待っているらしく、ときどき懐中から異様な光りものを取出して、虚空にそれを振っている。

「うぬ！」

兵馬は歯ぎしりに似たものを感じながら、しだいにその背後からしのびよった。

相手は小兵のからだに長い外套をきている。その外套からポタポタと流れるような滴が垂れていた。

折からの嵐の音と、それに待人に気をとられているせいか、相手は兵馬がしだいに近づいていくのも気がつかない。何やら、ぶつぶつ口のうちで呟きながら、しきりにそのへんを歩きまわっている。

兵馬は二、三歩うしろまで這いよって、もう一度相手を見直した。相手は小柄の男だから、組打ちで斃《たお》すのは雑作はない。しかし、斃してからどうしたものだろう。この男を斃すのが兵馬の目的ではないのだ。肝腎なことはこの男が誰を待っているのか、いったい、何人と通諜しているのか、それを知らなければならぬ。

だが。……

兵馬はふと何やら心にうなずくと、ふいに豹のように身を躍らせて、その男の背後からとびかかっていた。

相手は思ったよりはるかにもろかった。

ぐい——と咽喉《のど》をしめられると、ぐうともいわず、ぐったりと濡れた砂のうえにころがってしまった。身をこごめて調べてみると、丸太のように気をうしなっているのである。

兵馬はいそがしく前後を見廻した。

それから男のマスクをとり、頭巾をぬがせた。瞬間かれはぎょっといきをのんだが、すぐ男の手から、さっきの光りものを取りあげ、それで男の顔をてらしてみた。

突如、脳天からぐわんと一撃をくらったような驚愕だった。いくどか自分の眼をうたがって、相手の顔を見なおした。

だが。……間違いはなかった。

砂のうえにころがっているのは、まぎれもなく兵馬とおなじ肌をした日本人なのである。

「不埒《ふらち》な奴！」

兵馬は勃然たる怒りをかんじた。

事情はわからない。しかし、日本人でありながら、外国軍艦に乗っていたというだけで、兵馬の正義感がゆるさないのだ。はげしい憤りを感ずるのだ。

なりながらしだいにこちらへ近附いて来る。

「どうしてくれよう」

兵馬はもう一度あたりを見廻わした。

──と、眼についたのは一挺の弓張提灯である。嵐にもまれて、吹きとばされそうに
なりながらしだいにこちらへ近附いて来る。

兵馬は狼狽した。

警備の武士か。……だが、そうでもないらしい。ひょっとすると、ここに倒れている男が待っていた人物ではあるまいか。

つぎの瞬間、兵馬は気絶している男に躍りかかって、外套と頭巾をはぎとった。これを着ると……だが、まだいけない。外套のしたから草鞋《わらじ》がみえる。兵馬はいそいで靴とはきかえると、男のからだを岩影におしやった。

どういうことが起るかわからないが、兵馬はこの男の身替りになって、相手の秘密をつきとめてやろうと考えるのだ。大小は外套のしたにかくしている。いざとなればぶった斬るつもりである。

──そこへ弓張提灯がちかづいて来た。見ると一挺の駕籠をしたがえて、先頭には麻裃《かみしも》を着けた男が立っている。駕籠も麻裃の男も、横なぐりに吹きつける雨のために、

びしょ濡れになって、提灯の火をまもるのに一生懸命だった。

麻裃の男は兵馬のすがたを見ると、ぎょっとしたように立ちどまった。闇のなかから、すかすように眺めながら、

「婿殿でござるか」

と、言った。

婿殿——？　あまり意外な言葉に、兵馬は、むしろあっけにとられた。間違いじゃないかと思った。

で、兵馬が手をふって相手を追いかえそうとしたとたん、

「おお、やっぱり婿殿だな、黒船に乗って見えられた婿殿にちがいない」

兵馬はぎょっとした。相手は間違えたのではなかった。そういえば相手は最初から、自分のこの異様な風態を少しも怪しんではいない。してみると、麻裃の男があいに来たのは、やっぱり黒船から来た男だったのだ。

「いかにも……」

そこで兵馬は落着きはらってこたえた。

「お待たせいたしました。何卒あれへ」

で、兵馬は駕籠に乗った。いけるところまでいってみろという肚《はら》である。この奇怪な謎をとかずにはすまされない心地なのだ。

駕籠はすぐもと来た道へすたすたと引返していく。

兵馬はしだいに愉快になって来た。おかしさがこみあげて来そうでもある。どう考えてもあの麻裃の男が、大それた悪事をたくらむ人間とは見えない。小鬢《こびん》に白髪のまじった実直そうな老人である。

こいつ、何かとんでもない間違いがあるのじゃなかろうか。

やがて駕籠がとまった。海岸からどのくらいあるのかわからない。門から玄関まで相当あるお屋敷で、駕籠がおりたのはその玄関の式台のまえだった。

「さ、どうぞお出まし下さい」

麻裃の男のことばに兵馬は駕籠から出た。どっしりとした重みのある玄関のかまえが、豪家というかんじをあたえる屋敷である。正面の衝立《ついたて》には、金泥《きんでい》に大きな放駒《はなれごま》の絵がかいてあった。

やがて畳廊下をわたって、

「どうぞ、こちらへ」

麻裃の男がさらりとひらいた襖のなかを見て、さすがに胆のすわった兵馬も、おもわずあっという叫びを口のなかで噛みころした。

案内された座敷というのは、なんと婚礼の席なのである。

金屏風のまえに、白無垢の裲襠《うちかけ》を着て、雪のような綿帽子をかぶった花嫁が端《ちやん》とすわっている。そのかたわらの席があいているのは、花婿を待っているのであろう。

婿どのか。――と、さっき迎えの者のいった言葉が、兵馬には、はじめてがてんがいったのである。

さっきの男――あの黒船から来た男こそ、実にこの奇妙な婚礼の、花婿になる男だったらしい。

## 黒船から来た男

「さ、さ、婿殿、ここまで参れば仔細はない。そのかぶりものをとって何卒あれへ」

麻裃の男が手をとって花婿の席へ押しやろうとするのを、

「いや、この婚礼、しばらく待っていただきたい」

「え？　何んとおっしゃいます」

兵馬の言葉に、一座のあいだには微風にそよぐ枯蘆《かれあし》ほどの動揺がおこった。

一座といってもそれほど多くはなかった。

花嫁の両親とおもわれる白髪まじりの老夫婦と、ほかに老女がひとり、――向うではまだ気がついていないけれど、兵馬にはその老女に見憶えがあった。鎌倉と、そしてあの切通しの茶店であった女である。

「何か、この席に気にいらぬことでもございますか」

麻裃の男がハラハラとしたようにいった。

「いや、そういうわけではございませぬが、嫁御寮にいささか話したいことがございますれば……」

「盃のまえに？」

「さよう、盃のまえに」

兵馬が語気をつよめると、花嫁御寮の綿帽子がかすかにふるえて、一同は不安そうに眼を見かわしている。

婚礼の席にあるべき筈の華やかさは、影ほども見られなかった。みんな怯えたような暗い表情《かお》をして、しょんぼりと肩をすぼめた花嫁御寮は、人身御供にあがったようだ。

一同はしばらく額を鳩《あつ》めて、ひそひそと相談していたが、やがて迎えに来たさっきの老人が、

「では、……向うの座敷で暫時お待ち下さいますよう」

うなずいて、兵馬が案内されたのは、火の気もないうそ寒い座敷だ。吹きつのった風がしきりに雨戸を鳴らしている。おりおりパラパラと豆をいるような音を立てて、雨が雨戸をうった。

「しばらくお待ち下さいますよう」

老人が退きさがると間もなく、さやさやと衣擦れの音をさせて、はいって来たのは花嫁御寮である。

「……？」

綿帽子をかすかにふるわせながら、兵馬から少しはなれたところに坐ると、右手をきっと懐中にいれたのは、おそらく懐剣のつかもくだけよとばかり握っているのであろう。覚悟のほどもしのばれた。

「萩江殿――たしか萩江殿と申されたな」

兵馬の声に花嫁ははっとした様子だったが、兵馬はそれへおっかぶせるように、

「人違いでござる。拙者は今宵の花婿ではありませぬ。よく顔を御覧下されい」

綿帽子のなかから、マスクをとった兵馬の顔を見て、

「あれ、あなた様は……？」

萩江は、はじかれたようにうしろに跳びのいた。

「さきほどお眼にかかりましたな。拙者は旅の浪人者です」

「おお、――」

「それにしても、今宵の婚礼はなんとも訝《いぶか》しい。萩江殿、仔細がききたい。黒船からまいった男と祝言しようという、その仔細がききたい。仔細によっては……」

斬ってすてようという心組みなのである。

「はい、その仔細と申しますのは……」

「ふむ、その仔細というのは……？」

「はい、あの、それは……」

萩江はふいによよとばかりに泣きくずれたが、そのとたん、綿帽子がひらりととんで、その下から現れたのは、文金高島田と思いのほか、黒髪を無残にプッツリ切りおと

した切髪頭だったから、

「おお、その頭は……」

兵馬がおもわず眼を瞠《みは》ったのも無理はない。

萩江はしばらくひた泣きに泣いていたが、やがてやっと泪《なみだ》をおさえると、

「御免下さいまし。あまりの悲しさについ取乱してしまいました。……祝言の盃がすんだら、尼になる悲しいあたしの覚悟、何卒お察し下さいまし」

萩江はそこで泪にうるんだ瞳をあげると、

「こうなったら何もかもお話しいたしましょう。しかし、そのまえにお訊ねいたしとうございます。あの人はどうしたのでございますか。今宵ここへ来るはずのあの人はどうしたのでございましょう」

「花婿になる筈の男か」

「あい」

「あいつならおおかたいまごろは、浜辺で睡《ねむ》っていることでしょう。それとも異国船へつれ戻されたか――萩江殿、きゃつは、いったい何者でござる。日本人のくせに、黒船に乗りこんでいるあの男は、どういう人物でござる」

「はい、もとはこの向うの田浦の漁師でございました。名前は勘八と申します」

「その勘八がどうしてあの黒船に……?」

「数年まえに時化にあって、行方知れずになったのでございます。みんな、おおかた海の藻屑《もくず》と消えたのであろうと申しておりました。それが昨年六月、だしぬけに異形の風態をして、ひそかにあたしを訪ねて参り、聞けば黒船にすくわれて、久しくアメリカにいたとやら……それがこの度、水先案内となって、日本へ攻めわたって来たと申します」

「己《おの》れ、不届な奴」

「はい、――そしてあたしのもとへあの猿をみやげに持ってまいり、そのついでにいろいろと淫《みだら》がましい事を申します。もしあたしがいうことを聞かねば、黒船の大将にたのんで、浦賀の町を焼きはらう――と、そう脅かすのでございます。なんでもこのことは、黒船の大将も、承知のうえとやら。――」

「いよいよもって怪《け》しからん」

「あたしもはじめのうちは半信半疑でございましたが、そのうち、浦賀奉行よりひそかに使いがまいり、勘八とやらの望みをきいてとらせよと……」

と、萩江は語っていくうちに、いまさらのように悲しさが溢れて来たのか、またもやそこに泣き伏すのだった。

聞けば聞くほど意外な事実だった。

勘八も勘八だが、黒船の恫喝《どうかつ》にあって、手もなくふるえあがってこの萩江を、人身御供にあげようとする、浦賀奉行の不甲斐なさが、兵馬の血を沸《たぎ》らせるのである。

「なるほど、それでおん身が犠牲にあげられたわけだな」

「はい――でも、ただでは嫌だと申しました。婿引出を貰いとうございますと、そう申したのでございます」

「婿引出？」

「黒船が、はたして日本と、ひと戦する覚悟があるのかないのか、――また黒船のからくりなども知りとうございました。それを持って来てくれれば……」

萩江の言葉を聞いて、兵馬ははたと膝をたたいた。

なるほどそれがわかっていれば、これから先の交渉にどれくらい都合がよいかわからなかった。外交交渉においては、相手の肚を知っておくということが、何より大切なことはいうまでもない。

「してして、勘八はなんと申した。それを持参すると申しましたか」

「はい、今宵かならず持参すると申しました。それが欲しさにあたしは死んだ気になって、今宵の祝言を承知したのでございます」

しまった！――と、兵馬は思わず後悔の臍《ほぞ》をかんだ。

萩江の健気《けなげ》な志がわかるにつけ、自分の血気がいまさらのように悔まれる。勘八をこらしめるのは、その密書を手に入れてからでもおそくはなかった！

兵馬がすっくと立上った時だった。

遠くの浜のあるほうでズドン、ズドンという銃声、――つづいて家のまわりを駆けめぐる跫音《あしおと》が、こんな事を触れあるいていた。

「曲者《くせもの》だ、曲者だ。今宵ひそかに黒船へ乗りこもうといたした者があるぞ。また、浜辺において何者か、黒船方の者を斬ってすてた者がある。怪しい者がこちらへ参らば、さっそくひっ捕えて陣屋まで差出しませい」

風の音にまじって聞える触声をきくと、兵馬と萩江ははっと顔を見合せていた。

## 攘夷問答

夜半すぎより風はいよいよ激しくなった。

海も陸もひとかたまりになって押し寄せる、黒い旋風に揉まれ揉まれて、かしぎ、うめき、喘ぎ息もたえだえの悲鳴をあげている。

そのなかを、米倉藩の定紋うった提灯が、蛍火のようにとび交った。奉行所つきの役人が、濡鼠《ぬれねずみ》になって右往左往した。

騒ぎの原因はこうなのである。

二人づれの日本人が、嵐に乗じて今宵ひそかに黒船に乗り込もうと企てたというのだ。

この企ては残念ながら、相手の発砲によって失敗したが、逃げかえったその曲者が金沢に潜伏しているというのだ。

もう一つには、黒船の乗組員の一人が、(それが何者であるか分明ではないが)浜辺において何者かに斬りころされ、黒船ではいたく立腹しているというのだった。

何しろ事なかれ主義の当時の役人だ。一刻もはやく曲者をとらえて、黒船方の怒りをしずめねばならぬと、嵐の中を躍起《やっき》となって詮議しているのだった。

そういう物騒がしい金沢の浜辺で……。

「あれ、そちらへ行っては危うございます。海岸にはあれあのように提灯がとび交うておりますものを」

必死となって止めようとする萩江の手を、無理矢理にふりもぎろうと、

「いや、お放しくだされ。萩江殿、勘八とやらの密書を手に入れねば、拙者は国に対しても、またあなたの健気さに対しても申訳が立たぬわけです」

「でも、――でも――勘八の死体はもう見付かったと申します。密書はそこにはございますまい」

「それならば、いっそう拙者はこうしてはいられないのです。萩江殿、拙者の身を気づかって下さるお志はありがたいが、何卒そこをはなして下さい」

揉みあうふたりのうえに、車軸を流すような雨が落ちて来て……はるか向うの方からののしり騒ぐ役人の声が、風にまじって聞えて来る。

「いけません、いけません。あっちへいってはいけません。……あっ、誰か人が……」

二人ははっと砂のうえにからだを伏せた。

なるほど、まっくらな風雨の中から、その時、突然人影が浮きあがって来た。役人か。——いや、そうではなかった。岩影から岩影へと、栗鼠《りす》のように伝いながら、きょろきょろと、あたりを見廻わしているところを見ると、これまた人眼をしのぶ身の上らしい。見るとかたわきに人をかかえている様子である。

松の枝が撓《たわ》むばかりにざあーっと鳴って、岩影に物凄い波の舌が、ざざ！　と白い飛沫をあげる。

その飛沫を満身に浴びて、近づいて来たひとは、まるで海からはい出して来たように、髻《もとどり》の切れたざんばら髪から、ポタポタと潮のしずくが垂れていた。

あの破れ寺の武士なのである。

武士は兵馬の数歩まえでぴたりと立止まった。こちらの人影に気がついたからである。

四つの眼が、さながら剣の穂のように渡りあう。——武士は無言のままきっと身構えすると、抱えていた人をどさりと砂のうえにおいた。

投出された男はどうやら潮をのんでいるらしい。ほのかな波明りで、兵馬はそれがさきほどの茶店の親爺であることに気がついた。

あの親爺、やっぱりただの人間ではなかったのだ。だが、いま眼のまえにいるこの人物は——？　武士も相手が役人でないことに気がつくと、ほっと溜息ついて、

「ちとお訊ねいたしたいが……」

落着きはらった声音《こわね》だった。静かに乱れ髪の滴を切っている。

「このへんに馬大尽と申すものがありますか」

はっと萩江が、兵馬のうしろで身をすくめた。

「馬大尽の娘、萩江と申すものに、ことづかりたいものがあります。ならば渡して進ぜたいと思うが……」

一瞬の躊躇《ちゆうちよ》ののちに、

「はい、萩江ならばあたしでございますが……」

武士ははじめて気がついたように、萩江のほうへふりかえると、

「おお、そなたが萩江殿か。ちょうどよかった。そなた勘八と申すものに心当りがありますか」

「ああ、それではあの人から……」

「いかにも」

武士は懐中から取出した一通の封書を萩江の手にわたすと、

「大事にいたされたがよい。いや、何人かたしかな人物にことづけて、要路の大官に差出されたがよろしかろう」

どことなく人を圧するその気魄に、兵馬はしいんと体のしびれるのをかんじたが、しかし、不審はあくまでも晴らさねばならなかった。

「それでは、お手前はこれをお読みでございましたか」

「読みました。——老中がたに知らせれば狂喜しましょう。黒船は日本を攻撃する意志は毛頭持たぬと申します」

「ふむ」

「しかし、最初は強く出るでしょう。だが、その強さに敗《ま》けてはならぬ。はじめからその強さにへこまされては、交渉は日本に不利であろうと申している。清国がよい例だと、いみじくも喝破《かっぱ》いたしております。勘八というはあっぱれな者だな。——いや、頼みを果せば用はない。御免下さい」

軽く一揖《いちゆう》して、そのまま行きすぎようとするのを、萩江が思わず追いすがった。

「あの、ちょっとお待ち下さいまし」

「まだ、何か御用ですか」

「勘八さまをお手にかけなされたのは、あなた様でございましたか」

「いや」

武士はかるく頭をふって、

「勘八を殺したのは拙者ではない。あまり異形な風態ゆえ、役人どもがあやまって斬殺したものと見えます。拙者は臨終にいきあわせて、ただその書面をことづかったまでの事です」

しかし。――兵馬の不審はまだ晴れない。

「卒爾《そつじ》ながら、もう一つお訊ねを許して下さい」

「何事ですか」

「今宵、黒船へ乗込もうとしたのはあなたですか」

「いかにも拙者だ」

「何用あって黒船へ参られた。その返答がうけたまわりたい」

返事によっては唯ではすまさぬ決心だった。何人にもあれ、異国の船と通謀する人物を、兵馬はそのまま見逃すことが出来ないのである。

武士は兵馬の顔色をみると莞爾《にっこ》とわらって、

「さては貴公は、ちかごろ喧《やか》ましい攘夷派と見えますな」

「いかにも」

兵馬は意気込んで、

「日の本にうまれて攘夷派でない者がありましょうか。夷を退攘し、国の安泰をはかるこそ、これまことの日本人の道でござろう」

「よろしい。その意気じゃ」

「え？」

「攘夷はひとつの力です。まとまった大きな力です。二百年の泰平になれた日本は、いま古沼のようにくさっています。幕府の役人たちはその古沼にわくお玉杓子《たまじゃくし》です。孵《か》化《え》ってもたかが蛙だ。この古沼をさらえるには、まとまった力がいる。人心を昂奮させ、新しい血をわき立たせる目標が必要なのです。それが攘夷だ。日本人にとってこれほど恰好の目標はない。この力が天下をくつがえし、新しい日本を打ちたてるだろう。おやりなさい。おやりなさい」

「しかし、そういうあなたは——？」

「さればです。新しい日本には新しい智識が必要になって来る。拙者はそれをつかみたい。それをつかむには、広く海外を見聞せねばならぬ。今宵は失敗したが、またいつか拙者はこの企てをつづけるつもりだ。不憫ながら……」

武士は砂のうえに倒れている弟子のほうをふりかえると、

「ここに死んでいる男は、喜んでその捨石となってくれるでしょう」

端然と合掌した武士の面には、悲壮とも崇厳《そうごん》ともいいようのない色がしずかに流れている。

兵馬はしんと体のしびれるのをかんじた。呼吸をのんだ。それから一歩まえへ進み出て訪ねるのである。

「お名前をお聞かせ下さい。お名前を聞きとうござる」

「拙者か、名乗るほどの者ではないが、——長州藩士吉田寅次郎。——御免」

「あ——」

兵馬がその場に立ちすくんでいるのを尻眼にかけて、この倒幕の大先覚者、松陰吉田寅次郎は、愛弟子《まなでし》の屍骸を抱いて、悠然と闇のなかに消えていくのである。

菊水兵馬があの密書をふところに、萩江から餞別《せんべつ》された馬にまたがり、猛《たけ》り狂う折からの嵐をついて、浦賀街道をまっしぐらに、江戸へむかって疾駆したのは、それから、間もなくのことであった。

# 妖霊星

## 天狗田楽《でんがく》舞い

「さっきはよっぽど可怕《おか》しかったろう。意気地のねえ話だが、お前んとこの燈火を見るまでは、まったく生きた空もなかったんだ」

「へえ」

夜鷹蕎麦《よだかそば》の老爺《おやじ》は気のない声で、

「そういやあ、だいぶ顔色が悪うございましたが、辻斬にでもお会いでございましたか」

「なあに、辻斬なら驚きゃしないが、それがおまえ、得体の知れぬ化物よ」

「へへえ？」

いかり屋と書いた行燈《あんどん》の灯が、ぼーッと闇を滲ませて、うしろは星影をおとした溜池の沼だ。老爺はもう落すばかりになった七輪を、かたちばかり煽ぎながら、うさん臭い眼で客のようすをながめている。

夜道がしょうばいとあれば、たいていの事には驚かぬ修練がついているし、どんな男でも一瞥《ひとめ》見れば生業《なりわい》から素性まで、だいたいの見当はつくものだが、さて、この客ばかりはわからない。

第一、年齢からして見当がつきかねるのである。

見たところ子供のように小柄で、猿みたいに敏捷な身の科《こなし》だが、それでいて、豆絞りの手拭いの下からのぞいている顔は、分別臭い四十男の表情なのである。

どちらにしてもあまり気味のいい客ではなかった。

「そうよ、化物よ、まあ聞きねえな」

酒がまわったのか客はようやく調子づいて、

「用があって外桜田までいったかえりで、井伊様のお屋敷外までさしかかったと思いねえ。知ってのとおりあの辺はまったく淋しい。片側は河獺《かわうそ》でも出そうなお濠《ほり》の闇だ。おまけに雲脚がはやいから、こりゃあ一雨来るのかと、歩調《あし》を急がせていると、だしぬけに妙な声がして……」

と、ぽつりと切る。盃に噎《む》せたのである。

「へえ?」

「なんといったっけな。そうそう、最初は天王寺のや……というんだ。するとそれにつづいて大勢の声が、妖霊星を見ずや……というんだが、その声の気味悪いことといったら……」

「お濠の中からですかえ」

「なにさ、井伊様のお屋敷のなかからよ」

「はてな」

小首をかしげた老爺の顔に、その時、妙な表情がうごいたのを、客はいっこう気がつかず、話をつづけて、

「いま思い出してもぞっとする。まったく気味が悪かったぜ。唄にしちゃ間伸びがしている。謡《うた》でもなし、陰々滅々として、何かこう魂をひきずり込むような調子で、天王寺のや……妖霊星を見ずや……俺はうしろ髪をひかれる心地で、思わずそこに足をとめたが、その時だ」

「へえ、何かありましたか」

「屋敷の中から俄《にわ》かに犬がけたたましく啼《な》き出したかと思うと、つづいて、曲者《くせもの》、曲者

と呼ばわる声……」

「はてね」

「何かあったらしいんだ。俺もあわてた。愚図愚図していて、係合いになっちゃ骨灰《こっぱい》だと、逃げ出そうとするその眼前へ、塀を越えて、ばらばらと跳び出して来たものを、……お前、何だと思う？」

「天狗じゃありませんかえ」

にわかにばたばた団扇《うちわ》をつかいはじめた老爺の顔へ、客はどきりとしたような眼をすえた。

「はははは、なに、そのわけはいま話しますが、それからお前さんがどうしなすった？」

客は不思議そうに小首をかしげたが、あまり物事が気にならない性質と見えて、

「どうもこうもありゃしねえやな。何しろ相手は魔性のものだ。嘴《くちばし》が鳶《とび》のようにまがってよ。肩にゃ翼が生えていらあ。そいつにぎろりと睨まれた時の物凄さ、おいらあ胆をつぶしてその後は無我夢中よ。お前んとこの燈火を見るまでは、まったく生きてる空もなかったぜ」

「はてな、すると井伊様も、もう長くはないな」

意味ありげな老爺の思案顔を、客はあきれたように見守っている。

老爺は沈んだ声で、

「お客様、お前さん太平記をご存じじゃありませんかえ」

「太平記？」

「さようさ、あっしらの若い時分にゃ太平記読みという奴が流行《はや》ったもんです。その太平記のなかにありまさァ。北条九代の執権高時が、田楽舞いや闘犬にうつつを抜かして、庶民おおいに難渋のころ、鎌倉の執権館に夜な夜な天狗があらわれて、高時の手とり足とり踊り狂い舞い狂う。そのとき天狗の謡うのが、それ、天王寺の妖霊星を見ずや……天下将にみだれんとする時、妖霊星という悪星下って災をなすと、太平記にもあるそうです」

「ふうむ」

客は感心したようにうなずきながら、盃をふくんでいる。老爺は調子にのって、

「そういやァ去年の八月には、京都の空に夜な夜な不思議な星が現れたというじゃありませんか。はじめのうちは三、四尺の尾をひいていたのが、しまいには数丈にもおよん

で、これが一月もつづいたという。すると果して、秋にはあの大コロリで、京でも江戸でも死ぬ者が数知れず、これ即ち妖霊星という悪星下って、災をなすというところじゃありませんかねえ」

老爺はしきりに太平記仕込みの通をふりまわしている。客はぞくりと襟脚《えりあし》をちぢめた。話が妙に理に落ちて来たからである。

盃を取りあげたが、口へ持っていく気もなく、

「なるほど、そういやァ近頃の御政道にも落度がねえとはいえねえ。おおきな声じゃいえねえが、井伊様のあの遣口《やりくち》だ。こちとらにァよくわからねえが、天子様のお許しも待たずに、黒船との交渉をまとめたとやら、まとめぬとやら、それにまたいきり立つ浪人衆を、江戸でも上方でも、かたっぱしからふんづかまえる。なおそのうえに水戸の御老公まで押籠隠居……水戸の御家中でもこれにゃアいきり立って、脱藩までして、井伊様をつけねらっているお侍もあるという噂だ。なるほどこりゃ……」

と、盃をおいて、「天下大いに乱れるきざしかも知れねえな」

撫然として呟いた時である。

「おい！」低いながら鋭い声だった。声とともに、闇のなかから行燈の灯影へ、ぬうっ

と面を出した男がある。

かまいたち

「おいでなさいまし」老爺はしまったという顔色なのである。眼顔で客に合図をしながら、俄かにバタバタ使い出した団扇のまわりに、炭火がはねて散乱するのを、

「おっととと！」

よけるふりをしながら、頬冠の客は顔をそむける。それをまた意地悪くおっかけるように覗きこんで、

「おや、お前は小平じゃないか」

こう図星をさされては仕方がなかった。頬冠のおとこは、はじめて気がついたように、

「おや、これは桐畑の親分でしたか。暗いもンでついお見それいたしました」

「お見反《みそ》れでもなかろうぜ。はははははは、まあいいや、爺《とっ》つぁん、俺にも一本熱くして

くれ」

「へえ」

まえの客ひとりでとめにしたかったが、何しろ相手が悪かった。桐畑の常吉というのは、江戸の御用聞きでも古株なのである。年齢は四十五、六だろう、御用聞きとしては物柔かなほうで、評判も悪くない。

「時に小平」

と、常吉は相手の顔を覗きこみながら、

「いまの話はありゃほんとか」

「へえ、何んの話でございます」

「とぼけるな。天狗舞いの一件よ」

「ああ、その話なら嘘も隠しもございません。いンまの先、胆をつぶして来たところなんで」

「まったく物騒な世のなかになりました。はい、親分、お待ち遠さま」

常吉は老爺にいっぱい注がせながら、

「どうだ、小平、手前もひとつやらねえか」

「いえもう沢山で、こう爺つぁん、いくらだえ」

「おや、もういくのかえ。何もおいらが来たからって、逃げ出さなくてもいいじゃないか」

「いえ、そういうわけじゃありませんが……」

と腹掛けのどんぶりから、小銭をひとつかみ掴み出すと、

「さっきからだいぶ過しております。それじゃ爺つぁん、勘定はここへおいとくぜ」

ばらばらと小銭を投げ出すと、あっという間もないのである。すうっと五、六歩すっ飛ぶと、姿ははや、闇のなかへ消えている。いや、その敏捷《はしっこ》いことと言ったら……跫音《あしおと》さえも聞えなかった。

「はははははは、あいかわらずはしっこい野郎だ」

「お馴染みの方でございましたか」

「馴染みといやァ馴染みだな。かまいたちと異名のある、どうで一度はお上の手にかかる野郎だ」

「へえ」

老爺はどきりとした眼の色だった。

常吉はわらいながら、

「時に爺つぁん、今夜はあの野郎のほかに、誰もここを通らなかったかえ」

「へえ、別に気がつきませんでしたが……また捕物でございますかえ」

「ふむ、いまの話の天狗舞いの一件よ。いずれ浪人者の悪戯《いたずら》だろうが、悪い洒落だ。お前の言葉じゃねえが、まったく天下乱れるきざしかも知れねえなァ」

「へえ」

と老爺が首をすくめた時である。闇をぬってひたひたとこちらへ近附いて来る跫音だった。それもひとりではない。どうやらふたり連れらしい。

常吉は俄かに屋台に顔を伏せると、声をひくめて、

「爺つぁん、見てくれ。どういう男だ」

「へえへえ。……どうやらお侍らしうございます。ふたりとも頭巾をかぶっているようで」

「よし、知らぬ顔をしていてくれ。おいらの事を気取られちゃならねえぜ」

さりげなく盃を干している常吉のうしろを、二人づれの侍が押しだまったまま通りすぎた。行燈の灯が、瞬間ふたりの頭巾を飴色に照らし出したが、すぐまた闇が包んでし

まう。

やり過しておいて、常吉がきっと屋台のそばをはなれるのを、老爺は不安そうな眼で見上げて、

「気をおつけなさいまし、相手は二人で……」

「なあに、あとを尾けてみるだけのことよ。勘定はここへおくよ。つりはいらねえ」

「はい、有難うございます」

尻端折った常吉のうしろ姿を見送って、老爺はなんということなく、ぶるるとからだをふるわせた。

その頃の溜池と来たら、まったく寂しかったものである。

田町あたりはまだ寂しいながら、ひと通り人馬の往来もあったが、溜池側へ一歩足をふみ入れると、水道のとおっている野っ原から、山王の森までいちめん沼地つづき。昼でもどうかすると狐が鳴く。

ましてやこの深更、星影をおとした水溜りが、あちこちに黒く澱《よど》んで、枯葭《かれよし》のさやさやと鳴る音が、死人の髪毛のふれあう音に似ているそうである。往交《ゆきか》うものは、おそら

く餌をあさる狐ぐらいのものだろう。

頭巾をかぶったふたりの武士は、しかしこういう土地柄をよく心得ていると見え、闇のなかを迷いもせずに水溜りを縫うていくのである。

「時に鬼頭さん」

水溜りを越えながら、若いほうがポツリと言葉を落した。

「さっきの男ですがね、あれはいったい何者でしょうか」

「さっきの男とは？」

鬼頭といわれたのはいくらか年輩らしい。頭巾の肩がとげとげしく骨張っているのである。

「猿のような小男です。恐ろしく敏捷な奴でした。あいつ、いったいあそこで何をしていたのでしょう」

「ああ、あの男か……あれならいずれ鼠賊《そぞく》の類いであろうよ。ちかごろ大名屋敷をあらしまわっている賊があると聞及んだが、あいつの事かも知れないな」

「道理で……われわれの姿を見ると、あわてて屋敷から逃げ出したが、いや、その速いことは颪のようでした」

「ああいうのがとかく盗賊になりたがる。昔、後鳥羽上皇にとらえられた小殿《こどの》という賊は、身のたけ五尺に足りなかったが、身がかるくて、走るときは稲妻のようであったといわれる。だが、さっきの奴も天狗にはよほど驚いたようだな」

軽くわらって、談話はそれきり途絶えた。

あとはしばらくぴたぴたと湿地をいく跫音ばかりきこえていたが、やがて鬼頭がぴたりと立ちどまった。

「鬼頭さん、どうしました」

「叱《し》っ、しばらくここで待っていたまえ」

眼顔で知らせて、鬼頭はさっと五、六間うしろへ飛ぶと、水もたまらぬ早業だった。闇のなかに、ぎらりと銀蛇がおどると、

「うわッ！」

黒い影がもんどり打って土のうえに這っているのである。

鬼頭は冷たい眼でそれを見ながら、

「夜鷹蕎麦にいた男だ。どうで幕府の犬だろう」

「斬ったのか」

「大事のまえの小事だ。さァ、いこう」

刀を鞘におさめると、そのまま無言で立ち去ってしまう。

その姿が見えなくなったころ、枯葭をわってぬっと顔を出したのは、かまいたちの小平である。

常吉のそばによって見ると、見事に斬り落されている。葭の根をつかんだ手が、ぴくぴく動いてそれきりだった。

「無残なことをしやァがる。子煩悩な男だったになァ」

ひくい声で呟くと、ぴたりと合掌して、

「ひとりは下り藤、ひとりは菊水の紋所だったな。よし、常吉、必ずかたきはとってやるぜ」

栗鼠《りす》のようによく動く眼を、きっと見据えて、そのまま見えがくれにふたり連れを尾けていくのである。猫のように跫音のない歩きかたで……。

# おごれる貴公子

その朝。

井伊掃部直弼《かもんのかみなおすけ》は少なからず不機嫌だった。

やりかけた事は必ず貫徹せずにはおかぬこの剛毅な貴公子は、自分の仕事について、はたからとやかく批判がましいことをいわれるのが大嫌いだった。

自分でもちかごろ少しやり過ぎることを自覚している。それだけに世間の悪評は覚悟のまえだったが、しかしその悪評をじかに聞くことを懼《おそ》れた。そういう悪評が自分の勇猛心を挫《くじ》くことをおそれたのではなく、反対にそういう悪評によって、ますます自分が苛酷になっていくのを警戒するからである。

そういう男だ、俺は……と、直弼はかんがえる。ころがりだしたらあらゆる物を粉砕しても、いきつくところまでいかねばやまぬ自分の性格をよく知っているだけに、邪魔立てされて無益な怪我人をふやしたくなかった。

だが……。

そういう剛毅な直弼にも、さそりが胸をかむように、一抹の悔恨の情はある。

去年勅許《ちょっきょ》をまたずに、アメリカとの通商交渉に調印したことが、いまだに黒いわだかまりとなって胸の底にのこっている。一部の浪士がいうように、かれとても決して勅許をかろんじたわけではなかった。

まったくあの時は、ああするよりほかにこの国をすくうみちはなかったのだと、少くとも直弼自身は信じていた。そして時を経れば、そういう自分の心事もわかって貰えるだろう……そう考えていたのが、事実は反対の方向へと時勢は動いていくのである。

勅許問題を契機として、尊攘の勢いは俄かに擡頭《だいとう》して来て、きびしく直弼を糾弾《きゅうだん》する。こうなると騎虎《きこ》の勢いだった。この心驕《おご》れる貴公子は、ころがる石のように容赦なく自分の政策を実行しはじめた。

そこに安政の大獄という、未曾有の大疑獄が起ったわけである。

京都では梅田雲浜がとらえられたのを手はじめに、水戸藩の京都留守役、鵜飼父子はじめ鷹司、一条家の家臣その他、尊攘派の有力者が数十名、いっせいに検挙されて、天下の耳目《じもく》を聳動《しょうどう》させた。頼《らい》三樹三郎、吉田松陰、橋本左内などがとらえられたのもその頃である。

さらに、水戸藩へくだった勅許問題を契機として、尊攘派の大頭目、烈公、水戸斉昭《なりあき》に蟄居《ちっきょ》を命じたのもこの時である。

このために天下はあげて鼎《かなえ》のごとく沸騰している。そして、その沸《たぎ》りたつ坩堝《るつぼ》の中心に身をおいているのが掃部頭井伊直弼なのである。

直弼はどうかすると、白刃《しらは》渡りの芸当を演じているような、危い自分の立場をかんがえ、憂鬱になることがある。そして、そういう時には腹臣の部下、長野主膳をまねいて、自分の弱気を押し殺してしまうのである。

「殿、長野主膳殿がお見えになりました」

近従の取次ぎに、直弼ははっと眼覚めたように、

「おお、主膳が参ったか、すぐこれへ通せ」

長野主膳は直弼の苛酷な政策の断行者だった。というよりも、逆に直弼こそ、長野主膳の苛酷な政策の断行者である、といったほうがあたっていたかも知れない。

それほど、長野主膳という男は、直弼にとっては無二の腹臣だった。

「御前、昨夜また曲者が忍びこみましたそうで」

峻烈《しゅんれつ》な主膳の顔が、針のようにとがっていた。

「ふむ」

だが、そういう主膳の顔を見ると、直弼はいくらか晴れやかな面持ちになって、苦笑をもらしながら、

「余をまるで高時あつかいに致しおる。世の中は盲目《めくら》千人とはよく言ったものだな。これほど国事に心労している余が、高時と同様に見ゆるのであろうか」

剛腹の貴公子にも、やっぱり愚痴はあるのだった。

「勿態《もったい》ないことを。しかしこう度々曲者が入るようでは、殿の御身心許《こころもと》なく存じます。くれぐれも御警戒のほどを……」

「なに、生命はもとより覚悟のまえだ。のう、主膳、この国家大事の際にあたって、為政者にそれだけの覚悟がなくて叶おうか。右顧左眄《うこさべん》していて、なんの政道があろう。いまは、断じて行う場じゃ。人のうらみは覚悟している」

これは直弼の真実の声だった。

これだけの器量と覚悟をもちながら、公達《きんだち》そだちの悲しさには、しんしんとうごいていく時代について、真の見透しをかいていたのが破綻のもとだった。

主膳はしばらく言葉もない。ふかい沈黙がしばらく主従のあいだを交流していたが、やがて直弼は思い出したように、

「そうそう、汝《なんじ》を呼んだのはほかでもない。主膳、これを見よ」

直弼がふりかえったところを見ると、居間の金襖のうえに、墨ぐろぐろと菊水の紋所が書いてある。

「おお、これは……」

「昨夜の天狗が書きのこして参ったのだ。主膳、その方、この菊水の紋所に憶えはないか」

「さて、この紋所に……?」

主膳が首をかしげるのを見て、直弼は急に膝をすすめると、

「先年、ペルリが再度の渡来の節、浦賀より密書を携え、時の御老中阿部伊勢守どののもとへ駆けつけた者があったな。あの密書は大いに参考になるところがあったということだ。その時の使者の紋所がたしかに菊水、名は兵馬と申して、楠公の子孫だという噂であった」

「そういえば、そういうことがあったのを聞いております」

「その兵馬という若者を探してみよ。天狗の正体がわかろうぞ」

それから間もなく、自分の長屋へかえった主膳は、小姓にむかって、

「お万はまだ来ぬか。お万が参ったらすぐ会いたい。これへと申せ」と、命じていた。

## 助太刀所望

神田お玉が池の千葉道場。——あるじの千葉周作は二、三年まえに六十三歳をもって没したが、その千葉道場の弟子溜りで、菊水兵馬は寝不足のおもい気分をもてあましていた。

浦賀から出て来て足かけ六年、兵馬はこの道場の食客となっているのである。

彼がはじめてここに身を寄せたころ、主の周作はすでに病床にあったので、かねて望んでいた稽古を直接うけることは出来なかったが、その代り、周作は生前水戸家から禄を賜っていたので、ここへは水戸家中の武士が多く出入をする。その人たちの感化にみがかれて、兵馬の勤王魂はいよいよ鋭く、はげしくなっていた。

それだのに……と、兵馬は昨夜の自分の逡巡《しゆんじゆん》が口惜しく思い出されて来る。

兵馬は現に掃部頭の寝所までしのび入ったのだ。討とうと思えばたった一討ちだった。それにも拘《かかわ》らず、手をつかねてかえって来た自分の意気地なさが歯痒いのである。

（それにひきかえて鬼頭はえらい）

——と、思う。

ただ、後をつけて来たというだけで、岡っ引を斬ってすて、大事のまえの小事だとつめたく笑っている、鬼頭修理には叶わないと思う。

だが、そう思いながら、兵馬はなんとなく不愉快だった。鬼頭修理のやりかたが、大事を守るというよりも、本質的な冷酷さから来ているように思えて同感出来なかった。

兵馬はまだ人を斬ったことがないのである。

「菊水、どうした、いやにうかぬ顔をしているじゃないか」

そこへ副島という男がはいって来て、からかうようにこう言った。

「ふむ、少し頭が重い」

「夜遊びが過ぎるからだ。ちかごろは毎晩ではないか」

「ふうむ」

兵馬は仕方なしに微笑《わら》っている。副島という男はそれをみると、ますます誤解をふかくして、

「若いから仕方がないが、貴公いつも鬼頭といっしょだな」

「ふむ」

「あの男には気をつけたがよいぞ。貴公はひとがいいから危くていけない」

「と、いうと……?」

兵馬は思わず副島の顔を見直した。自分の心中を見透かされたのかと思ったからである。

「あいつは奸物《かんぶつ》だ。誰でもそういっている。自分の利益のためには、友を平気で売る男だ。腕は立派だがな……は、は、は、まあ陰口はよそう。そうそう、忘れていた。貴公に会いたいという人物が参っている」

「私に?」

「小平という男だ。女の連れがあるぜ。しかもなかなかの美人じゃ。菊水、貴公もすみへおけぬ男だぞ」

副島が大声にわらいながら出ていくと、間もなくはいって来たのはかまいたちの小平である。なるほど、十七、八のちょっと可愛い娘をつれていたが、兵馬にはもとより、二人とも見憶えはなかった。

「お訊ねの菊水兵馬というのは私ですが、何か御用ですか」

怪訝《けげん》そうに兵馬が眉をひそめるのを、小平は薄笑いでうけて、

「お初にお眼にかかります。私は小平という者で、これにおりますのは桐畑の常吉という者の娘、お照と申します。どうぞよろしく見識りおき下さいまし」

小平は腰から煙管《きせる》の筒をぬきながら、じっと兵馬の面を凝視している。お照は強張《こわば》った顔を伏せたまま、ただ、頭にさしたかんざしだけが、かすかにぶるぶるふるえていた。

何やら仔細ありげなこの二人の様子に、兵馬はいよいよ不思議の眼をみはり、

「なるほど、それで私に御用というのは？」

「へえ」

と、小平はお照のほうを顎でしゃくりながら、

「実はここにおりますお照のために、ひとつ助太刀をお願いしたいのでございます」

「なに、私に助太刀をしろと……？」

兵馬はあきれて物がいえないのである。気が狂っているのではなかろうかと、二人の相手を疑ってみた。一面識もないこの二人から、助太刀を求められる因縁はどこにもない――と、兵馬がそう思うのも無理ではなかった。

「それは異なことを」

「いえ、別に不思議なことではございませんので。実はこのお照の父の桐畑の常吉というのが、昨夜人手にかかって敢《あえ》ない最後をとげたのでございます。場所は赤坂の溜池のほとりで……へえ、お心当りはございませんかえ」

兵馬は思わずはっとした。いままで斬られた男を不憫《ふびん》とは思っていても、その男に遺族があろうなどとは、夢にもかんがえなかったのである。

「おお、お心当りがありと見えますね。お照ちゃん、喜びねえ。旦那に心当りがおありだとさ」

「はい」

お照は泣きはらした眼をあげて、ちらと兵馬の顔を仰いだが、すぐ、眩しそうに頬をそめてうつむいてしまった。

兵馬は当惑したように、

「いや、待たれい。なるほどそういえば心当りがないでもない。いまもいまとて、不憫なことであったと後悔していたところだが、助太刀などとはもってのほか」

「旦那、そりゃいけません、助太刀はともかく、せめて下手人の名前ぐらいは明かしてやって下さいまし。それでないとお照坊が可哀そうだ。親ひとり娘ひとりの、そりゃ羨ましいくらいの親娘だったもんでございますからねえ」

小平というのも不思議な男である。常吉が生きているあいだは、追いつ追われつ、それこそ生命《いのち》がけの鬼ごっこをして来た仲でありながら、その常吉が非業の最後をとげると、どうしてもその娘に親のかたきを討たせてやらなければ、腹の虫がおさまらないのである。物好きといえば物好きだが、それが、自分の義務だと考えている。

「もし、私がいやだといったら……？」

兵馬が困ったようにいうと、小平はわざとそれを聞かないふりをして、まったく別なことをいい出した。

「旦那、ちかごろはおいおい物騒になります。昨夜も昨夜とて、外桜田のあたりに天狗が出たそうです」

「なに！」

「天王寺の妖霊星を見ずや……そういって天狗が舞うそうです。おっと、危い！」

兵馬の手が刀のつかにかかるまえに、小平はひらりと畳一畳うしろへ滑っていた。その身のこなしに兵馬ははっきり覚えがあった。

「おお、貴様だな。昨夜……の屋敷へしのび入った賊は……」

「おっと、旦那。野暮《やぼ》な声を出しなはんな。なるほど、そう気附かれちゃ、こいつはお互いっこだが、それじゃもうひとつ、こういうネタは如何《いかが》です」

小平はにやにや笑いながら、

「実は昨夜、あっしは旦那のあとをつけていったんです。旦那はもうひとりのお侍と、あれから大廻りに廻って、日本橋塩町のさるお屋敷へ入りましたね。そのお屋敷の土蔵から眼と鼻のあいだにゃ、伝馬町の牢屋がある。その牢屋のなかにゃ、ちかごろ京都から送られて来た、吉田松陰先生という方がいなさるそうだ……。おっと、危い！　またでござんすかえ」

兵馬は刀の柄に手をかけたまま、真蒼な顔で小平とお照をにらんでいた。

## 朱唇の誘惑

「鬼頭さん、ちょっと、そこへいくのは鬼頭さんじゃありませんか」

唐突に、あだっぽい声でこう呼びかけられて、鬼頭修理は夢からさめたように顔をあげた。

比丘尼《びくに》橋のそばなのである。

小春日和の陽差しのなかに、薄い埃がまって、橋向うの火の見櫓《やぐら》のうえに、鳶《とび》がのどかに輪をえがいている。右手には十三里○焼とかいた角型行燈《あんどん》、その下に犬ころがぬくぬくと眠っている。

その焼芋屋の葭簾《よしず》のまえに、駕籠《かご》をおろして、にんまりと垂れをあげたのは、どうで唯者《ただもの》とは思われぬ。あだっぽい年増だった。——まったく美しい。冴々とした眼を輝かせ、きらりと糸切歯を見せたところは、男の魂をじかにゆすぶる魔力をもっている。

「おお、おまえはお万ではないか」

鬼頭修理の頬からは、いったんさっと血の気がひいたが、また薄ぼんやりと赧《あか》くなって来る。子供のように落着かぬ、そわそわとした身振りだった。

「ほんとに珍しいところで会いましたこと。あたし、どんなにお眼にかかりたかったか……駕籠屋さん、あたしゃここでおろしてもらうよ」

ばらりと裾をさばいて、駕籠のなかから出て来るお万を見ると、修理はおかしいほどあわてて、

「だが……いいのか」

「あら、何が？」

「用事があるのじゃないのか」

「いいじゃありませんか、そんなこと……せっかくここでお眼にかかったンですもの、逃げようたって逃がしゃアしませんよ」

絡《から》みつくような眼差《まなざ》しで、

「先から逢いたい、逢いたいと思っていたのが、やっと念がとどいたのね。いったいどこへかくれていたンです。逃げるなんてひどいじゃありませんか」

しらじらしい女の言葉に、修理はかえす言葉もなかった。

逃げたのはおまえのほうだ。……と、そう言いたいのだったが、この女を眼のまえにおくと、つもる怨みも口へは出ないのである。固くなっている。……自分でもそう気がついていた。

「ねえ。話があるの。つきあって下さるでしょう」

お万はひとり極《き》めに極めて、

「山くじら……ほほほほほ、野暮だけどあの店どう？　二人きりでゆっくり話したいのよ。座敷さえあればいいじゃありませんか」

この女にあっていると、いつも鼻面をとって引きずり廻されているような気がする。そして揚句《あげく》のはてには、ぽんと投げ出されてしまうのだ。……そうわかっていながら、魔酒の酔心地をわすれかねる修理なのだ。

女は以前、柳橋から出ていた。その時分、修理はさんざんたわけの限りをつくした揚句、女からすてられてしまった。だしぬけにお万のほうから姿を消してしまったのだ。

修理が冷い、巧利的な男になったのはその時分からだった。

「まあ、だいぶいい色になったわね。もっとお酔いなさいよ。素面《しらふ》でいるあなたは可厭《いや》よ。だって色が白すぎて、凄味なんですもの」

座敷へ落着くと、お万はそういってさかんに酒をすすめる。しかし、お万の言葉は嘘なのだ。酔うとますます蒼くなる修理だった。

「あなた、あれからどうなすって?」

「俺か……」

修理はみずから嘲るように、

「見らるるとおり尾羽打枯《おわうちか》らした浪人さ。千葉道場で食客をしているよ」

「御免なさいね。あたしだってあなたのことを思わない日はないのだけれど、自儘にならない体でしょう。気になりながら、つい今日まで……勘忍してね」

　この狸め！

　と、思いながら、その手に乗っている愉快さが、酒の酔いとともに五体にしみるのである。

「自儘になれば、また昔に戻ってくれるか」

「ええ、そうなりたいの。でもそのままじゃ可厭《いや》よ。あたしゃ貧乏くさいのは大嫌いさ」

「ふん」

　鼻を鳴らす修理の肩へ、お万はぴったり身を寄せて、

「ねえ、あなた、出世をしない？　出世をして羽振りがよくなれば、また昔のとおりになってあげるわ」

「出世？　そんな口があるならなァ」

「ところがあるのよ」

　お万はじっと相手の横顔を見て、

「あなた、菊水兵馬という男を知っているでしょう?」

修理はどきりとしたような眼で、お万の顔を見直しながら、

「なに、菊水兵馬……?」

「ええ、そう、あたしその男がなにを企んでいるか知りたいの。いえ、さる御大身のお方から、あの男の尻尾《しっぽ》をつかまえてくれたら、途方もない御褒美がいただけることになっているのよ。御大身の方……ね、わかっているでしょう?」

さすがに修理も愕然としてお万の眼を見つめた。

むろん、修理もお万が誰の手先になって働いているかぐらい知っていた。自分からお万を奪っていった男……修理が心にもなく尊攘の浪人の群に身を投じていったのは、その男に対する反抗が多分にふくまれていたのだ。だが、いま、……

謎のようにつぼめたお万の唇をみると、ふと、その男のまえに膝を屈することなんか、なんでもないことのように思えて、これを手蔓《てづる》に……と、そんなうまい考えさえうかんで来る。お万もそれを察しているように、

「ねえ、義理だの、何んだのとつまらないことをいっている場合じゃありませんよ。ここで出世をしなければ嘘よ、ねえ、これが当世というものよ」

当世――なるほどうまいことをいった。ほんとにこれが当世なのかも知れない。

「お万、ともかく酒を注いでくれ」

と、なみなみと盃洗につがれた酒を、ごくりごくりと飲んでいる修理を、お万はつめたい、勝ちほこった眼で見据えていた。

## 嵐の尾行者

二、三日、馬鹿にあたたかい陽気がつづいたと思うと、それが前兆だったのか、十月だというのに珍らしい大嵐になった。兵馬はこの嵐をついて、錦町河岸へさしかかった時、ふと、誰かにあとをつけられているような気がして、胸もとから不安がこみあげて来た。

尾行者は兵馬に気づかれたのを覚《さと》ると、そのままどこかへ姿を消したが、それからしばらくすると、またどこからともなく現れて、執念ぶかくあとをつけて来る。

（何者だろう）

いちど、常盤橋の近所で、相手の正体をつきとめてやろうと、兵馬は待伏せをくらわせたが、相手もさるもの、危く兵馬の手をのがれて逃げてしまった。

だが。……

その時、兵馬ははっきり見たのである。相手が女であることを。……

兵馬は驚いた。女がなんのために自分を尾《つ》けて来るのだろう。……しばらく彼は当惑したように、その場に立ちすくんでいたが、いつまでもそうしているわけにはいかなかった。

時刻は刻々として迫って来る。愚図愚図していて同志におくれてはすまない。

そこで兵馬は嵐のなかを大廻りして、塩町にある萩乃屋という両替屋の寮へやって来た。

もし、この日、誰かが注意してこの寮の裏木戸を見張っていたら、異形の風態をした武士が、ひとり、また一人とこの寮のなかへ吸いこまれていったのに気がついたろう。

この萩乃屋の若主人というのが、千葉道場の門人で、さてこそ、この寮が彼らの計画の策源地にえらばれたらしい。

寮の裏庭に白壁づくりの土蔵があって、その土蔵から、路ひとつへだてたところが伝馬町の牢獄なのである。長州藩士松陰吉田寅次郎は、井伊掃部頭の片腕といわれた、閣老間部詮勝《のぶかつ》を要撃しようとはかったかどで、七月以来そこにつながれているのである。

「遅くなりました」

合羽《かっぱ》を雨にぬらして、この土蔵のなかへ駆けこんで来た菊水兵馬は、そこに集まった人々の顔を見ると、

「皆様、もうお集まりでございますか」

「いや、鬼頭がまだ来ないようだ」

土蔵のなかのほの暗い燈火のしたで、数名の若者が酒を呷《あお》っている。言葉の訛からすぐ長州藩士とうなずけた。

「鬼頭が来ない……？」

兵馬は雨にぬれた合羽を片附けながら、なんという事なく不安をかんじた。この二、三日、修理のようすが、どこか変っていたことに気がついたからである。

「どうだ、あまり遅くならないうちに決行しようじゃないか」

やがて、待ちかねて一人がいうのを、

「いや、とてもの事にもう少し待ってやって下さらぬか」

そう止めたのは兵馬である。

この企ての中で、鬼頭修理と自分だけが、長州藩士でないひけめがあって、なるべくなら鬼頭をかばってやりたい気持ちだった。

「うん、あの男もいままで手をかしてくれたのだからな。肝腎な時におくれたら残念だろう。なに急ぐことはない。もう少し待ってやろうじゃないか」

年嵩《としかさ》の武士の言葉に、さっきからはやり切っている壮者たちも、仕方なさそうにまた腰をおちつける。

不安な、いらいらするような時刻がすぎていく。しかし、いくら待っても鬼頭はすがたを見せなかった。土蔵の外では人の神経をかき立てるように、いよいよ嵐が吹きつのっていた。

堪《たま》りかねたように、さっきの壮者がまた口を切った。

「いつまで待っても同じことだ。ひょっとするとあいつ、急に心変りがしたのではないか」

一同の面上にさっと不安な色がながれる。兵馬は自分がとがめられたように胸がいたんだ。どちらにしても、これ以上待っていることは出来なかったし、もし鬼頭が心変りしたとしたら、いっそう急ぐ必要があった。

「よし、それじゃ決行しよう。菊水、異存はないだろうな」

「やむを得ません」

「それじゃ、井上、支度をしろ」

「よし」

井上という若者が土蔵の床をあげると、驚いたことには、そこにはくろぐろとした横《よこ》坑《あな》がうがたれているのである。

彼らの隠密の計画というのはこれだった。伝馬町の牢獄まで地下道をほって、そこから恩師吉田松陰をすくい出そうというのだ。無謀といえば無謀だったが、二カ年間、松下村塾において、松陰先生の烈々たる教えをうけた彼らは、この恩師をそのまま幕吏の手にゆだねるにしのびなかったのだ。

兵馬がこの一味に加わったのは、かつて金沢の浜辺で、その人の声咳に接してより、わすれかねる強い記憶が、彼の若さをかり立てたからである。

「井上、貴公からはいるか」

「よし」

と、井上は力強くうなずいたが、そこではたと当惑したように、

「しかし、先生のいられるところはわかっているか」

「おお、そうだった」

年嵩の武士は唇をかんで、

「鬼頭がいないとわからない。牢内の様子はあの男が詳しく知っている筈だったのだ」

「なあに、そんな事」

と、別の男が吐き出すように、

「忍びこんでから探せばいい」

「山内は簡単にいうが、伝馬町の牢はひろいぞ。三千四百坪以上もあって、揚座敷、揚屋、大牢、二間牢、いろいろあるそうだ。まごまごしていると、先生をお救いするまえに、われわれのほうがつかまってしまう」

もっともな言葉に、一同はいまさらのように顔を見合せた。いずれもいらいらとして、力の持っていき場に困るという顔色だった。——と、その一瞬の静けさの中に、

「それならば、わたしが御案内いたしましょう」

ふいに女の声がふって来たので、一同はぎょっとしたように振りかえったが、

「あっ、あなたはお照さん」

兵馬は思わず顔色をかえて叫んだ。降りしきる雨脚《あまあし》を背に、土蔵の入口に濡れ鼠になって立っているのは、まぎれもなく、桐畑の常吉の娘お照だった。

## 兵馬血顫《ちぶる》い

「菊水、貴公はこの娘を知っているのか」

年嵩の武士のとがめるような言葉に、兵馬はいくらか顔をあからめながら、

「はい、知っています」

と、こたえると、お照のそばへつかつかと近附いていった。

「お照さん、あなたはどうしてここへ来たのです」

「あなた様のおあとを慕って……」

「なに、私のあとをつけて？」

兵馬ははじめて、さっきの嵐の尾行者が、このお照だったことに気がついた。

「しかし、何んだってまた、私をつけて来たのです。それがどんなに無謀なことだかわかっているでしょう」

ずらりとふたりを取りまいて、もし、変なことでもあれば、すぐにも斬って捨てようと用意している一同の顔色を見ると、兵馬は気が気でなかった。

「はい」

お照はいったん悲しげに眼を伏せたが、すぐ、必死のいろを面にあらわして、

「兵馬様。あたしは一刻も早く、あなたにお約束を果していただきたかったのです。あの時あなたはおっしゃいました。大望をお果しなされたら、その時こそ、父の敵《かたき》を教えて下さるというお言葉でしたね。そして、その大望というのは、今宵のこの企てのことでございましょう。それだからこそあたしはここへ参ったのです」

「ふむ」

「あたしは一刻も早く、あなたに大望を遂げていただきとうございます。そのためにはお力になりたいとさえ思います。幸いあたしは御牢内の様子はくわしく存じておりますの。さあ、みなさま、おいでなさいまし、あたしが御案内いたしましょう」

兵馬とお照との約束というのが、どんなことかわからなかったにしても、御牢内の様子を知っているというのが、この際一同にとっては何よりの話だった。

「よし、構わないではないか。この娘が案内するというならさせろ」

「変な真似をすれば、斬って捨てるばかりだ。菊水、連れて来い」

「お照さん、大丈夫ですか」

「はい」

　お照はきっぱりとした声音《こわね》だった。


　やがて一同はゾロゾロと揚蓋のなかへ入っていく。

　真っ暗な隧道《トンネル》なのである。彼らの秘密の仕事だから、むろん完全にはいっていない。歩けば土がぼろぼろこぼれる。ところどころ水がポトポト垂れて、ともすれば、手にした龕燈《がんどう》が消えそうになる。

　兵馬とお照は一同のいちばんあとからついていった。

　やがて先頭に立った一群が、

「ここだ」

　と、叫んで立ちどまった。横坑はいきどまりになって、ざらざらと土のこぼれる赤土の肌が、龕燈のひかりにうかびあがった。

　しばらく一同は緊張した面持ちで耳をすましていたが、吹きあれる嵐の音のほかは何ひとつ聞えない。

「よし、点火しろ」

「みんな体を伏せていろ！」

闇のなかを蒼い火がシューッと這っていくと、やがてどかんと耳を聾《ろう》する物音がして、ふいに外の嵐が間近かにせまって来た。

「それ、出ろ！」

いまの爆発で、パックリあいた路面の孔へ、一同はひと揉みになって押し出していったが、とたんに、

「しまった！」

と、口々にさけぶ声。

「気をつけろ。網が張られているぞ」

兵馬はいちばん最後から、孔から首をもたげて愕然としたのである。さきにとび出した連中は、地上に張られた網に脚をとられて、蜘蛛の巣にひっかかったようにもがいている。

あたりは煌々《こうこう》たる御用提灯《ちょうちん》と役人の山だった。誰か裏切ったものがあるにちがいな

い。

兵馬は勃然たる怒りがこみあげて来て、手にした龕燈をきっとお照の顔にむけた。

「お照さん。裏切ったのはあなたですか」

お照も惘然《ぼうぜん》としてあたりの修羅場を見廻わしていたが、必死の声で、

「いいえ、あたしじゃありません。信じて下さい。あたしがどうしてそんなことを……あなた様をこれほどお慕い申上げておりますのに……」

兵馬は相手の眼をじっと凝視《みつ》めながら、

「信じましょう。許して下さい。だが、こうなってはあなたとの約束は果せなくなった」

「逃げましょう。ねえ、ここを逃げて下さい」

「いや」

兵馬はすでに覚悟を定めていた。

お照のこらえる手をふり切って、孔の中から躍り出すと、脚もとに気をつけながら、きっと大刀の鞘をはらった。お照もその腰にしがみつくようについて来る。

その時だった。

降りしぶく嵐のなかを、どこから飛んで来たのか、猿のような影が、牢屋の屋根にあらわれると、

「駄目だ。駄目だ、旦那、いけねえ」

と、声を張りあげて、

「裏切ったのは鬼頭修理という男だ。おかげで旦那の探していらっしゃる吉田先生は、今日昼間、ひそかにお斬られなすったとやら」

いうまでもなくかまいたちの小平なのである。

そうだったのか……兵馬は涌然《ゆうぜん》たる悲しみと同時に、一方、一種の気易さにはればれするのだった。これで同志に対する友誼《ゆうぎ》に責められることはない。

「小平、それじゃお照さんを頼んだぞ。お照さん、生きていたらきっと敵を討たしてあげる」

吉田先生を救う仕事は、鬼頭修理の裏切で失敗したかも知れない。しかし、先生の肉体はほろびても、魂は先生の獄中吟、留魂録とともに生きているのだ。

兵馬ははじめて人を斬る昂奮にわななきながら、群がる牢役人のなかへ斬り込んでい

た。……

その翌年、井伊大老が桜田御門で暗殺されてから間もなくのことである。鬼頭修理が鍛冶橋のちかくで、何者にともなく斬り殺されていたということである。

# 金座大疑獄

## 身替り番子《ばんこ》

「なに、何んと申す」

金座御金改役の秋山長門は、驚いたように褥《しとね》からまえへ滑り出た。

「しからば本日、この金座の金吹所へ、怪しい奴がまぎれ込んでいると申すのか」

「へえ、さようでございます」

と、凄味のある眼差しで、じろりと相手の狼狽《ろうばい》した顔色を見やったのは、石町の介《すけ》十郎《じゅうろう》という岡っ引である。きちんと揃えた膝のうえに両手をつきながら、顎をまえへ突き出すように、

「実はいまもここへお伺いするまえに、中門のところで、念のために鑑札箱を改めさせていただきましたが、たしかにそれにちがいございません。何奴か伴造《ともぞう》という番子の身替りとなって、この金座へまぎれこみやがった者があるにちがいねえんで」

「ふむ。それは由々しき一大事、しかと間違いあるまいな」

「へえ、決して間違いはございません。現にあっしゃこの眼で伴造の野郎が額をわられて、うんうん唸りながら寝ているのを、たしかに見届けて参ったのでございますからね」

「ふーむ」

と、秋山長門はうめくように、

「しかもここへ来てみれば、その伴造と申す者の鑑札が、ちゃんと中門の鑑札箱のなかに入っていると申すのだな」

「そうなのでございますよ」

介十郎は膝をすすめて、

「実はその伴造という野郎は、鐘突新道の裏長屋、市兵衛と申すものの店に住まっているのでございますが、日頃からいたって酒癖のよろしくない奴でございまして、昨夜も石町へんで、したたか酒にくらい酔った揚句が、通りがかりの者に喧嘩を吹っかけたと申します。ところがこいつがあべこべに小っ酷《こっぴど》くやられて、きょうは朝から向う鉢巻で、うんうんと唸っているんです。ところがその女房というのが今朝になって気がついてみると、大切な金座の鑑札が紛《な》くなっているんです。それでもしものことがあっちゃたいへんと、蒼くなってあっしのところへ相談に来たのでございます」

「ふむ、ふむ」

「ほかのものとちがって、これが金座へ出入りの門鑑ですから、あっしもすてってはおけません。紛《な》くしてしまったものならばまだしものこと、もし余人の手にはいって、悪く利用されるようなことがあっちゃ一大事と、取るものも取りあえずお知らせにあがったんですが、驚くじゃございませんか。相手のほうがひと足さきだ。中門の鑑札箱のなかにゃ、ちゃんと伴造の鑑札がおさまっているんです。どこのどいつか知りませんが、図々しい奴もあったもので、伴造の身替りとなって、このお吹屋へまんまとまぎれ込みやァがったのにちがいねえんで」

介十郎の話をきいているうちに、秋山長門の顔は蒼くなったり赧《あか》くなったりする。何かよほど気にかかることがあるらしい。

石町の介十郎といえば、その時分、御用聞き仲間でも顔の売れたほうだった。腕もあれば思慮分別にもとんでいる。つまらないことで騒ぎ立てるような人間ではなかった。

前にも二、三度事件があって、介十郎を煩わしたことのある金座役人秋山長門は、相手の手腕《うで》は知りすぎるほど知っている。それだけにいま、介十郎の持ちこんで来た意外な報告に、すっかり狼狽したかたちだった。

「介十郎、それが事実とすればまことに由々しき一大事だが、これはいったいどうしたものであろうな」

「さようで」

と、そこで介十郎は声をひそめると、

「旦那、ここの退出《ひけ》時刻はたしか七ツ半（午後五時）でございましたね」

「ふむ。いかにもその方の申すとおり、おっつけ太鼓の鳴る時刻だ」

「それじゃ如何《いかが》でございましょう。こういうふうに計らいましては？」

と、介十郎が膝をすすめて、何やらひそひそと囁くと、秋山長門はいくどか強くうなずいていたが、

「なるほど、それじゃ万事そのほうにまかせるが……」

と、しかし、何か奥歯に物のはさまったような言いかたなのである。桐火桶の縁をなでながら、思いわずらうような瞳で、しばらく探るように介十郎の顔を眺《み》めていたが、

「それで何か、介十郎……、その方もしその曲者《くせもの》というのを発見けたら、いったい如何

いたす所存だな」

「へえ、それはもういうまでもございません。ひっ捕えて町奉行所へ引き立てるばかりでございます」

「いや、それはならぬ」

「へえ、それはまたどうしてでございますか」

「第一、ここは勘定奉行の御支配故、ここで起ったことは、町奉行の差図はうけぬ。それに……」

「へえ、それに……？」

「事を荒立てては、いささか当方に迷惑いたすことがある。のう、介十郎、ちかごろの世間の騒がしさはそのほうもよく存知ておろう。浪人どものなかにはいろいろ不逞なことを企む者もあると聞く。されば、当金座などでも、なるべくならば、つまらぬ事に騒ぎ立てたくはないのだ。よいか、分ったろうな」

「へえ。――」

介十郎はわかったような、分らぬような、――しかし、たとい曲者を捕えても、それを隠密のうちに処分したいという、長門の意向だけはのみこめたらしく、にやりとここで笑ったのである。

## 金座往来

秋山長門が不安に眉をひそめたのも無理はない。

金座といえばさしずめ現今の造幣局である。小判分判のこの鋳造所が、だから江戸時代どれほど厳重に警戒されていたか、いまさら事新しく述べるまでもあるまい。

江戸時代の金座は、常盤橋御門の外、いまの日本銀行のあたりにあって、奥行およそ七十二間、間口四十六間あり、黒板塀とお長屋門で、厳重に外部から遮断され、そのなかにある金吹所で、万人渇仰のあの大判小判がざくざくと鋳造されたものである。

それだけにここへ出入りをする手代、細工人、番子たちの出入りには、いちいち取調べが厳重をきわめたもので、まず朝出頭すると、中門というところで鑑札改めがある。

ここで本人に間違いなしということがわかると、鑑札を箱のなかへいれ、御用部屋へ通ることを許されるのだが、そのまえに脱衣場へいって、すっかり着更えをしなければならないのである。

即ち、家から着ていったものは、上から下まですっかり脱ぎ捨て、素っ裸になってここで役服というのに改める。その役服の背中には、座方ならば金、吹方ならば吹という印がついているから、どこへいっても一瞥で金座の職人ということが知れる。

ここではじめて彼らは御用部屋、すなわち小判の鋳造所たる金吹所にはいることを許されるのである。

朝でさえこれくらい厳重なのだから、退出時刻の警戒と来たら、それに輪をかけた厳重さだが、いましもその退出時刻である。

ドーン、ドーン。

時刻を知らせる大太鼓の音がとどろきわたると、やがて仕事をおえた細工人や番子たちが、ゾロゾロと御用部屋から吐き出されて来る。

御用部屋は一方出口で、そこは板敷の退散所になっている。

仕事のすんだ手代、細工人、手伝、番子ら職人は、すべてここで役服をぬぐと素っ裸になる。褌《ふんどし》さえとってしまうのである。

そして、役人がそそぐ杓子の水を手にうけて口を嗽《すす》ぐ。これは口中に金粉をふくんでいないことを示すためである。それがすむと、別の役人が今度は頭髪に指をつっこみ、何もかくしているものはないかと改める。

これが終ると、最後は青竹跨《また》ぎという奴である。

青竹跨ぎというのは、退散所の出口に、青竹を横にしたのが、腰の高さほどのところに渡してあって、素っ裸の職人たちは、役人のまえでいちいちこの青竹を跨がねばならない。これはつまり股間に物をかくしていない事を証明するためである。

これだけの手数をへて、やっと一同は脱衣場へはいることを許される。そして、ここで朝脱ぎすてた自分の着物を着て、中門であらためて自分の鑑札をもらい、はじめて外へ出ることが出来るのである。

さて、その退出時刻。

いましも、退散所に一列にならんだ素っ裸の職人たちが、ひとりひとりいま述べたような厳重な検査をうけ、順繰りに外へ出ていくと、やがて最後にのこったのは、いやに小柄な男である。

見たところ、背丈は子供ほどしかないが、それでいて隆々たる筋肉はよく引緊《ひきし》まって、いかにも敏捷そうな身のこなしである。顔を見ると、どうやら、かれこれ、四十の坂に手のとどきそうな男だ。

「へえへえ、御免下さいまし。真平《まっぴら》御免下さいまし」

役人の検査をうけるごとに、いちいち小腰をかがめながら、最後にやって来たのが、例の青竹跨ぎ。

これも首尾よく検査がとおって、

「通りませい」

役人の声に、

「へえへえ、ありがとうございます。それでは真平御免下さいまし」

小腰をかがめて、行きすぎようとした時である。

「おい、兄哥《あにき》、そこへ行く兄哥、ちょっと待ちねえ」

横合からだしぬけにこう声をかけた者がある。

男はちょっとどきりとしたふうだったが、すぐまた素知らぬ態で、脱衣場のほうへ行こうとするのへ、

「こうこう待たねえかよ。おいらが呼びとめているのが聞こえねえのか」

「へえへえ、あの、お呼びになりましたのはわたしの事でございますか」

「そうよ、かまいたちの小平、妙なところで逢ったなァ」

物陰からにやにや微笑《わら》いながら出て来たのは、いうまでもなく石町の介十郎だ。不思議な小男――かまいたちの小平は、これを聞くとあっと口の中で叫んで、むささびのように二、三間ひとっ跳び、ぴたりと板廊下に背をつけた。

かねて牒《しめ》しあわせてあったものか、役人たちはこの態を見ると、早くもずらりと小平の周囲を取りまいている。

さすが大胆不敵なかまいたちの小平も、しまったとばかりに下唇をかんでいた。

## 裸の小平

「介十郎、その方の申す曲者というのは、この男にちがいないか」

相手のすがたを見て、秋山長門がいささか意外だとばかりに、顔を長くしたのも無理ではなかった。見たところ吹けば飛びそうな小男である。そんな大それた事をやりそうな男とはどうしても見えない。

「へえ、旦那、この男にちがいございますまいよ。ええ、皆さんえ、ほかの連中はひと通りお取調べがすみましたら、どうかおかえしを願います」

「かえしてもよいか」

「へえ、大丈夫でございます。こいつはいつでも一人で仕事をする奴でございますから、おそらく仲間はございますまい」

介十郎は小平のほうをふり返ると、あいかわらずにやにやと微笑《わら》いながら、

「小平、ずいぶん久しいもんだなあ。いつぞや手前をとらえそこなってから、足掛けはや三年にならあ。旦那方え、お驚きなすっちゃいけませんぜ。こいつはこんな小さな体こそしておりますが、どうしてどうして一筋縄でいく奴じゃねえんで。ちかごろ流行《はや》る大名屋敷の賊というのも、あっしゃたしかにこいつの仕業と睨《にら》んでおますんで」

「親分、冗談いっちゃいけません。あっしがなんでそんな大それた事をいたしますものか」

小平はすっかり度胸を定めたものか、悪びれもせず、薄ら笑いをうかべながら、

「皆さんえ、なんのおとがめを蒙るのか存じませんが、とにかく着物だけ着させておくんなさい」

「馬鹿なことをいうな」

「いけませんか。やれやれ、それじゃ後生だ。褌だけでも緊《し》めさせておくんなさいま

し。いくらなんでも、そう皆さんにジロジロ見られちゃ、さすがのあっしも極《き》まりが悪ろうございます」

「小平、貴様でもきまりの悪いということを知っているのかえ」

「御冗談でしょう。あっしだって人間でさあ。こんな姿じゃ人前へも出られやしませんぇ」

「介十郎、着物だけ着せてやったらどうだ」

秋山長門が口を出すのを、介十郎は耳にも入れず、

「旦那、それはいけませんよ。旦那方はこいつという男を御存じねえから、そんな事をおっしゃるんですが、こいつに着物を着せてやって御覧なさいまし。はい左様ならともいわずに消えてしまいまさあ。こうして裸でいるのがこっちの附け目でございます」

「親分、そんな阿漕《あこぎ》なことはいわねえで、後生だ、褌だけ緊《し》めさせておくんなさいよ」

「介十郎、ああ申しているから、せめて下帯だけは許してつかわせ。まさか褌をしめたからと申して、消えてしまうわけのものではあるまい」

「へえへえ、有難うございます。やっぱり旦那はちがわあ。それじゃちょっと御免蒙ります」

小平がいこうとするのを、介十郎はあわてて止めると、

「こうこう、動いちゃいけねえ。貴様が身動きする度においらはハラハラすらあ。皆さんえ、こいつをよく見張っていておくんなさいまし。もし、ちょっとでも動いたら構いません、叩き斬っておくんなさい」

介十郎は小平の身軽さによほどこりていると見えるのである。

やがて介十郎がもって来た襷を、きりりと緊《し》めてしまうと、

「やれやれ、これでどうやら人間らしくなりました。時に親分え。あっしに御用というのはどういうことでございますえ」

「どういう御用——？　ふふん、小平、貴様もよっぽど図々しい男だなあ。手前はここへ何の用があってやって来た」

「あっしですかえ」

小平はにやにや笑いながら、上眼づかいに介十郎と秋山長門の顔をながめている。

「そうだ。貴様はここに用のない男だ。それがどういうわけで、ひとの名前を騙《かた》ってしのびこんだのだ」

「名前を騙る——？　親分、それはひどうがすよ。何も悪気があってやったことじゃね

えんで。何ね、ほんとうのことをいうと、伴造の野郎が怪我をして、うんうん唸っているもんだから、可哀そうに思って、代りにあっしが勤めてやったんで、それに、音にきく金座の内部というのも、一度は見ておきとうございましたからね」

「嘘つけ」

「へえ」

「手前がちかごろ、性質のよくねえ浪人者の手先きになって、いろいろよからぬ事を働いているのは、ちゃんとお上にもわかっているんだ」

「め、滅相な。親分はだれからそんな事をお聞きなすったので」

「誰でもいい」

介十郎はせせら笑いながら、

「長州か、――薩摩か――、おい、小平、貴様が手先になっているのは、おおかたその見当だろうなあ」

「なに、介十郎、何んと申す？」

秋山長門の顔色が、それを聞くととつぜんさっと変った。

それまではただ大胆な鼠賊《そぞく》の類いだと思っていたのだが、そういう糸を引いているとあれば油断が出来ない。それに、ちかごろの金座の内部には、世間へ知られて面白くない、いろいろのからくりがあるのだった。

「介十郎、それじゃこいつはそういう男なのか」

「そうですとも。菊水兵馬という お探ね者の浪人と、ちかごろ近しくしている事は、ちゃんとこちらにわかっているんです。で、旦那、こいつをどうしたもんでしょうかねえ」

長門の顔をふりかえった介十郎の瞳のなかには、お心まかせに――、そういう意味が汲みとられるのである。

## 山城屋糸平

黒船の渡来以来、国内はしだいに騒がしくなっていたが、それは主として上層階級のあいだで、開国か攘夷か、議論がたたかわされているにとどまって、いったいに政治に冷淡な庶民階級は、この重大事にもあまり多くの関心を持っているとはいえなかった。

ところが万延から文久へと年を経るにしたがって、俄然《がぜん》、庶民階級の眼がひらけて来た。いや、眼をひらかねばならぬ切実な問題が、ひしひしとかれらの日常生活のうえにおし迫って来たのである。

それは、急激な物価の昂騰という問題である。

いったいに政治訓練の乏しいこの国の庶民階級は、自分たちの生活がおびやかされるようになるまでは、大局にむかって活眼をひらくことが出来ないのが常だが、いまや、その生活の脅威が、ひしひしと身に迫って来たのだ。

物価は鰻登りにはねあがって、米の値段が数年まえにくらべて倍になった。しかも、それが外国貿易のおかげであることを知ったかれらは、俄然、幕府の措置にたいして不平を鳴らしはじめたのである。

当時の物価奔騰の原因には、いろんな事情が重なっていたが、その中でもいちばん大きな理由というのは、要路の役人たちが、外国貿易ということについて、まったく認識をかいていたことである。

当時、日本の小判一枚は、国内では一分銀四枚、すなわち銀一オンス三分の一の価しかなかったが、これを欧米へもっていくと、十八シリング、すなわち銀三、四オンスに匹敵していた。

そのあいだに約三倍というおおきな開きがあるのだから、利にさとい外人がどうしてこれを見逭《みのが》そう。洋銀でどしどし我が通貨を買いしめたから、わずか数年のあいだに、実に一億円という巨額の小判が、海外へ流出してしまったのである。

おお、一億円！　なんという勿態《もったい》ない話だろう。

幕府でもあとになってようやくこの事に気がついて、当時の新智識、小栗上野介の献言にもとづき、小判を改鋳して、その品位をいきなり三分の一におとしてしまった。これで小判の海外流出はふせぐことが出来たものの、その代り、通貨が劣悪になったのだからそれだけ物価騰貴するのは当然で、ここに物凄い経済的変動の渦がまきあがったのである。

「そうだ、そのとおりだ。ちかごろの物価騰貴、庶民生活苦の原因は、幕府が通貨措置をあやまったからなのだ。だが、そればかりが原因ではないぞ」

そこは麻布飯倉のほとりにある、大きなお屋敷のお長屋だった。

いったい、このお屋敷の主が何人であるか、誰も知っている者はなかった。

一部のひとびとの噂によると、その春、将軍家へ御降嫁あそばされた和宮様おつきの老女の住居だともいうが、事の真偽はさておき、それかあらぬか、このお屋敷ばかりは幕府の手もとどきかねるらしい。

いつもここには血気の浪人たちが屯《たむろ》している。長州弁もいれば薩摩訛《なまり》もまじってい る。土佐の脱藩浪士だという、無鉄砲な男もいた。

そしてかれらは毎日毎夜のように、時勢を論じ、幕府を非難し、悲憤慷慨するのであ る。

「いいか、物価がこんなに昂騰するのは、小判の品位がおちたからでもあるが、もうひとつは、われわれの大事な物資が、どんどん外国へながれていくからだ。茶、生糸、雑穀——われわれの生活に必要なものが、洪水のように外国人に買いしめられていく。なるほど、物を売れば金ははいるだろう。しかし、貿易という奴は物を売るばかりではすまないのだ。外国人は日本から物を買うかわりに、どんどんきゃつらの持っているものを売りつける。きゃつらの持っているもの——それはわれわれの生活には、まったく無用な贅沢品ばかりだ。つまり、きゃつらはわれわれに必要なものを買いしめていき、不必要なものばかり売りつける。生活が苦しくなるのはあたりまえじゃないか」

「そうだ、そうだ、そのとおりだ。外人はこうして日本を疲弊《ひへい》させようとしている。そしてその揚句、この国を征服しようというのだ」

そして、それも畢竟《ひっきょう》、幕府が勅許もまたずに、開港を許したせいである。——と、かれらはいちように悲憤慷慨するのである。

こうした喧々囂々《けんけんごうごう》たる議論を、さきほどから隅のほうで、黙々として聴いている者がある。

菊水兵馬だった。

そうなのだ。——と、兵馬は一同の議論を聴きながら、強くうなずいている。

この屋敷へうつってから、兵馬はしだいに自分の眼がひらけていくのを感じていた。ここには単純な乱暴者もいたが、一方には、思慮にとみ、時弊のそこを見抜く達識をそなえた、具眼の人物もおおかった。そういう人達に接し、そういう人物の議論に耳をかたむけているあいだに、兵馬の魂は成長する。確固たる信念は、いよいよつよく盛りあがって来るのである。

兵馬は考えるのだ。

幕府にだって人がいないわけではない。いま、ここで議論されているくらいのことは、要路の役人たちにもわかっているにちがいない。わかっていながら、どうしてかれらに、適当な措置がとれないのだろう。それは、畢竟、かれらに果断と勇気が欠けているからではないか。

才智はあっても、実行力に欠けていては何にもならない。頭はあっても、行動がともなわなければ、頭がないも同様である。しかし、ふるい伝統の金縛りにあっている幕府の役人に、その実行力をもとめるのは、求めるほうが無理なのだ。そこには力がいる。盛りあがる革新の力が必要なのだ。

だからこそ。——と、兵馬は端然とすわったまま、強く刀の柄を叩くのだ。

「いや、幕府も腰抜けだが、町人のなかにも不埒《ふらち》な奴がある。貴公、山城屋糸平という男を知っているか」

向うの方でふいに話題がかわったので、兵馬はおやと、また耳をかたむける。

山城屋糸平——？　はてなという顔色なのである。

「山城屋糸平といえば、ちかごろ花川戸へ豪奢な家をたてた男ではないか」

誰かが言葉をはさんだ。

「そうだ。あいつ——あの山城屋糸平というのは、もとは天秤棒いっぽんのしがない行商人だったが、それがだんだんせりあがって、ちかごろ俄《にわ》かに羽振りがよくなったのは、みんな小栗上野介にとりいったせいだろうという噂だ」

「小栗上野介——？　勘定奉行の——？」

「そうだ。糸平という男は、小栗上野介と外人とのあいだに渡されたひとつの橋なのだ。あいつが俄かに巨万の財を築いたのも、小判を外人に売ったからだという話がある。いや、かつて売ったのみならず、現在でも改鋳まえの旧貨をかき集めて、どんどん海外へ出しているという噂だ」

「小栗上野介はそれを知っているのか」

「知っているだんじゃない。おそらく共謀《ぐる》だろう。小栗上野介という男は、かみそりのように切れる男だ。あいつが小判の品位をおとして、小判の流出をふせいだ英断はあっぱれだが、裏には裏がある。その間隙に乗じて、幕府のために莫大な利をおさめようとしているんだ。あいつは幕府方でもいちばん強硬論者だから、いずれ京都とひと戦はじまったとき、軍用金にするつもりらしい」

「怪《け》しからん」

「叩ききってしまえ」

お長屋のなかが殺気立ったとき、兵馬はしずかに立って、一同のうしろを通りぬけると、次の部屋へはいっていった。いま表からかえって来たひとりの武士が、何かかれに合図をしたからだ。

## 公卿《くげ》買収

「どうでした?」

隣の部屋へはいっていくと、さっきの武士が屈托《くったく》そうに眉をひそめて、暗い窓のそばで頬杖をついていた。三十前後の男盛りで、どちらかというと小兵のほうだが、精悍《せいかん》の気が眉宇《びう》にあふれている。

兵馬がたずねかけると、男は吐きすてるように、

「やられたよ、つかまえられた」

「つかまえられた?　あの小平がですか」

兵馬はほとんど自分の耳を疑うように訊返《ききかえ》した。

「そうだ。町方のものに感附かれたらしい。可哀そうに褌いっぽんで駕籠《かご》に乗せられ、金座からひっ立てられていったよ」

武士はそこではじめて笑ったが、兵馬は笑うかわりに色をうしなった。

「八丁堀へですか」

「いや、それがおかしいのだ。菊水君、貴公は山城屋糸平という男を知っているか」

山城屋糸平――いま噂にのぼっていた人物である。

「名前だけは聞いておりますが、その男がどうかしたのですか」

「ふむ、小平のつれこまれたのはその糸平の屋敷なのだ。これで見ると勘定奉行、小栗上野介と糸平との仲も、まんざら噂ばかりではないらしい。金座役人もことを公にするのを好まないらしいのだね」

「すると、小平がひっ立てられていったさきは花川戸の屋敷ですか」

「違う、妻恋坂だ。貴公は知らんかね。もと井伊掃部頭の腹臣、長野主膳の手先になって働いていた奴に、お万という女がいる。そのお万というのが井伊の没落の後、いままでは山城屋糸平の世話になって、妻恋坂に住んでいるんだ」

兵馬は驚いたように眼をみはった。

「お万――？　それじゃ小平はあの女のところへつれ込まれたのですか」

「貴公、お万を知っているのか」

「知っています。だが、妙な縁だなあ」

兵馬はしばらく考えこんでいたが、やがて真正面から相手の顔を見ると、

「時に、桂さん、いったい金座に対してどういう疑いがあるのですか。金座の内部を取調べたいから、誰かしかるべき人物はないかという、あなたのお言葉なので、ああして小平を推薦したのですが、金座になんか曰《いわ》くがあるのですか」

「ふむ、それだが……」

と、桂さんとよばれた武士は、眉根をくもらせながら、

「貴公のことだから話してもかまわないが、実はこうなのだ」

ちかごろ頓《とみ》に勢力を失墜した幕府は、外交交渉の場合など、いちいち朝廷の勅許をまたなければならなかった。もっとも、たいていの場合、お伺いを立てるという程度で、あとは勝手に処理してしまうのだが、それでも一応は勅許を仰ぐという形式になって来たところに、幕府の衰微があり、朝廷の御威光の復活があった。

この復活を、ますます確固たるものにするには、その代り、廟議《びょうぎ》に厳然たる方針がなければならぬ。廟議が厳然とまとまっていてこそ、幕府に対しての威圧にもなれば、幕閣の要人を圧迫することも出来るのだ。

「ところが、ちかごろとかくそういうふうにいかないのだ。公卿のなかにも軟弱なのが

いて、どうかすると廟議が動揺する。ところがそこへつけいって、ちかごろ、さかんに幕府のほうから、公卿を買収しはじめた形勢があるのだ。ところが貴公も知ってのとおり、幕府の財政はひどく窮乏している。公卿を買収するについては、なかなか生やさしい金でないものが要るはずなのだが、現在の幕府の財政で、どうしてそんなに多額の金が捻出できるだろうか。――と、そこに疑惑の種があるのだ」

「なるほど」

「そこで眼をつけたのがあの金座だが……貴公も知っての通り、ちかごろ小栗上野介の献策で、幕府では質のよい小判を回収して、粗悪小判に改鋳することをやりはじめている。当然、そこに黄金の剰余《あまり》が出るはずなのだ。そこに何かからくりがありはしないだろうか……と、まあ、そういうわけで金座へさぐりを入れて見たかったのだが……」

「なるほど、よくわかりました」

兵馬はきっぱりというと、相手の眼のなかをじっと眺めながら、

「どうでしょう、桂さん、この事件はひとつ私にまかせて下さらんか。小平はもともと私が推挙《すいきよ》した男です。きっと救い出して、ついでに金座の秘密というのも探ってごらんにいれます」

「ふむ」

相手の男はかるい微笑をふくみながら、

「何か目算がありますか」

「あります。小平が奉行所へひっ立てられたというなら、いささか難物ですが、相手がお万とあれば手段があります。きっと成功してお目にかけます。万事まかせて下さい」

「よろしい。貴公がそういうのなら万事お委せしよう。小平も小平だが、金座の秘密もぬかりなくな。……実は私は急に京都へのぼらなければならぬことになったので、あとをまかせる事の出来るような、誰か信頼出来る人物を欲しいと思っていたところなのです」

そういって長州藩士桂小五郎は、しっかりと兵馬の手を握るのである。

## 人魚を喰う女

こうして菊水兵馬と桂小五郎のあいだに、ひそかな相談が出来たころ、山城屋糸平という男は、妻恋坂の妾宅で酒を飲んでいた。

すべての俄分限者《にわかぶげんじゃ》同様、この男も新奇好みと見えて、座敷の調度はすべて舶来物ばかりだった。虎の敷皮、黄金の自鳴鐘《とけい》、ギヤマンの吊ランプ——そういう異国風な調度のなかに、ずっしりと坐りこんで、銀の洋杯《コップ》をあげているこの人物は、いかさま腹の太そうな、量感にとんだ男で、綺麗に髯を剃った顎のあたりの、蒼々とした色が、どこか肉感的な印象さえ人にあたえるのである。

お万は、そのそばに寄り添うように坐って、折々洋杯《コップ》にあかい酒をついでやる。

この女もまた、正体をつかみかねる女なのである。柳橋で芸者をしていたかと思うと、いつの間にか井伊掃部頭の手先になっている。そして井伊が暗殺されると、今度はこの剛腹な商人の寵者《おもいもの》としておさまっているのだ。年齢はいくつだか、誰も知っている者はないが、とにかくいつ見ても若い。そして、いつ見ても狂い咲きのように艶やかにも美しい。

「そうそう、お万」

糸平は思い出したように口をひらいた。

「今日ここへ、金座から送り込まれて来た奴があるだろう」

「ええ、ありますわ。あたしは会いませんけれど、岡っ引がついたまま、裏の物置きのなかに放りこんである筈なんです。いったい何んだってまた、こんなところへ連れ込んで来たんですの」

「何、小泥棒か何からしいのだが、奉行所へつき出すとちと都合が悪いのだ。それじゃ、ちょっとここへ呼び入れて貰おうか」

「お止しなさいよ。せっかく酒が面白くなって来たところだのに」

お万は不平らしく、かすかに鼻を鳴らしてみせる。

糸平は笑いながら、

「何、いいさ。すぐだ、ちと詮議をしなければならぬことがある」

お万はまだ不平らしかったが、それでも男の命令なので、仕方なさそうに側をはなれると、すました顔で手をたたく。

と、足早に廊下を踏みわたる音がして、座敷の襖《ふすま》をひらいたのは、なんと桐畠の常吉という御用聞きの娘で、お照という女ではないか。

親爺《おやじ》が非業の最期をとげてから、お照は不思議な縁でかいいいたちの小平に養われている筈なのだが、それがこの屋敷に住みこんでいるのには、何か理由がなければならぬ。ひょっとすると、これも菊水兵馬のさしがねで、兵馬がこの事件に自信を持っているのも、こういう美しい間者を持っていたせいだったかも知れぬ。

「お呼びでございましたか」

お万はしかし、そういう相手の秘密を少しも知っていないらしいのである。

「ああ、お照ちゃん、さっき駕籠で送りこまれて来た男ね。あれをこちらへ寄こして頂戴」

「はい」

お照がさがりかけるのを、

「あ、お照、ちょっと待ちねえ」

糸平がかるく呼びとめて、

「今日はまた格別に美しいな」

「あの、何か御用でございますか」

「ふふふ、そう逃腰にならなくてもいいじゃないか。何さ、今夜はまた例の客人がここへ来る筈だから、おまえに斡旋《とりもち》を頼みたいのだ。せいぜい美しくお化粧でもしておいてくれ」

お照ははっと蒼褪《あおざ》めたようすだったが、それでもかすかに頭をさげて退っていく。

「ちょっ、可厭《いや》ンなっちまうよ。お前さん、あんな小娘をからかうのはみっともないじゃありませんか」

「からかう？　俺が？」

「そうよ、お前さん、どうもあの娘の顔をみると、眼の色がかわるから心配さ」

「馬鹿をいえ」

糸平はお万の嫉妬に苦笑しながら、

「あの娘に気があるのは俺じゃねえ。オリファントの野郎さ。お前も知っての通り二、三度ここへ来るうちに、早速お照に眼をつけやがったらしい」

「まあ、あのオリファントさんが……」

お万はあきれたように眼を瞠《みは》ったが、すぐ意地の悪い微笑をうかべて、

「いいじゃありませんか。所望ならやっちまいなさいよ。そうすればお前さんの商売にも、なにかと都合のいいことがあるんでしょう」

「お万、それじゃお前働いてくれるかい？」

「ええ、働くわ。オリファントさんが今夜来るというならちょうど幸い、お前さん、こうしたらどう？」

糸平の耳へお万がなにやらひそひそ囁いている時である。どこかでハークションとこれはまた自棄《やけ》に大きな嚔《くしやみ》だった。

あっと驚いたふたりが、声のしたほうをふりかえると、いつの間にはいって来たのか、褌いっぽんの小男が、どっかと毛皮のうえに胡坐《あぐら》をかいて、珍しそうに紅い酒をなめている。さすが剛腹な糸平も、これには驚いたが、お万の驚きはそれよりもひどかった。相手の顔を見たとたん、さあーっと土色になったのだ、この女としては、むしろ不自然なくらい、大袈裟な驚きかただったのである。

「誰だ、貴様は？　誰の許可をうけてここへ入って来た？」

「誰の許可？　はてな、それじゃ違っていたのかな。たしかお前さんが呼んでいるというからやって来たんだが、まあいいじゃありませんか。旦那、異人の酒もなかなかおつでげすな」

「俺が呼んだ……？　おお、それじゃさきほど金座から、送りこまれて来た奴というのは……」

「それそれ、その囚人ですよ。はははは、お万、何もそんな妙な表情《かお》をしなくてもいいじゃねえか」

お万を尻眼に、小平はせせら笑いながら、洋杯《コップ》の縁をなめている。お万はゾーッとしたように、顔を反らして唇をふるわせた。

「お万、おまえこの男を知っているのかい?」

お万は返事が口から出ない。まったく不思議だった。この女らしくなかった。何かこう蛇に魅込《みこ》まれた蛙のように、身をすくませて、額には脂汗がひと滴。

「へへへへ、まさか知らねえとはいえめえな。昔はこれでもちっとばかり、へへ、まあそんなことはどうでもいいやな、お万、相変らず若いなあ」

糸平はしばらく二人の顔を見較べていたが、だしぬけに、

「ははははは、そうか。こいつは奇遇だ。お万、昔馴染みに酒でも注いでやれ」

だが、お万は身動きもしない。何かしら絶望的な色が、眉間をくろくいろどっている。

「何もそう照れなくてもいいじゃないか。そんな事をいちいち嫉《や》くような糸平じゃねえ。兄哥《あにき》、お前がこの女を知っていたのは、柳橋に出ていた時分かい」

「御冗談でしょう。そんな新しいんじゃありません。ずっと昔のことでさ」

「昔というと?」

「そうですね。お万、あれからたしかに二十年は経つなあ」

「な、なに、二十年？」

「いえ、もっと経つかも知れませんぜ、その時分、何んしろ俺《あつし》ゃまだ前髪の若衆だったんだ。見せたかったね。水の垂れるような寺小姓。――もっとも柄はやっぱり小そうございましたがね」

「馬鹿を申せ。二十年昔といやあお万はまだ……」

「やっぱり今とおなじ年頃でしたねえ。なんしろ俺より年上で……ところがこっちは年々歳々年をとる。お万のほうじゃ何年たっても同じこと。旦那、俺ゃつくづく考えるんです。この女はいったい幾つになるのか、百歳、二百歳、三百歳……」

灯影のかげんかその途端、お万の顔がくずれるように年老けて、さすが剛腹な山城屋糸平も、ゾッと鳥肌の立つような無気味さをかんじたのである。

## 愛想づかし

兵馬ははてなと小首をかしげた。おぼろ月夜の妻恋坂を、二挺の駕籠がひたひたと、忍びやかに息杖をそろえていくのである。たしかに山城屋糸平の妾宅から出て来たものにちがいない。

（一体誰だろう?）駕籠のあとを見送って、兵馬はふと異様な胸騒ぎをおぼえる。二挺とも、外から覗かれないように、黒い幕をおろしてあるのが気にかかる。

宵のうちからこの妾宅の外にしのんで、ひょっとすればお照の姿は見えないか、小平のたよりは聞けないものかと様子をうかがっていたんだけれど、とかく人眼が多くして首尾が悪く、さっきからいらいらしている兵馬だった。

ところが六ツ半（午後七時）頃、一挺の駕籠がしのびやかにやって来て、そのまま妾宅のなかへ吸いこまれてしまった。やっぱり厳重に黒い幕をおろして、外からのぞかれぬようにした駕籠だった。乗っているのは何者だったか、――いずれにしても、よほど人眼をはばかる客らしく、駕籠はそのまま玄関から、座敷のなかへかつぎ込まれた様子である。

それから一刻――二刻――

そしていま出て来たところを見ると、いつの間にやら一挺の駕籠が二挺になっている。

兵馬はなんともいえぬ怪しい胸騒ぎをかんじた。ひょっとすると小平の身に、あるいはお照の身になにか間違いがあるのではあるまいか。

いっそ、あの駕籠のあとを追っかけて見ようか。いやいや、それよりもこの屋敷のなかが気にかかる——と、兵馬がとかく思案をさだめかねているところへ、

「あら、旦那、それじゃもうこれきりなんですか」

妙に怨みをふくんだ声が、玄関のほうから疳高《かんだか》くつっ走って来た。

（お万だな）

咄嗟《とっさ》に兵馬がもの蔭へ身をかくしたとたん、細目の格子ががらりとひらいて、逃げるように出て来たのは山城屋糸平である。

「放せ、お万、そこを放さないか」

「いいえ、放しません。旦那、それはあんまりです。いくらなんでもこのまま捨てられちゃ、世間に対してもあわせる顔がない。旦那、それじゃあんまりじゃありませんか」

「あんまりだと？」

糸平はせせら笑うように、

「あんまりというのは、お万、こちらからいいたい言葉だ。いいから落着いて、自分の

年でも考えてみろ」

「え?」

「俺ゃ、こう見えてもまともな男だ。まだ化物とつきあうようないかもの食いの悪趣味は持ってやしねえ」

「あっ!」

ぴしりと小手を打つような音がしたかと思うと、がらがらぴしゃりと格子をしめて、糸平は外へとび出していた。そこでゾクリと気味悪そうに襟かきあわせると、

「おお、可厭《いや》だ、可厭《いや》だ。たとい僅かのあいだでも、あんな化物とねんごろにしてたかと思うと、からだ中がムズ痒いようだ。お万、男が欲しくば、あの塗籠《ぬりかご》のなかにいる、小平とやらいう男に可愛がって貰いねえ」

格子のなかへ吐きすてるようにそういうと、山城屋糸平は身づくろいをして、そのまますたすたと大股に、おぼろ月夜の妻恋坂を、あとをも見ずに立ち去った。あとにはお万の歔欷《すすりな》きが、縷々《るる》としてつづいている。……

(はてな?)

と、兵馬は物かげで小首をかしげる。

（何かあったらしい）

だが、そんな事はどうでもいい事だった。ちらりと小耳にはさんだいまの言葉、――

小平はどうやら塗籠のなかにいるらしい。

（しめた）

と、兵馬は心にうなずく。お万の歔欷きはまだ格子のなかにつづいている。どうした
のか召使いの気配もなかった。兵馬にとっては何よりの上首尾なのである。

裏手へまわると、塗籠というのはすぐ見附かった。厚い扉に手をかけると、さいわい
なんなく開くのである。兵馬はするりとなかへ忍び込むと、

「小平――小平――」

忍びやかに呼ぶ声に、小平はうっそりと懶《ものう》げな眼をひらいた。身を刺すような冷い闇
の塗籠のなかで、小平はまだ褌いっぽんの赤裸、しかも十重《とえ》、二十重《はたえ》に太い荒縄が、か
たく肉のなかに喰い込んでいるのだ。

「小平、安心しろ。拙者が救いに参ったからには大丈夫だ」

「おや、そういう声は菊水の先生じゃありませんか」

小平は別に喜んでいるらしくもない。余計なことをといいたげな口吻なのである。

「そうだ、兵馬だ。いま縛《いまし》めを解いてやる」

「止しておくんなさいよ。先生」

「何？　何と申すのだ」

「こんな縄の五本や十本、ぬけようと思えばいつでも抜けられまさあ。俺ゃ少し考えるところがあって、ここでこうして涼んでいるんです」

「馬鹿を申すな」

冗談だと思ったのだろう。兵馬が暗闇のなかを這いよって、縄を切ろうとするのを、小平は体を反らせて向うへ避けると、

「後生だから、先生、俺はこのままにしておいておくんなさい。俺にゃまだここでやることがあるんです。それよりお照を、少しもはやく救けてやっておくんなさい」

「お照を……？」

「そうです。さっきこの屋敷から二挺の駕籠が出ていくのを、御覧じゃありませんでしたかえ。お照は異人につれられて、御殿山の英国公使館へつれこまれた筈、そこで異人の人身御供になるという話です」

品川の御殿山に英国の公使館はあった。兵馬もはっとさっきの駕籠に思いあたると、

思わず小平の縛めから手をはなした。

「小平、そ、そりゃ真実か」

「ほんとうですとも。先生、俺のことは構わねえで、一刻も早くお照坊を救けてやっておくんなさい。俺ゃまだお万の奴に話があるんで、当分ここは動きたくねえんです」

「よし」兵馬は咄嗟に決心すると、「大丈夫だな」

「ここは大丈夫ですとも。それよりお照のほうを一刻も早く……あ、もう行っちまったのか」

小平はひとり塗籠のなかに取りのこされたまま、面白そうににやにや微笑《わら》っている。

## 金座密謀

「小平さん、小平さん」

兵馬が出ていってから間もなくのことだった。低声《こごえ》でそう呼びながらはいって来たのはお万である。

「小平さん、いるかえ」

「おお、ここにいるよ」

お万には見えない暗闇のなかでも、猫のような小平の眼にはよく見えるのである。泣きはらした双の瞼《まぶた》が、妙に血走ってひくひくと痙攣しているのを見ると、小平はにやりと人の悪い微笑をうかべた。

「おや、そこにいたのかえ」

お万は手探りに小平のそばへすり寄ると、

「おや、まあお前さん、まだ裸だったのかえ。可哀そうに、さぞ寒かったろうねえ」

袖かきあわせて抱くようにするのを、小平は体をゆすぶって拒むと、

「なあに、どうで不死身のこちとらだ。これくらいの寒さなんかなんでもねえから、まあ側へ寄らねえでくんねえ」

「ほほほほほ、相変らず元気だねえ」

お万の笑い声はなんとなく淋しいのである。小平は暗闇のなかで依然として、人の悪い微笑をうかべながら、

「お万、何しにここへ来た。俺を殺しに来たのかえ」

「まあ、何をお言いだねえ、何んであたしがおまえを殺すものか。気味の悪いことを言

わないでおくれ」

「どうだか……俺がうっかり口をすべらせたおかげで、どうやらおまえは大事な旦那をとりにがしたらしいじゃないか。はははは、悪かったねえ」

暗闇のなかでお万はキラリと猫のように眼を光らせたが、すぐ、さりげなく笑うと、

「ほほほほほ、何が悪いものか。あたしゃもうよほど先からあんな男、鼻についていたのさ。しかし小平さん、おまえ何かあのひとに意趣があるんだろう。いいえ、隠さなくてもわかっているさ。金座から送られて来た囚人が、おまえだとわかった時にゃ、あたしゃどんなに驚いたか知れやしない。ねえ、小平さん、おまえあのひとに怨みがあるなら、ひとつあたしにも手伝わせておくれ。あたしきっと手引きをして、首尾よく敵を討たせてあげたい。ねえ、小平さん」

小平はにやりと首をすくめて笑っている。お万はしかしそんな事とは気つかず、

「こんな事をだしぬけに言い出すと、さぞ変な奴だと思うだろうが、やっぱり昔馴染みは懐しいものなのさ。小平さん、あたしゃしみじみあの頃が恋しい。おまえさんのためなら身を粉にしても力になってあげたいのさ」

「ふふふ、有難え」

「ああ、それじゃ……」

「と、いいたいが、お万、まあ御免蒙ろう」

「え？」

お万はきっと瞳をつぼめた。小平はせせら笑うように、

「お万、余人は知らずこの小平だけは、おまえの手管にゃ乗らないよ。その手でさんざん騙された揚句の果てにゃ、煮湯を呑まされるような目に遭ったこの小平だ。お前のやり方は知りすぎるほど知っている。おおかた小平を使って、可愛さあまって憎さが百倍のあの山城屋を、討ってとろうというだろうが、まあ、それなら真平御免《まつぴらごめん》だねえ」

お万の顔からはみるみるうちに血の気がひいた。蒼白んだこめかみがひくひくと蛇の腹のようにふるえたか、と思うと、いきなりふところから匕首《あいくち》抜くと、さっとばかりに突いてかかるのを、

「おっと、どっこい」

巧みにはずしたかまいたちの小平、床を蹴ってすっくとばかりに立ちあがると、いつの間にほどいていたのか、バラバラと雁字《がんじ》絡《がら》めの縄が解けて落ちる。

「畜生」

お万はギリギリ歯ぎしりしながら、遮二無二《しゃにむに》ついてかかったが、小平は平然として突っ放すと、

「お万、相変らずだねえ。そういう性根《しょうね》がなおらねえうちは、お前もまともな死にざまは出来やしねえぜ。あばよ」

足をあげてどんとお万をその場に蹴倒すと、小平はそのまま塗籠を抜け出して、早いずくともなく消えていた。あとにはお万が口悔《くや》し涙で、ギリギリ歯ぎしりをしながら、わっとばかりにその場に泣き伏していた……。

ちょうどその頃。

芝口あたりまで夢中になって駆けつけて来た菊水兵馬は、ふと向うの空を見あげると、思わずはっとその場に立ちすくんでいた。高輪のあたり、空が真紅にそまって、火の粉がこの辺までバラバラと降って来る。おうおうと往交《ゆきか》う町人、人の血をそそり立てるような半鐘の音。

「町人、町人、火事はどこだ」

聞いてみると、

「へえへえ、なんでも品川の御殿山だということです。長州の御浪人が火をかけたとい

う話で、いやもう、あの辺はどえらい騒ぎで」

しまった！

兵馬は瞬間、血が凍るような気持ちだった。

あの火の色では火勢はよっぽど強いらしい。自分がいきつくまでには焼け落ちるのではあるまいか。もし焼け落ちたら、そこにいるお照はどうなる。お照をお万のところへ住みこませたのは、兵馬の差図なのである。それだけに兵馬には責任があった。

だが……。

兵馬が宙をとんで御殿山まで駆けつけて来たときには、幸い公使館はまだ全部焼けてはいなかった。

「止まれ。止まれ。危い！」

公使館の周囲に群がった警備の者が叫んだが、兵馬の耳には入らなかった。火の粉をくぐって中へ躍り込むと、

「お照さん、――お照さん――」

そのとたん、焔《ほのお》にあおられた屋根が、がらがらと崩れ落ちて、兵馬はなんだか気が狂いそうだった。

「あ、菊水、危い、逃げろ」

どうやら長州浪人らしい。ひどい訛で叫びながら側を走りすぎたが、兵馬はそのほうへ見向きもしない。

ただ一棟、焼けのこった土蔵のあたりまで来ると、中から聞きおぼえのある女の悲鳴――たしかにお照の声だった。

焔はもうその土蔵の軒まで迫っている。だが兵馬はそんな事を考えているひまもなかった。焼けるような扉をおしあけて中へ躍りこむと、酔っ払っているのだろう。あるいは気が狂っているのかも知れない。異人がひとり、ピストルを振り廻しながら、お照のあとを追っかけ廻しているのである。

「あ、兵馬さん」

お照が失神するように兵馬の胸にすがりついた時、

「このけだものめ!」

兵馬は片手にお照をかばいながら、真向から刀をふりおろしていた。

それから間もなく、兵馬の腕にだかれて、芝の高台を走っているお照は、気が狂ったようにしゃべりつづけていた。

「兵馬さま、兵馬さま。あたし嬉しいの。あなたのお役に立つことが出来て嬉しいの。わかりましたわ。金座の秘密がわかりましたわ。金座ではいま旧《ふる》い小判を、新しい、悪い小判に改鋳《いか》えておりますけれど、その時あまった黄金で別に小判をつくり、それがもう十万両になったとやら、その十万両で外国から、鉄砲や火薬を買うために、ちかく小判がひそかに大坂へ送られると申します。みんな小栗上野介のさしがねで、山城屋糸平がその使者に立つということです」

お照はそこでふいに言葉をかえると、今度は恋のことを話し出した。

だが、兵馬はもうそれを聞いていない。大坂へ送られる十万両、それをどうしてさえぎるか……兵馬の頭脳《あたま》の中にはそれが火箭のように渦巻いて、夢中でお照を抱いたまま、火事明りの空のしたを、どこまでもどこまでも走りつづけていた。

文久二年十二月十二日のことである。

# 鳳凰《ほうおう》の鳴く時

春宵鼓綺譚《しゅんしょうつづみきたん》

「先生、先生、どうしたもんです。こう毎晩毎晩、水のうえに張りこんでいたところで、仕様がないじゃありませんか。ちったァお照坊の身にもなってやって下さいまし。毎晩眠いのも我慢して、火鉢の火を絶やさぬように、お湯の冷めぬようにと起きているのは、いったい誰のためですえ。みんな先生、お前さんのためじゃありませんか。それをなんぞやお前さんと来たら酔狂な、この寒いのに大川端の夕涼み、ハークション、ねえ、たまにゃ早くかえってお照坊を喜ばせてやってもよさそうなものじゃありませんか」

こう立てつづけにべらべらと、喋舌《しゃべ》っている男は誰かと見れば、これぞ余人ならぬかまいたちの小平なのである。そして、一方が小平である以上、その相手というのが菊水兵馬であることは、今更ここに述べるまでもあるまい。

どういう因縁か、かまいたちの小平とよばれるこの江戸鼠賊《そぞく》は、いまでは兵馬と離れがたい仲になっている。

兵馬のどこに、そういう魅力があるのか、小平にもよくわからないが、ただ相手の若さと一本気と、そしてその一本気の底に秘められた深い思慮が、小平には無やみに嬉しいのである。俗にうまがあうという奴だろう。いまでは本職のほうはそっちのけにして、すっかり兵馬の腰巾着になっているのである。

兵馬はにっこりと人懐っこい微笑をうかべ、

「そうだなァ。どうやら今夜もあぶれたらしいから、そろそろ引きあげてもいいのだが、それにしても小平、もう何刻ごろだろうなあ」

「何刻って、浅草の鐘が九ツ（午前〇時）をうったのは、よっぽど前ですぜ。そろそろ川の水の逆さに流れるという丑満《うしみつ》頃でさ。おお、寒い」

と、小平は首をすくめて、

「こいつはまた篦棒《べらぼう》に冷えてきやがった。なンしろ上方とちがって江戸というところは底冷えがひどいンだ。それをなんぞや九ツ過ぎまで船遊山というなァ、酒落《しやれ》にしてもちと度がすぎまさ。ねえ先生、お前さんの目当てはいったい何んでございますね。こうして五晩もおつきあいをしたからにゃァ、もうそろそろ、小平、これこれしかじかだと打ち明けて下すってもよさそうなものじゃありませんか」

小平がブツブツ不平を洩らすのも無理はない。

二人がいまいる場所というのは、大川端の下につないだ屋根船のなかなのである。

春とはいえ、真夜中ちかくになると江戸の天地は肌寒い。

ましてやこの水のうえである。小さな手焙《てあぶ》りくらいではしのぎ切れぬ寒気が、針を刺すように襲いかかる。それもかまわず菊水兵馬は、この五日あまり、毎夜のようにこの大川橋の下に船をもやって、何事かを待つが如く、見張るが如く、黙然として坐っているのだから、これは小平がしびれを切らせるのも無理ではなかった。

「小平、その方にはまだわからないのか」

「へえ」

「いやさ、拙者の目的がまだわからぬかと聞いているのだ。たいてい見当はつきそうなものではないか」

「へえ、そりゃもうあらかたわかっておりますが、それじゃ先生、やっぱりお前さんの目差していなさるのは、あの花川戸の河岸にある、山城屋糸平の屋敷でございますか」

「さようさ。そうわかっておれば、何も不思議に思うことはないではないか」

「いや、それだから不思議なんです。そりゃア、先生が山城屋に目をつけていなさる理由も、うすうすはわかっておりますが、それなら何もわざわざこんな廻りくどい真似はせずとも、小平頼むとひとこと俺に言って下さりゃ、あんな屋敷へ忍びこむくらい雑作はありませんや。そのほうがどれだけ手っ取り早いか知れやしません」

「いや、そのほうの申すのももっともだが、相手もさる者、一度や二度忍びこんだくらいのことでそうやすやすと秘密のばれるようなへまなことは致すまい。かえって向うに気取られては、ますます事が面倒になる。それより、いつかあいつが例のものを運び出すのを待ちかまえて、そこを取りおさえるのが上分別と、こうして毎晩張りこんでいるのだが……」

　それにしても、肝腎の相手が、あまり悠然と落着いているので、しだいに不安をかんじて来ている兵馬だった。

　山城屋糸平――。

　兵馬が何故この男を見張っているかというと、それはまえに述べた「金座大疑獄」の事件から糸をひいているのである。

幕末における江戸幕府随一の智者とよばれた小栗上野介が、金座役人や御用商人山城屋糸平と結託して、ひそかに金座で鋳造する小判の量目を誤魔化して、あまった金で幕府の軍用金をつくっていることは、「金座大疑獄」の際、兵馬が、さぐり出した秘密だが、さて、その軍用金の使途である。

お照のさぐり出したところによると、その金を大坂へ送って、かの地で外国の武器と換えるということだが、それはいかにも小栗上野介の考え出しそうなことだった。しかし、それだけの大芝居をうつ以上、誰か肚《はら》のすわった、しっかりした人物が、金を守っていく筈である。

兵馬はその人物を山城屋糸平以外にないと信じている。

さてこそ、こうして毎夜の如く、山城屋の屋敷を見張っているのだが、肝腎の糸平はというと、そういう事を知ってか知らずか、平然として、日夜愛玩する鼓《つづみ》を弄んでいるのである。兵馬もだから、ちかごろではしだいに不安になって来ていた。ひょっとすると、これは自分の見当ちがいで十万両という金は誰かほかの者が守っていったのではあるまいか……そう考えると兵馬はたまらない不安だった。

　山城屋糸平はよっぽど鼓がすきらしい。鼓屋敷——と、よばれる豪奢なその屋敷からは、今宵も今宵とて、煌々《こうこう》と灯火のいろが洩れて、ポン、ポンと冴えた鼓の音色が、兵馬を嘲弄するようだ。

　だが。……

　それもやがてぷつりと途絶えると、ふうっと灯火も消えて、花川戸から聖天の森へかけて一面の闇にぬりつぶされる。小梅あたりにぽっかり浮んだ月は、雪を誘うように妙にぼやけて、水のうえをわたって来る風も、肌を刺すように寒い。

「小平」

「へえ」

「どうやら今宵もあぶれたらしいな」

「そうですね。別に怪しいことも起りそうにありませんねえ」

「そろそろ引きあげることにしようか。……おや、小平、あれは何んだ」

　だしぬけに夜の空気をふるわせて、ポン、ポン、ポンと乱拍子の鼓の音が、その時、地を滑るように花川戸のほうから、この大川橋のうえへ走って来るのである。

## 橋の上下

まったくそれは、異様な戦慄を誘う音だった。
ポン、ポン、ポン、ポン、ポン
――と、冴えかえる夜気をふるわせて、鼓の音が地を這うように、こちらへ近附いて来るのである。どうやら橋のうえへさしかかったらしい。鼓の音といっしょに、
た、た、た、た、た
と橋桁《はしげた》をわたる草履《ぞうり》の音がきこえる。
兵馬と小平がどきりとして、思わず眼と眼を見交わしたとき、足音が橋のうえで、俄《にわ》かによろよろ縺《もつ》れるように乱れた。つづいて、ウームと苦しげな息使い。
鼓の音がはたと絶えると、誰か、がっくり橋の欄干へたおれかかったから、兵馬と小平は思わずぎょっとうえを見上げた。――と、その欄干のうえからのめるように覗いたのは、散し髪に、半面べっとり血にまみれた気味悪い顔。
「あっ！」
小平は思わず驚きの声をあげたが、橋のうえの男には、そういう言葉も耳にはいった

かどうかわからない。すでに死相におおわれた顔は、ひくひくと断末魔の痙攣をしながら、瞳はうわずって、ふたりの姿も見えないらしい。
二、三度、がりがりと欄干を爪でかきながら、のびあがるように全身をわななかせていたが、やがて、
「鳳凰が三度鳴く時……黄金の山……」

ふるえる唇がそう呟いたかと思うと、何やらポトリと船のなかへ落して、そのまま男の姿は、うしろから引き戻されるように見えなくなった。

どうやら橋のうえにのけぞったらしい。がたんと橋桁がおおきく揺れた。

「小平。貴様、ちょっと様子を見て来い。あいつどうやら斬られているらしい」

「おっと合点です。犬も歩けば棒にあたるとやら、こういうこともなければ、世の中はつまりませんや」

小平にとっては、これこそ、屈竟《くっきょう》の憂さはらしだった。

するすると橋柱をのぼる身の軽さ、間もなく姿はポンと橋のうえに見えなくなったが、あとには兵馬が、さっきの男が橋のうえから落したものを探している。探しものはすぐ見附かった。

船底に鼓がひとつ転がっているのである。

「さては、さっきの鼓の音は……」

兵馬は何気なくその鼓をひろいあげたが、見るとべっとりと血に染まっている。

いうまでもなくさっきの男が、斬られて逃げながら打っていた鼓にちがいなかった。

これがもし、ほかの場所で起った出来事なら、些細な市井の一殺人事件として、兵馬もそれほど興味は持たなかったかも知れないのである。しかし、いまは場所が場所だった。事件の起ったのが彼がいまねらっている山城屋の屋敷の近所――しかもその山城屋糸平というのは、鼓大尽とよばれるほどの鼓の愛好家なのである。

何かある……この血なまぐさい殺人事件と、山城屋糸平とのあいだに、何か関係があるにちがいない……そう考えると、兵馬はそのまま見遁《みのが》すわけにはいかないのだ。

鼓を片手にきっと橋桁を下から仰いで、

「小平、小平、どうした、さっきの男は死んでいるのか」

声をかけた時である。ひらりと橋の欄干を躍り越えた小平は、蝙蝠《こうもり》のようにぴたりと橋の裏側に吸いついた。そして、

「叱《し》ッ！」

と、うえから口止めの合図なのである。

「どうしたのだ。何事が起ったのだ」

「叱ッ……黙って……誰か向うからやって来るんで」

その言葉もおわらぬうちに、誰か橋のうえにさしかかったらしい。花川戸のほうから急歩調にやって来た足音が、橋の袂《たもと》でぴたりと止まると、どうやらあたりの様子をうかがっているらしいのである。しばらく息詰まるような静寂だったが、やがて、そろそろと、こちらのほうへ忍びよって来る。

足音は間もなく兵馬の頭上でぴたりと止まったが、別に仰天したような気配もないところを見ると、そこに人が斬られて倒れていることを、予《あらかじ》め知っていたにちがいない。もぞもぞと、しばらく死体を探っている様子だったが、やがて不安そうな声が、

「ない……鼓がない……どこへやりやがったのだろう」

呟きながらそわそわと、欄干から川のなかを覗きこんだ顔を見て、兵馬は不覚にも、思わずあっとひくい叫び声をもらしたのだ。

橋のうえから覗きこんだのは、まぎれもなくあの山城屋糸平！

糸平も思いがけない人の姿に、あっと叫んでうしろへ退ると、はや、バタバタと橋桁

を踏みわたる音。……姿はまたたく間に、冴えかえる月の闇に見えなくなってしまったのである。

小平は橋の裏側から這い出すと、

「先生――先生」

「ふむ、小平、そのほうも見たか」

「へえ、見ました。いまのはたしかに山城屋の奴でございましたねえ」

小平はふたたび欄干を越えて、ポンと橋のうえへとびあがると、

「先生もこちらへあがっておいでなさい。面白いものが見られますぜ」

「よし」

兵馬も例の小鼓を口に啣《くわ》えて、スルスルと橋柱をのぼっていくと、

「小平、面白いものとは何んだ」

「へえ、この男の右の手頸を御覧なさいまし。こいつ入墨者でございますぜ」

なるほど、橋のうえを真紅にそめて倒れている男の手頸を見ると、兇状持ちの印の墨がはいっている。見たところ、年の頃は三十五、六、ちょっと苦味走ったいい男だが、左の肩から右のあばら骨へかけて、ざっくりと斬り下げられて、むろん、息はすでにな

かった。

「下手人は左利きだな」

兵馬は傷口をあらためながら呟くと、

「おっ、なるほどそういえばそうですね。それで思い出しましたが、先生、山城屋糸平はたしか左利きでございましたね」

「ふむ。――すると下手人は、やっぱりあの山城屋か、しかし、山城屋が、なにゆえあってこの男を……」

「さあ、それです。それについて先生、俺にゃちょっと思いあたる節がございます。先生、俺ゃこの男を知っているのでございますよ」

「なに、その方が?」

「へえ、こいつは山猫銀次といって、いわば、まあ、俺のお仲間みたいな野郎なんで」

「その方のお仲間と申せば盗人か」

「あれ、そう大きな声でいいなはんな。へへへへへ、まあ手っ取り早くいえばそんなもんですが、ここにひとつ妙なことがあります。というのはほかでもありませんが、先生も御存じのあのお万という女です」

「ふむ、お万がどうした」

「ちかごろあのお万が、ここに殺されている山猫銀次と、何んだかいやに懇《ねんごろ》にしているんです。で、ひょっとするとこの事件の裏には、またあのお万が、なにか糸をあやつっているんじゃございますまいか」

「なるほど、そんなことがあるかも知れないなあ」

お万というのはつい近頃まで山城屋糸平の妾だった女である。妙な女で、いったい年齢がいくつなのかさっぱりわからない。二十年まえ、かまいたちの小平といい仲だった時分にも、やっぱりいまと同じ年頃だった。いつも若くて美しい。まるで人魚を喰ったように年をとらぬ女……そういう秘密が暴《ば》れてから、お万は弊履《へいり》の如く糸平に捨てられてしまったが、ああいう女のことだから、そのまま黙ってひっこんでいる筈がない。可愛さあまって憎さが百倍とばかり、山猫銀次を道具につかって、なにか糸平に復讐を企んでいることは頷けぬ節でもなかったが、それにしても不思議なのは、さきほど銀次がもらした言葉である。

「鳳凰が三度鳴く時……」

と、たしかに銀次はそう呟いたようだが、いったい、あれはどういう呪《まじない》なのだろう。

鳳凰が三度鳴く時……黄金の山……と、そこで兵馬は、

（はてな）

と、小首をかしげるのである。

## 名鼓《めいこ》瓦落《かわらおと》し

その時分、兵馬は本所の割下水に、人知れぬ隠家をいとなんでいた。

はじめて江戸へ出て来てから、今年で足かけもう九年、神田お玉が池の千葉道場や、麻布飯倉の老女の屋敷を転々としているうちに、天下はいよいよ物騒がしく、いずれは歴史の大転換が来るであろうことは、心ある人間の誰にも強くかんじられるのだ。

兵馬はそういう烈《はげ》しい渦の中にあって、自分もその渦をまわすささやかな一役をつとめながら、きょうこの頃は、幕吏のきびしい詮議の眼をかすめて、この割下水にかりの住居をいとなんでいるのである。

かつて浦賀で、黒船に対して、はげしい憤りをかんじた頃から見ると、兵馬もだいぶ老成した。

今年はすでに二十七である。

そして、そういう兵馬にちかごろでは、不思議な伴侶がふたり出来ていた。

ひとりはいうまでもなくかまいたちの小平だが、もう一人はお照というまだ年若い娘である。お照はもと桐畑の常吉という御用聞の娘だったが、父が非業の最期を遂げて以来、不思議な縁で、兵馬から離れられなくなっている。もとより夫婦というのでもなければ、恋仲というのでもない。

時代の波にうち寄せられた二枚の木の葉が、たまたま、どこかの淵でもつれあうように、つかず離れず寄りそって、人生の流れを流れていく、頼りない二人のあいだがらだった。

——それをお照は、今宵も淋しく思いつめている。

どんなに自分のほうで思いつめたところで、所詮、あの人には通じようはないのだ。あの方には色の恋ので憂身《うきみ》をやつすより、もっともっと大きな望みがあるのだもの。……どうせ一緒になれないのなら、思いきっていまのうちに、そっと離れてしまおうか。

……だが、そう思う下から、浅草の鐘を指折りかぞえながら、兵馬のかえりを待ちわびているお照なのだ。

ごとごとと、溝板《どぶいた》を踏む音がする。

お照はそれをきくと、いままでの物案じもどこへやら、飛びたつばかりに立ちあがったが、彼女の耳にはあやまりはなかった。

「只今、かえりました」

と、いつに変らぬ慇懃《いんぎん》な言葉で、

「お照さん、まだ起きていたのですか。私にはかまわずに早く寝たがよいと、あれほど申しておいたのに……」

と、兵馬はいかにも気の毒そうだったが、お照にはかえってその親切がうらめしいのである。

「いいえ、少し用事があったものですから」

「へへへへへ、その用事というのはなんだろう。おおかた、おお、そうだ、先生の顔を見ることだろう。先生の顔を見なければ、一晩だって瞼《まぶた》のあいっこはねえんだから」

「あれ、いやな小父《おじ》さん」

お照は耳たぶまでまっかに染めて、いま兵馬が脱ぎすてた袴をたたんでいる。何か兵馬がいってくれはしないかと、伏眼でちらちら眺めているが、兵馬はふたりの冗談も、どこ吹く風とばかりに向うむきに正坐したまま、何やらしきりに眺めている。

お照はほっと人知れぬ溜息だった。袴をたたんでしまうと、

「あの、兵馬さま、お茶でも滝れましょうか」

「いや、私のことはかまわないから、あなたは早くお寝《やす》みなさい」

にべもない返事に、お照は取りつく島もない。思わず涙ぐむのを、小平はさすがに哀れと見たのか、

「先生、先生、どうしたものです。もう少し何んとか返事のしようがありそうなものじゃありませんか。お照坊がせっかくああいっているんだ。茶ぐらいは飲んでやんなせえな」

「ふむ」

小平の言葉もほとんど上の空で、兵馬はさっきの鼓をしきりにあらためていたが、やがてにっこりお照のほうを振りかえると、

「有難う。それではひとつ滝れていただきましょうか」

と、義理ばかりに笑顔を見せると、

「小平、拙者ちとこの小鼓について、面白いことを発見いたした」

「へえ、面白いことといいますと」

「これ見よ、ここに鼓の銘が刻んであるが、それによると、これは瓦落しというらしい」

「瓦落し？　へへえ、妙な銘もあればあるものでございますねえ。瓦落しって、いったい何のことなので？」

「されば、これには面白い古事来歴がある。所望ならば語って聞かせてもよい」

「へえ、どうぞひとつお願い申します」

「大昔のことだが、奈良の都の神事能に、興福寺の南大門前で、三井寺を演じたことがある。その時、鼓の名手がひと際たかくポンと鼓の手をいれると、その妙音がひびいたのか、大門の軒瓦が落ちて参った。それを御覧になった時の帝《みかど》がことごとく感服あそばされ、その鼓に瓦落しという銘をたまわったことがある」

「へへえ、すると、これがその時の鼓なんで？」

「まさか――それほど古いものではあるまいが、その古事にちなんで、瓦落しと命名したところを見ると、これもよほどの名鼓とおぼゆる。どうだ、ひとつ打って見ようか」

「先生は鼓もおやりでございますか」

「いや、やるというほどでもないが、若い頃多少まなんだこともある。どれ、お照さん、その火をこちらへかして下さい」

「はい」

とお照が押しやった火鉢に、しばらく鼓をかざしていたが、やがてほどよい温《ぬく》もりに皮がぴんと張ると、兵馬は気を鎮めて、
ポン――

と、高らかにひとつ打った時である。神棚に供えてあったお神酒徳利《みきとつくり》が、ころころと畳のうえに落ちて来たから、小平は手を打って大喜びだ。

「あっ、なるほど、こいつは名器だ。瓦落しどころの騒ぎじゃありませんぜ。こいつは立派な徳利落しだ」

お照もおかしそうに袂《たもと》で口をおさえて笑っていたが、その中にあって誰ひとり、兵馬だけは笑わない。

いま打った鼓と、その鼓の音で転げおちたお神酒徳利を見くらべながら、はてなと小

首をかしげているのである。

# 宮守《やもり》小平

それから三日目の夜のことである。

花川戸の山城屋の屋敷のひと間では、鼓大尽とよばれる主の糸平がただひとり、しきりに鼓を打っては、その音色に耳をかたむけているのである。

それにしても、この部屋というのが不思議だった。

広さはおよそ二十畳敷きもあろうか。一方をのぞくほかの三方は、全部壁になっていて、そこには極彩色の花鳥が眼もあやに描いてあるのだった。いや、三方の壁のみならず、格天井《ごうてんじょう》にもいちめんに美しい絵がかいてあったが、なんとその絵というのが鳳凰ではないか。

（鳳凰が三度鳴く時……）

山猫銀次は死ぬ間際にそう呟いたが、まさか、この絵の鳳凰が鳴くわけもあるまい。

それはさておき山城屋糸平は、いましもこの二十畳敷きの中央に、緞子《どんす》の座蒲団をかさねて坐りしきりに鼓の音色を調べている。どっしりと厚みのある膝、ひろい肩巾、がっちりと厚い胸は、いかにも剛腹な御用商人の貫録十分だったが、髯の剃痕の蒼々とした頬のあたりが、しきりに神経質に痙攣しているのは、どう見てもこの男らしくなかった。

人払いをした広い部屋のなかには、唯《ただ》炭火のあかあかとおこった桐火桶があるばかり、その側に大小さまざまの鼓が、数にしておよそ二十あまりもごろごろしているのも、何んとなく異様な風景だった。

糸平は妙に切迫した面差しで、それらの鼓をひとつずつ取りあげては、火桶のうえであぶってポンと打つ。そして、その鼓の音の反響をたしかめるように天井を見あげて、じっと耳をかたむけていたが、

「駄目か……こいつも……」

吐き出すようにそういって、手にしていた鼓を投げ出すと、また別の奴を取りあげる。そして同じく火桶であぶってはポンと打ち、天井を見あげ、じっと利耳《ききみみ》を立てている。

夜も更けて、この川沿いの奥座敷はしんとして凍《い》てつくような静かさである。おりお

り静かな流れの音がきこえるほかには、関《せき》として物音もない。

糸平の顔にはしだいに焦燥《いらだた》しそうな表情がうかんで来た。

「駄目だな、どいつもこいつも碌《ろく》でもない鼓ばかりだ」

次からつぎへと鼓を取りあげては、ひとつずつ打っていたが、やがてすっかり調べてしまうと、どれも意に満たないのか、ピリピリと癇癪《かんしゃく》に眉をふるわせ、激しく手を鳴らすのだった。

「お呼びでございましたか」

入って来たのは女中である。

「おお、きょう駿河屋からとどけて参った鼓というのはこれだけか」

「はい、それだけでございます」

「今度駿河屋が参ったらそういいねえ。碌でもねえ鼓ばかり寄越しやがって、もう少しましな奴をひとつぐらい持って来いとな」

「はい」

「はいじゃねえ。駿河屋ともあろうものが、猫の皮か犬の皮かわからぬような鼓ばかり持ち込んじゃ、物笑いの種だぜ。今度来たらそういってやれ。糞面白くもねえ」

思いのほかの主人の権幕に、年若い女中はおどおど眉をふるわせていたが、ふと思い出したように、

「あの……」

「なんだえ」

「まことに申訳ございません。あたしとしたことがつい忘れておりました。今しがた駿河屋の番頭さんが、特別上等の品だと申して、別にひとつ届けて参りましたけれど、それをここへ持ってまいりましょうか」

「なんだ。まだほかにあるというのか。何故いままで黙っているんだ。早く、こちらへ持って来ねえ」

「はい」

女中は急ぎあしに退くと、すぐ桐の筥《はこ》にはいった鼓をひとつ持って来た。糸平は手早くそれを取り出すと、

「なるほど、こいつはいくらか上等らしい。まさか見かけ倒しじゃあるまいな」

「はい、よほど飛び切りの品だとか申しておりました」

「ふふん、あの番頭のいうことが、そのまま信用なるものか。どれ、飛び切り上作か駄

作か、ひとつ試してやろうか」

「あの、それではもう御用はございませんか」

「ああ、用があれば手を鳴らすから、それまで向うへ行ってくれ」

「はい」

女中はうやうやしく一礼すると、襖《ふすま》をしめて退《さが》っていったが、もしもその時彼女が、一度でも天井のほうに眼をやったら、そこに容易ならぬものを発見していたにちがいないのである。

糸平がいま鼓を調べている座敷から、襖ひとつへだてた廊下の天井に、ぴたりと吸いついて、欄間の透かし彫りから一心に座敷のなかを覗いているひとりの曲者《くせもの》——まるで蝙蝠のような奇妙な影があったのを、発見していたにちがいないのである。

言うまでもなく曲者は、かまいたちの小平だった。

小平がそうしてぴったりと、天井に吸いついているところを見ると、とんと大きな宮守である。彼はこうしてさきほどから、わきめも振らず欄間の透かし彫り越しに、糸平の不思議な挙動をながめているのである。

座敷のなかの糸平は、もとよりそういうこととは知る由《よし》もない。

いま女中の持って来た鼓の緒をしめ直し、しばらく火桶のうえにかざしていたが、

「ふむ、こいつはどうやら物になりそうだな」

なんだか心が騒ぐ風情《ふぜい》で、しきりにそわそわ鼓を持つ手を気にしていたが、やがて山のような膝をきちんとそろえ、丹田でぐっと力を入れて、
ポン——

と、いと声高らかに鼓を打ったが、ああ不思議、そのとたん、どこかでキーッと鳥の鳴くような声。

(はてな)

宮守の小平はこれをきくと、思わず欄間の透かしから、声のしたほうを覗き込む。

糸平はなにかしらはっと喜色を面にうかべ、矢継早《やつぎばや》に二番手を打とうとしたが、その時である。

たいへんな事が起ったのだ。

小平の吸いついている天井の下をとおって、どやどやと数名の武士が乱入して来たから、これには小平もぎょっとばかりに呼吸をのんで、なりゆきいかにと眺めている。

## 火箸責め

武士は全部で五人いた。

みんな黒い頭巾で覆面をし、手に手にどきどきするような抜身をさげているところを見ると、ちかごろしだいに喧《やかま》しくなった、軍用金獲りの浪人らしい。

さすがの山城屋もこれを見ると、ぎょっとばかりに腰を浮かしかけたが、それより早く、武士の一味はズラリと白刃の襖をきずいて、その周囲を取りまいている。

「これはいったい何事でございます。濫《みだ》りにひとの屋敷へ踏みこんで、お前さんたちはどういうお方でございますえ」

さすがは幕府随一の才物、小栗上野介に見こまれただけあって、山城屋糸平も尋常一様の男ではなかった。

遁《のが》れる路がない事を見てとると、もうじたばた騒ぐような真似はしなかった、さっきの鼓をかかえたまま、ずらりと一同を見廻している。

武士のひとりはせせら笑って、

「どういうお方と訊ねるまでもあるまい。われらは見らるる通りの浪人者だ。卒爾《そつじ》ながらちと無心の筋があって参った」

「はて、御無心とおっしゃいますと」

「金を少々貸して貰いたい」

「わかりました。するとお前さんがたは、ちかごろ方々で噂にきく、勤王浪士とやらの押込みでございますね」

図星をさされて武士のひとりは、ふふふと妙な笑いかたをすると、

「さすが山城屋糸平だ。なかなか分りが早いな。それだけ度胸が据わった男なら、いざこざはいうまい。われらの所望だけは出すだろうな」

ぎらぎらするような長い奴を、眼のまえにつきつけられて、山城屋糸平はまつ毛一本うごかさなかった。

「へえ、そりゃこうなったら仕方がございません。出すまいといったところで、お前さんがたは取らずにおかえりなさいますまい。して、どれくらい御所望でございますえ」

「さればさ、十万両貰いたい」

「なに、十万両」

糸平ははじめてぎくりとしたように、一同の顔を見廻したが、やがて、薄笑いを唇の

はしにうかべながら、

「御冗談でしょう。いかに俺が山城屋糸平でも、十万両という大金を、抱いている筈がないじゃございませんか。そこに手文庫がございます。その中に三百両入っております故、まあ、それなど持っておかえりなさいまし」

「白ばくれるな」

「え、何んと仰有《おつしや》います」

「その方が勘定奉行、小栗上野介と結託して、金座よりかすめとった金が十万両、たしかにこの屋敷にかくしてあると睨んで参った。それをこちらへ出して貰いたい」

ピタリと氷のような白刃が、糸平の頬におしつけられる。

しかし、糸平はびくともしないのである。依然として薄笑いをうかべたまま、

「御冗談もんでございましょう。どこでそんな話を聞いておいでなすったかは知りませんが、それこそ根も葉もない噂話。世間という奴はうるさいもんで、俺が小栗様にすこしばかり儲けさせていただいたのに尾鰭《おひれ》をつけて、そんなつまらない評判をするんです。それをまた真にうけて、十万両出せなどとは、お前さんがたもよっぽど酔狂なお方と見えますねえ」

「おのれ、こいつが図々しい奴だ。どうで一筋縄ではいかぬ奴、それ、諸君、こいつを縛りあげてしまいなさい」

首領の下知にバラバラと左右から躍りかかった四人の者が、またたく間に糸平をしばりあげてしまったから、廊下の外ではかまいたちの小平が、この成行如何《いか》にと天井に吸いついたまま、固唾《かたず》をのんで様子を見ている。

その頃江戸市内をあらしまわった浪人者のなかには、実際に軍用金を募る勤王の志士もないではなかったが、その大半は尊攘に名をかる不逞の無頼侍だった。

彼らは時代の変転の際に、必ずどこからともなくわき出して来る羽虫のように、勤王の美名にかくれて、悪事を擅《ほしいまま》にし、もっぱら私腹を肥しているのである。

今宵山城屋を襲うたこの一味が、果して真か偽か、それはもとより小平の知るところではなかったが、どうせ一騒動持ちあがらずにはおくまいと、欄間のすきから興味をもって眺めていると、

「山城屋、これでも貴様、十万両のありかを申さぬか」

「申すも申さぬも、知らぬことなら言いようはございますまい」

「こいつ、剛情な奴だ。諸君、それではいま言ったように拷問にかけて白状させせたま

え」

拷問とはいったいどんな事をするのだろうと、小平は首をのばして覗きこんだが、とたんにあっと呼吸をのんだ。

糸平のそばに、かっかと炭火のおこった桐火桶のあることは、まえにも言ったとおりだが、二人の武士が、いまその桐火桶から取りあげたのは、真紅にやけた二本の火箸である。尖端からブスブスと薄白い煙のあがっているのを突きつけながら、

「糸平、どうだ、これでもまだ白状しないか。もしこのうえ貴様が剛情を張るなら、この二本の火箸が一本ずつ、その方の両眼へぐさりと突立つぞ」

さすがの糸平もこれを見ると、思わずさっと顔色がかわった。

嘘ではない。冗談ではない事が、相手の威嚇するような言葉のはしばしからうかがわれる。きっと唇をかみしめた糸平の額からは、たらたらと玉の汗が流れ落ちた。

「どうだ。これでも白状しないのか。金座からくすねた十万両、たしかにこの座敷のなかにかくしてある事は、ちゃんとこちらにわかっているのだ。知りたいのはその隠し場所だ。こいつ、まだたかをくくっているのか。それとも救いの者が来るとでも思ってい

やがるのかな、いいから諸君、ちょっと小手調べに痛めつけてやりたまえ」

「おっと、承知」

小手調べとはどうするのかと思っていると、矢庭に糸平のからだを押し倒し、両脚を左右からひっつかむと、こいつをおこり立った火桶の炭火のうえにかざしたからたまらない。

「あっ、熱つ、熱つ」

糸平の唇から思わず悲鳴がもれた。

「ふふふ、そりゃ熱いだろう。だが、まだまだそれくらいのことですむと思ってちゃ当てが外れるぞ。いいからもう少し火のほうへ近附けてやれ」

首領の下知もおわらぬうちに、

「あ――あッ！」

と、魂消《たまげ》るような悲鳴が糸平の唇からほとばしった。もがこうにも、抵抗しようにも、両手をうしろにしばりあげられ、おまけに床のうえに押し倒されているのだから、身動きひとつ出来ないのである。

そのうちに、プンと肉の焼ける匂い、じりじりと脂の焦げる音――。

「あっ、あっ、熱つ、苦しい――助けてくれ、誰か来てくれえ！」

糸平の顔は恐怖と苦痛に歪んでしまって、いまにも眼玉がとび出しそうだ。額には瀧のような玉の汗。

「はははは、どうやら薬が利いたらしいな。よいよい、そのくらいでかんべんしてやれ。どうだ糸平、十万両の金のありか、素直に白状するだろうな」

かまいたちの小平は、糸平に対して何んの同情ももっていなかったが、この無残な光景を目のあたり見ては、これら無頼の武士に対して、名状することの出来ない怒りをかんじた。そのやり口の残忍さ、酷薄さ、どう考えてもかれらに同情することは出来ないのだ。

それにしても、さすがの糸平もこの拷問に参ったのか、あの十万両のありかを白状するのだろうかと、固唾をのんで様子をうかがっている時である。

屋敷の外の川のほうに当って、ピイとひと声高く呼笛《よびこ》の音。

「あっ、しまった、手がまわったぞ」

「ええい、いまいましい、折も折……」

しばらく五人の浪人どもは、口々に何やら囁いていたが、やがて火箸もその場に投げ出し、われ勝ちにと逃げてしまったのである。

## 恋の怨み

小平もほっと安堵の溜息をもらした。気がついてみると、自分もぐっしょり汗をかいている。

糸平は見ると、死んだようにぐったりと横わっている。見るとその両脚のさきは、無残に焼けただれて、癩《らい》のようにくずれているのである。人を呼ぶ気力もないらしい。眼を閉じたまま、歯を喰いしばり、おりおり苦しそうな痙攣が、しばられたその全身を走るのである。

降りていって介抱してやろうか。それともこっそり人を呼んでやろうか――天井に吸いついた小平が、とつおいつそんな思案を定めかねているところへ、廊下にあたってまたもや人の跫音《あしおと》だ。

「はてな、女中がやって来たのかな」

仄暗い廊下の向うに眼をやると、ちかづいて来るのはたしかに女である。しかし、女中でないことは、お高祖頭巾《こそずきん》をかぶっているところからも察しられた。

お高祖頭巾の女は、そわそわあたりを見廻しながら、小平のかくれている天井の下までやって来ると、そこでふと立ちどまって、片袖を口にあて、じっと、襖のすきから中の様子をうかがっている。

「おや、こいつ何をするつもりだろう」

小平がうえから窺《うかが》っているとも知らぬお高祖頭巾の女は、やがてすうっと襖の中にすべり込むと仰向けに転がされている糸平のそばへすり寄って、ぺったりとそこへ横坐りになった。

そして、うえからじっと糸平の顔を覗きこみながら、

「糸平さん、苦しいかえ」

その声を聞いたとたん、天井に吸いついていたかまいたちの小平は、全身に恐ろしい戦慄が走るのをかんじた。

「お万……」

糸平の唇からも、恐怖にふるえる呟きが洩れる。

「そうですよ、お万ですよ」

と、ばらりとお高祖頭巾をとったお万は、

「糸平さん、苦しいかえ」

糸平はそれを聞くと、ぞっとしたように眼を閉じた。

お万はあいかわらず美しい。何も知らぬ男が見たら、天成の美女とも見えたろう。だが、いちどああいう秘密を耳にした糸平の眼には、その美しさの底に、何かしら得体の知れぬ不純なもの、どす黒くよごれた不潔なものをかんずるのだ。

糸平は虫酢《むしず》が走るように、ふたたびぶるると身をふるわせる。

お万はしかしそんな事とは気がつかない。全身に媚びをつくるように身をくねらせながら、

「糸平さん、ほんに危いところだったね。あたしがあの呼笛を吹いてあいつたちを追っぱらわなければ、いまごろおまえさんはどうなっていたか知れやしないよ」

「それじゃ、さっきの呼笛はおまえだったのか」

「あい、そうだよ。糸平さん、あたしゃおまえにどんな事をされても、やっぱりおまえの事が諦められないで……ほんにわれながらこんな気持になったのが不思議でならない」

糸平のからだをまたもや、気味悪い戦慄がはしった。

しかしお万は、そんな事には気がつかず、

「糸平さん、どうぞもう一度考えなおしておくれ。そして撚《よ》りを戻しておくれな、ね。小平の奴が何をいったって、あんな事を真にうけるほど馬鹿なおまえさんじゃない筈。糸平さん、後生だから昔どおりの仲になっておくれな」

おそらくお万にとってはこれこそ真実の声だったろう。お万のような化物にも、一生に一度の恋はあった。そして山城屋糸平のような図太い、厚みのある男こそ、お万にとってはかけがえのない屈強の恋の相手だったのだ。

しかし、残念なことには——お万にとって気の毒なことには、糸平の恋はもう冷えきっている。お万の顔を見るさえもう可厭《いや》だった。

「お万、おまえの志は有難いが、その話ならもう止しにしようぜ」

「止しにする?」

「ふむ、灰はもう火にならねえ。おまえとの仲も、とっくの昔に灰になってしまっているんだ」

「お前さんッ」

ふいにお万の眼がきらりと光った。

「それじゃどうしても可厭《いや》だとおいいかえ」

「気の毒だが、まあそう思っていてくれ。お万、おまえも生娘じゃあるまいし、俺のような秋風の立った男のあとを追っかけまわす事はあるまいじゃないか。鼻の下のながい男なら、どこにでもようようよするほどいるぜ」

お万はきっと唇をかみしめた。瞼《まぶた》のあたりがさあーっと紫色になって、パチリとおくれ毛を嚙み切る音も物凄い。

「おまえさん、いやさ、山城屋の旦那」

「なに？」

「よく言っておくれだったね。それであたしの未練もさっぱりした。おまえさんがその気なら、あたしのほうにも覚悟がある。ちょっと、松つぁん、来ておくれ」

お万が手を鳴らすと、廊下づたいに入って来たのは、一瞥《ひとめ》で遊び人と知れる、眼付きの悪い男だった。

「姐御《あねご》、御用ですか」

「あいよ、さあ、ここにいる男がおまえの兄弟分、山猫銀次を殺した下手人だ。さあ、たんと苛《いた》めつけておやりな」

お万は白い肘を見せながら、平然と髪をなおしている。山城屋糸平はそれをきくと、ふたたびさあーっと真蒼になった。

「おお、それじゃいつぞや盗みに入ったあの男は……？」

「そうさ。あたしが手先に使っていた男なのさ。糸平さん、いやさ山城屋の旦那、あたしも人魚のお万といわれるほどの女、目くされ金じゃわかれられない。この家にかくしてあるという評判の、十万両そっくりこっちへ貰いたいのさ」

「何を！」

「ほほほほほ、何も顔色かえる事はないじゃないか。松つぁん、うんとそいつを痛めつけて、十万両のありかを吐かせておしまい。言わなきゃ構うことはない」

と、お万は焼け火箸をきっと逆手にもち、

「こいつでぷっすり……ほほほほほ、糸平さん、これでも白状しないのかえ」

昔馴染みの女の、あまりにも恐ろしい形相に、さすがの小平もそれ以上見てはいられなかった。小平はこっそり天井からおりると、廊下づたいに逃げ出したが、さてそのあとでどんな事が起ったか。……

鳳凰鳴く！


「先生、たいへんだ、たいへんだ」

と、表からかえって来たかまいたちの小平が、息せき切って、

「山城屋糸平が昨夜殺されたということですぜ」

と、巷の噂をつたえたのは、その翌日の昼過ぎのことである。

「なに、糸平が殺された？」

と、これにはさすがの菊水兵馬もぎょっとして、思わず顔の色がかわった。お照はどこかへ使いにいったと見えて、家のなかには姿も見えなかった。

「へえ、しかもその殺されようというのが尋常じゃありません。雁字絡《がんじがら》めにしばられたまま火鉢のなかに顔を突っ込んで、それはそれは恐ろしい死態だったそうです」

と、そこで小平は、昨夜見た一伍一什《いちぶしじゅう》を語って聞かせると、

「こんな事ならもう暫く、俺がのこっていりゃよかったんですが、惜しいことをしまし

た。おおかた俺のかえったあとで、お万の奴が腹立ちまぎれに、やった仕事にちがいありません。まったくあいつは恐ろしい女です」

兵馬にはしかしお万や糸平のことはどうでもよかった。

気になるのは山城屋の屋敷にかくしてあると思われる十万両である。お万は果してその十万両を手に入れたのだろうか。手に入れたのなら、いかにお万が鬼畜のような女でも、まさか惨《むごた》らしく糸平を殺すようなことはあるまい。もしまだお万が手に入れてないとすると、十万両は山城屋の屋敷のなかにある筈だった。

「小平、どうだろう、一度拙者が山城屋へ忍びこむわけには参らぬだろうか」

「先生、そりゃ出来ねえこともありませんが、今日明日というわけには参りますまい。山城屋にゃ大勢役人が張りこんでおりますから、まあ二、三日お待ちなさいまし」

「ふむ、致方がないな」

兵馬も仕方なしに、むなしく三日という日を見送ったが、そのあいだにどんな大きな手違いが出来たか、もとより知る由もなかったのである。

ようやく役人の警備も手薄となり、

「どうだ、小平、もうよかろう」

「へえ、それじゃ御案内いたしましょうか」

と、小平の手引きで菊水兵馬が、山城屋へまんまと忍びこんだのは、事件からかぞえてもう五日目のこと。

糸平の死骸が見つかったという、あの板張りの十二畳は、その後ぴたりと襖を閉ざして、誰も出入りをする者はなかったが、小平にとってはそういう場所へ忍びこむことくらい、朝飯前の仕事だった。

「小平、この居間か、糸平の奴が鼓の音色をしらべていたと申すのは？」

「へえ、さようでございます。あいつはよっぽど妙でございましたよ。二十あまりの鼓をかわるがわる打っては、何やら考えごとをしていたんです」

「ふうむ」

兵馬はしばらく居間のなかを見廻わしていたが、そのうちに、ふと眼をとめたのは、目もあやに彩色された天井の図柄だった。

「小平、あの天井に描いてあるのは鳳凰ではないか」

「へえ、そうらしうございますね」

「鳳凰が鳴く時……はてな、鳳凰が鳴く時とたしか山猫銀次は申したな。もしやあの天井の鳳凰が……」

兵馬は眼をすぼめて、しばらくじっとその絵をながめていたが、やがてはたと膝を叩くと、

「よし、ひとつ試してみよう」

と、風呂敷づつみをひらいて取り出したのは、このあいだ手にいれた名鼓瓦落しである。

小平が眼をまるくして眺めていると、兵馬はこれにきっと緒締めをくれ、やがて心をしずめてポンと打つ。

と、おお、何んということだ。天井に描いた鳳凰が、キーッとひと声鳴いたではないか。

「わっ、こ、こりゃどうしたんですえ。絵に描いた鳳凰が鳴きましたぜ」

兵馬はにっこりわらって、

「小平、何も驚くことはない。これは日光の鳴龍《なきりゆう》と同じ理屈なのだ。鼓のおとの震動で、この格天井が鳴るのだが、それがあたかも、鳳凰が鳴いているようにきこえるのだ」

「なるほど、こいつは妙でございますねえ」

「いつぞや山猫銀次は申したな。鳳凰が三度鳴く時、黄金の雨がふる……と」

ポン――ポン
と、兵馬がつづけて二度うつと、そのたびに天井の鳳凰がキーッ、キーッと異様な鳴声を立てたが、するとその度毎に格天井が、かすかに震動して、コトリと、こざるの落ちるような物音。

――と、思うと、とたんにがたりとそばの壁の一部分がはずれて、そこにポッカリ大きな孔があいたから、驚いたのは小平である。

「うわっ、こ、こりゃいったいどうしたんですえ」

「小平、わかった」

兵馬ははたと小手をうち、

「山城屋糸平は利巧な奴だ。この窖蔵《あなぐら》の戸をひらくのに、ふつうの鍵ではあぶないと、鼓の音の震動を利用して、まず天井を少しずつずらせる。天井がそれこそ一分一厘でも横へそれると、この壁ががたりと外れるという微妙な仕掛けだ」

「なあるほど、こいつは考えたもんですねえ」

「山猫銀次がそいつを知って、扉をひらく鍵ともなる、この瓦落しの鼓をうばって逃げたから、そこで糸平が殺したのであろう。いや、お談議はあとのことにして、ともかくなかへ入って見よう。この中にこそ十万両がかくしてあるにちがいあるまい」

窖蔵のなかには十段ばかりの階段があって、それをおりると、六畳敷きくらいの石室になっている。どうやら川にちかいと見え、どこかでさらさらと水の流れる音。

「小平、小平、あかりはないか」

「おっと、そこに抜かりはございません」

さすが以前の商売だけに、小平は素速く盗人提灯《ちょうちん》に火をともすと、それをかざしてあたりを見廻していたが、だしぬけにあっと叫んでうしろへ飛びのくと、

「せ、先生、あんなところに誰やら人が……」

「なに、人が……」

なるほど見れば石室のすみに、ほの暗い人の形が横わっている。しかもどうやら女らしい。小平はつかつかとその側へよったが、とたんにあっと驚いた。

「あ、先生、こりゃお万ですぜ」

いかにもそれはお万だった。高手小手にしばりあげられ、口には猿轡《さるぐつわ》をはめられ

て、ぐったりと半死半生の姿で横《よこた》わっているのである。四日間の飢餓と、恐怖のためにさすがのお万も生きた色さえないのである。

「すると先生、糸平を殺したのはお万じゃなかったのですね。こいつはいささか話が妙だが……」

だが、兵馬はそれに答えることも出来なかったのである。かたわらの壁に貼られた一通の手紙があざ嗤《わら》うように彼の眼にとびこんで来たからである。

菊水兵馬様へ一筆書きのこし申候。鼓の秘密を解き候明察天晴至極に候も、一足遅かりし段笑止の至りと存じ候。私こと十万両を携えて、これより上方へ飛び候あいだ、またの腕くらべは京大坂にて。

山城屋糸平

追白。私身代りとなり候男は、人魚のお万、山猫銀次両人の同類にて、むささびの松吉と申す兇状持ち、背恰好も私に至極似合いおり候えば、相恰を崩してその身代り狂言、この趣向いかがにござ候や。

兵馬はそれを読むと地団駄ふんで口惜しがったが、

「小平、こうなりゃどこまでも糸平を追っかけて、この腕くらべに応ぜずばなるまいな」

「そうですとも。このまま指をくわえてひっこんでおれますものか」

と、これよりいよいよ兵馬対糸平の、火花を散らすような智慧《ちえ》の戦いの幕が切って落されるのである。

# 十万両旅

## 海上七里

東海道をひがしから、宿場宿場のとまりをかさねて、宮から桑名まで七里のわたしにさしかかると、五十三次の長道中も、おいおい残り少なになって来る。

宮重大根のふとしくたてし宮柱は、ふろふきの熱田の神の慈眼《みそなわ》す、七里のわたし浪ゆたかにして――と、膝栗毛の作者も書いているが、その海上はきょうも穏かに凪《な》いで、沖にはとおく名物の千鳥が啼《な》いている。

宮の舟場では、いましも船が出るところらしく、

「御機嫌よう、またお下りの節は、忘れずにお泊り下さいませ」

「あいよ、昨夜はお世話になったね。かえりにはまた御厄介になるから、よろしく頼みますぞ」

「それでは道中、気をつけておいでなさいまし」

愛想のいい宿の女中とわかれを惜しんでいるのもあれば、荷駄、乗物の賃銭について、船頭をあいてに大声でかけあっているのもある。

武士もいれば町人もいる。僧侶もいれば神主もいる。神祇釈教《じんぎしやっきよう》みな乗込みの渡し船、その混雑はどこでも同じことだが、こうして芋を洗うようにごたごたと乗りこんだなかに、ひときわ異彩をはなっているのは、十五、六名の男女の群。どうやら旅役者の一行らしく、どこか艶めいた風情《ふぜい》が船中をいろどっていた。

「それではお客様はこれだけですかえ。みなお乗り込みでございますねえ。出ますよう！」

どこの舟場も同じことで、ひとしきりは戦場のような騒ぎだったが、やがて客も乗り込み、荷物もつみおわったので、船頭はこう呼ばわりながら、陸に渡した板をひきかけたが、その時だった。

「ああ、もし、船頭さん、ちょっくら待って下せえまし。この老爺《じじい》も乗りますのじゃ、もいちど、板をわたして下せえまし」

と、あとからひとりあたふたと、渡船場へかけつけて来たのは、顔にぞっとするような物凄い大痣《おおあざ》のある老巡礼である。

船頭はチョッと舌打ちしながら、

「仕様がねえな。なにを愚図愚図しているんだ。さあ、早く乗ったり、乗ったり。ええ、もう誰も乗る人はありませんかえ、出ますよう」

船頭が渡した板をひくと、やがて船は順風に帆をあげ、海上をはしる事矢の如し――と、膝栗毛の作者はかいているが、これは嘘である。

しかし、さすがに神います、宮のわたしは浪風もなく、海路いたっておだやかだから、乗合の客は気も落着き、おもいおもいの雑談に、顎《あご》のかけがねも外れるのである。

「結構なお天気で、お互いに仕合せでございます」

「ほんにわたしは舟に弱いから、ちょっとの荒れでも難渋しますのさ。ときにおまえさんがたは、どちらのほうへおいでなさる」

「はい、四日市から古市のほうへ参ります」

「見ればおまえさんがたは役者衆のようだが、座頭《ざがしら》は誰だえ」

「はい、市川海老五郎の一座でございます」

「おお、市川海老五郎といえば、海道筋の団十郎とうたわれた名人だ。そして、その海老五郎さんというのは、どの人でございますえ」

「いえ、それが……親方はゆうべ宮の泊りで、俄《にわ》かに差込みがまいりましてひどい難渋、とても今朝たつことは出来ませんので、よくなりしだい、あとからひとりで乗り込んで来ることになっております」

「ああ、さようか。道理で座頭らしい顔は見えないと思いました。せっかくこうして同じ舟に乗りあわせながら、いかに宮重大根の本場とはいえ、かんじんの座頭の顔が見られないとは詰らない」

「これは御挨拶でございます。その代り古市では親方の十八番、熊谷の組討ちを出しますから、御参宮のかえりには、是非見に来て下さいまし」

「おや、この若衆の如才がない」


何しろ退屈な海上七里なのである。若い役者衆を中心に、乗合の衆が笑い興じているこちらのほうでは、

「こうこう、爺《と》っぁん、そんなところで中腰になっていねえで、こちらへ来て坐ったらどうだえ」

と、腰をずらして席をこさえてやったのは、見たところ四十二、三の年輩だが、体と

くるとこれが十三、四歳の子供ぐらいしかない。

それでいて手甲脚絆《てっこうきゃはん》もかいがいしく、道中合羽に一本差し、肩に振分けの荷物をかけているところは、とんと芝居の遠見のようだ。

しかも眼のくばり、身のこなしに、どこか油断のならぬところが見えるのも道理なのである。この男はかまいたちの小平だった。そして、小平がこうしているからには、菊水兵馬もどこかその辺にいるにちがいない。

小平にこう声をかけられて、ペコペコお辞儀をしながら側へよって来たのは、顔中に物凄い大痣のある例の老巡礼。この男、顔ばかりでなく、脚も悪いと見えてかるくびっこをひいている。

「はいはい、どうも有難うございます。御親切なことで、それでは遠慮なくおそばにおいて戴きます」

「旅へ出れば相見互いだ。なにもそう遠慮することはねえ。お互いに同じ銭を払っているんだ」

小平はうまそうに煙管《きせる》の莨《たばこ》をふかせながら、

「時に爺《と》つぁん、みればおまえは一人旅のようだが、これからどこへいくんだえ」

「はいはい、私でございますか。私はまずお伊勢参りをいたしまして、それから西国八十八ヵ所を巡りたいと思っております」

「そいつは年齢《とし》に似合わず元気なことだが、世の中がだんだん噪《さわ》がしくなる。京大坂には浪人衆が大勢いりこんで、いまにもひと騒動起こりそうな形勢だ。神仏めぐりとはいえ、年寄りのひとり旅とは危いもんだ」

「何をあなた、世の中が噪《やかま》しかろうが、天下がひっくり返ろうが、この耄碌老爺《もうろくじじい》に誰がかまいつけますものか。こういう御時勢には、結局ひとり旅のほうがよろしうございます」

「そういえばそんなものだが」

と、小平は掌に吸殻をころがせながら、じろじろと物凄い老爺の横顔を眺めて、

「時に爺つぁん、こんなことを訊いちゃあ何んだが、おまえその物凄い大痣は、いったいどうしたんだえ」

「ははははは、これでございますか。いや、皆さん気になると見えまして、誰でもお訊ねになりますが、これは若い時分、鉄砲いじりを致しまして、そのやり損いから、火薬に吹かれたのでございます。顔ばかりじゃございません、足もいっしょにやられまし

て、いまだに跛《びっこ》をひいております」

「はて、鉄砲いじりというと……?」

「はい、若い時分、猟師をしょうばいに致しておりましたので……うまれは甲州の山奥でございます。御存じでございましょうか、身延《みのぶ》のほとりで……いや、こういう物凄い顔になるというのも、殺生の酬いであろうと、それからふっつり鉄砲いじりは止《よ》しましたが、これでも若い時分にゃあ、ずいぶん気になったものでございます。何しろこの御面相でございますから、娘《あま》っ子は怖毛《おぞけ》をふるって寄りつきませず、とうとう女房も持たずにこの年まで過して来ましたが、いまになってみると、この方が結局気楽で、どこで野垂死《のたれじに》にをしようと、誰ひとり気を揉むものはありませんのさ」

老爺は達観したように、乾いた声でわらったが、ちょうどその時である。向うのほうの旅役者の一群から、たいへんな騒ぎが持ちあがったのである。

葛籠《つづら》の中

「あ、もし、そこの役者衆」

「はい、私のことでございますかえ」

「おまえさんでもよいが……、おまえさん、名はなんていうんだえ」

「はい、市川浅太郎と申します。どうぞ御贔屓《ごひいき》に……」

「浅太郎さんか番太郎さんか知らねえが、そこにある葛籠はおまえさんがたのものだろうねえ」

「あれ、お口の悪い……ほほほほほ、はい、この葛籠でございますか。これならば一座の葛籠でございます。みんな衣裳がはいっておりますので」

「衣裳？　なるほど、それじゃおまえたち、大事な衣裳のなかへ猫か犬をいっしょに入れていきなさるか」

「あれ、御冗談をおっしゃいます。いかにわたしどもが物好きでも、犬や猫を旅につれて歩こう筈がございません。何をおっしゃいますことやら」

「何をおっしゃいますことやらではない。論より証拠、ほら、開いてごらん、その葛籠のなかから何やら妙な声がきこえるではないか」

「はて、妙な声が……？」

市川浅太郎は怪訝《けげん》そうに眉をひそめて、胴の間につんである葛籠のほうへ眼をやったが、すぐ、おやというふうに小首をかしげた。

なるほど、五つ六つ積んである、いずれも三桝《みます》の定紋入りの明荷《あけに》のなかから、なにやら妙な唸り声がきこえるのである。

浅太郎ははっと胸に手を当てて、

「源どん、源どん」

と、艫《とも》のほうに坐っている下座の男に呼びかけた。

「へえへえ、浅太郎さん、何か御用でございますかえ」

「おまえさん。ちょっとその葛籠を見ておくれな。中から妙な声がするじゃないか。こちらのお客人が、犬か猫でもいれているのじゃないかとおっしゃるが、そんなことがあったら大変だ。大事な衣裳を咬みさかれでもして御覧、親方からどんなお眼玉をくらうか知れたものじゃない」

「へえ、この葛籠でございますか。おっ、なるほど……」

と、下座の源之助は葛籠のふたに手をかけたが、すぐ、おやというふうに顔をしかめて、

「あの、もし頭取りさんえ」

と、艫のほうで話に花を咲かせている、年嵩《としかさ》の男のほうを振りかえった。

「あい、源どん、何か用事かえ」

「うちの葛籠はみんなで幾つございましたっけね」

「葛籠？　何をいっているのだ。五つにきまっているじゃないか」

「ところが頭取り、ここには葛籠が六つございますので」

「なに、葛籠が六つある。どれどれ」

頭取りは煙管を腰にさしながら、源之助や浅太郎のほうへ寄って来ると、

「おっ、なるほど、これはどうしたのだろう。いつの間にやら葛籠がひとつふえているが……」

「頭取り、こりゃ何んでございましょう。宮の宿で間違えて、よその葛籠をいっしょに持ちこんだにちがいございません」

「ふむ、それにしても、みんな三桝の紋がはいっているのが不思議だねえ、あれ」

と、ふいに頭取りはうしろに飛びのき、

「なんだ、なんだ、葛籠のなかから妙な声がするじゃないか」

「それなんでございますよ、頭取りさん」

と、浅太郎が口をはさんで、

「それでいま、源どんに、その葛籠の中をあらためて見ろと申しているところでございます」

「何んだ、何んだ、葛籠の中から妙な声がする？　よし、それじゃ俺が、ひとつ実検と出かけようか」

騒ぎを聞きつけて、やおら腰をあげたのは、市川冠三郎という一座の敵役だった。雁字絡《がんじがら》めに結えた綱をといて、ひょいと明荷のなかを覗いたが、とたんにわっとうしろへ尻餅つくと、

「南無三、女が……」

と、どこまでも芝居がかりである。

それを聞くと、いままでてんでに話していた船中の乗合が、いっせいにはっとその方を振り向くと、

「どうした、どうした、何事が起ったのです」

「女だそうです。葛籠のなかから女の死骸が現れたということです」

「し、――死骸？　そ、そりゃほんとのことでございますか。鶴亀鶴亀」

「いや、御安心なさい。女は女だが、まだ死んではいないそうです。ほら、葛籠の中からたすけ起しているじゃありませんか」

いかにも船中の評判どおり、女はまだ死んでいるのではなかった。長襦袢《ながじゅばん》のうえから、ぐるぐる綱でしばられて、口には猿轡《さるぐつわ》をはめられていたが、呼吸はたえているわけではなく、源之助や冠三郎がたすけ起すと、気力も割りにしっかりしていた。

「これはこれはお女中、いったいどうしたことでございます。なんだってまあ、こんな葛籠の中へはいっていなすったので」

と、綱を解き、猿轡をとってやると、女はさすがに羞《はずか》しそうに、長襦袢のまえをかきあわせながら、

「有難うございます。ほんとにもう少しのところで呼吸がつまって死ぬところでございました」

「いったい、誰がこんなことをしたのでございますえ」

「さあ、それが一向に……」

と、女は頬を紅にそめながら、

「あたくしにもちっとも分りません。寝ているところをだしぬけに、蒲団でぐるぐる巻

かれてしまって、それきり気を失ってしまったのでございます」

「ふうむ。そしておまえさん、一人旅でございますかえ」

「いえ、あの、それが……浜松までつれがございましたが、ふとしたことではぐれてしまって……」

「ふうむ。そりゃとんだ災難でございましたねえ。おおかた胡麻《ごま》の蠅にでも狙われたのでございましょう。とかく女のひとり旅というものは危いもの、そして、よほどの金を盗まれましたか」

「はい、あの、それが……」

と、女は何やら思案のていで、しだいしだいに舷《ふなべり》のほうへ寄っていたが、一同がうっかりしているすきに、ひらりと身をひるがえして舷をこえると、あっという間もないのである。ざんぶとばかり水の中へ身をおどらせたから、一同は驚くというよりむしろ呆気《あっけ》にとられてしまった。

「あれ、お女中、何をするのだ」

頭取をはじめ一同が、バラバラと舷のそばへ駆けよってみると、いったん、水底ふかく沈んだ女は、やがて十間ほど向うへうかびあがると、そのまま抜手を切って泳いでいく。

一同すっかり度肝を抜かれて、

「いや、驚きましたね。ありゃいったいどうしたのでございましょうねえ」

「さようさ、このまま桑名へ渡っては、何か都合の悪いことがあるのにちがいございません。おおかた葛籠詰めになったのも、何か悪事を働いたせいでございましょうよ」

「そうでしょうか。それにしても人は見かけによらぬもの、ずいぶん綺麗な女のようでございましたが、それで悪いことをするんでしょうか」

「さようでさ、おおかた女胡麻の蝿というのは、ああいう女のことでございましょう。だから旅をすると油断がなりませんのさ」

乗合い客がわいわい騒いでいるうちに、女は見事に抜手をきって、姿はみるみる波間にかくれてしまったが、その後姿を見送って、呆然と立ちすくんでいるのはかまいたちの小平。

不思議な女というのは、いうまでもなく人魚のお万。さてはお万も山城屋糸平のあとを慕って、江戸から上方への道中をつづけているのに違いない。

こうして糸平、お万、菊水兵馬は、三つ巴《どもえ》になって追いつ追われつ、道中でしのぎを削っているのである。

## 道中三つ巴

そのころの桑名は、しぐれ蛤《はまぐり》の名所ばかりではなく、宮のわたしをひかえて、海道筋の一要衝になっていた。

されば、ここには徳川家の親藩、松平越中守が十一万石の屋台骨をすえている。

その桑名お船着場へ、いましも着いた渡し船が、とんでもない土産《みやげ》話を持ちこんで来たから、さあ宿場のなかは大した評判である。

旅役者の群は、とりあえずこの事を宿場役人に報告する。たとえ殺されたのではなかったにしても、女がひとり葛籠詰めになっていたとあっては大事件だから、旅役者の群はひとまずここに止めおかれることになった。

「やれやれ、いやもう恐ろしいことでございました。旅をすればいろんな目に遭うことは覚悟のまえでございますが、こんな珍らしい事件ははじめてでございます。それにしてもあの女は何者でございましょうね」

「さあ、おおかたみんなもいうとおり、胡麻の蝿のたぐいでもあろうかえ」

「あの美しい女が……へえ、恐ろしいことでございますな」

と、例の老巡礼は目をまるくして、

「いや、これだから気をつけなければなりませんな。それじゃ旦那様、これで御免蒙ります」

「ああ、爺《とっ》つぁん、もういくかえ。こういうことがあるから、これから先も気をつけていきねえ。いい女だと見て鼻毛をのばしていると、とんでもねえ目にあうぜ」

「なんの、あなた、わたくしのような者を……はいはい、有難うございます。それじゃ一足さきに御免させていただきます」

老巡礼と別れると、小平はあたりを見廻わして、ずらりと並んだ茶店のなかの一軒へずいとばかりに入っていった。

と、そのあとを追うように、同じ茶店の暖簾《のれん》をくぐったのは、深編笠の武士がひとり、やっぱりさっきの乗合船の客である。

小平はそれを見るとわざと大声に、

「おや、お武家様、おまえ様もここで御一服でございますか。無事に海上を乗りきった心祝いに、いっぱいやろうと思っていたところ、お差支えがなくばひとつつきあって下さいまし。もし、姐《ねえ》さんや、どこか静かな座敷はあいていないかえ」

「あい、どうぞこちらへお通り下さいまし」

「それじゃお武家様、おまえ様から先にどうぞ……」

小平はひとりで心得顔に、編笠の武士を奥へ招じいれると、やがて酒肴《しゅこう》の注文もよろしく、さて二人きりになると、俄《にわ》かにぐっと膝を乗り出した。

「先生、どうも妙ですね」

「ふうむ」

と、はじめて編笠をとった武士は、いうまでもなく菊水兵馬だ。

「小平、さっきの女はありゃたしかにお万であったな」

「そうなんで。俺も臍《へそ》の緒を切ってこのかた、あんなに驚いたことはございません。それにしてもお万の奴は、なんだってまた葛籠詰めなんかになりやがったんでしょう」

小平はさっきの事を思い出すと、呆れるやらおかしいやらで、思わず顎の紐がゆるんで来るのである。しかし兵馬は笑いもせず、

「ああしてお万がこの辺を、うろついているところを見ると、山城屋糸平の奴も、まだここにいると見えるな」

「それでございますよ。お万を、ああして葛籠詰めにしたなァ、山城屋糸平の奴にきまっております。お万め、ああいう執念ぶかい女でございますから、どうでも山城屋の鼻をあかせるつもりで、われわれより一足さきに江戸を立って、山城屋の奴に追いついたんでございましょう。そこでどういう話があったか知らないが、事面倒と見て布団蒸し、揚句の果てにゃああして葛籠詰めにされてしまったんでしょうが、それにしても不思議なのはあの葛籠です。どうして旅役者の葛籠なんかにまぎれ込んだのでございましょうね」

「ふむ、それは拙者にもわからないが、お万があああして、われら同様、山城屋のあとを追っているとすると油断はならぬ。ああいう女のことだから、どういう手段でわれわれの先を切り、十万両横奪《よこど》りしてしまうか知れたものではない」

兵馬は苦々しそうに眉をひそめるのである。

菊水兵馬とかまいたちの小平が、俄かに江戸を発足したのも、みんなその十万両ゆえだった。

幕末における幕府方随一の智者といわれた小栗上野介が、豪商人山城屋糸平に、十万両という金をつけて大坂へ発足させたことは、このまえの「鳳凰の鳴く時」のくだりで述べたが、この十万両の使途については、つぎのような噂がある。

上野介は遠からず、京都方との一戦必至とみて、十万両の大金で、外国から武器を購入しようとしているというのだが、さて、そうなっては京都方にとっては大打撃だった。

されば、兵馬はなんとかして、この取引をさまたげようと、糸平のあとを慕って街道をのぼって来たのだが、相手もさるもの、いままでとんと消息もつかめなかったところへ、思いがけないところで出会ったのがあのお万、蛇の道は蛇のたとえもある。お万はきっと山城屋の尻尾をつかまえたにちがいない。尻尾《しっぽ》をおさえたればこそ、ああして無残な葛籠詰めにされたにちがいなかった。

お万というのはいつでも年齢をとらぬ不思議な化け物で、かつて井伊大老の手先になって働いていた女だが、井伊の失脚後は山城屋糸平の妾になっていた。ところが小平の口から年齢の秘密を素《す》っ破《ば》抜かれてからというものは、すっかり山城屋に愛想をつかされ、秋の扇とすてられてしまったのである。

さあ、こうなるとお万の気性として黙ってひっこんでいられない。相手が相手ならばこちらもこちらとばかり、手をかえ品をかえ山城屋の十万両をねらっているらしいことは、かねて兵馬や小平も知っていたのである。

そのお万が自分たちより先に、山城屋の消息をつかんでいるとしたら、どうせ碌《ろく》なことはあるまいと、さてこそ兵馬が眉根をひそめて、ほっと溜息をつくのも、まったく無理ではなかったのである。

## 二人海老五郎

「女だてらにお万の奴、ああして海へとび込みやがったところを見ると、よくよく先を急がねばならぬことがあったんでございましょうねえ」

「それよ、小平」

と、兵馬は相変らずうかぬ表情で、

「こちらは盲目の手さぐりで、山城屋のあとを当てもなく探ね廻っているのだが、お万はどうやら当りがついているらしい。つまり、それだけこちらが出発点でおくれているわけだ。それにしても山城屋、足に怪我している筈だから、そう早くはいくまいと思ったに……。いったい、どこをどうして通っていったのか、いまに至るもついぞ消息がわからないとは不思議だな」

小平もそこで暫く考え込んでいたが、

「旦那、それにしても俺が不思議でならないのは、お万が旅役者の葛籠から出て来たことです。まさかあの役者ども糸平と共謀《ぐる》になっているとは思われませんが、これには何か仔細のあることにちがいございません。どうです、先生、ひとつこの方から探ってみては？」

「何かよいつてがあると申すか」

「いえなに、つてがあるというわけじゃありませんが、どうであいつら、問屋場でひと調べうけるにちがいございません。どうでしょう、そいつをちょっと訊いて来ては？」

「そんな事が出来ると思うか」

「なあに、雑作はありませんや。それじゃ先生はしばらくここでお待ち下さいまし。俺がひと走り吟味のようすを見て参りましょう」

何しろ身の軽い男なのである。小平は相手の言葉も待たず、燕《つばめ》のように座敷から飛び出していったが、こちらは宿場の問屋場である。

旅役者市川海老五郎の一座の者が、蒼くなって宿場役人の取調べをうけている。

「はい、決していつわりではございませぬ。その女はまったく私どもの、いままで見たこともない女でございました。それがどうしてこの葛籠のなかにはいっていたのか、さっぱり見当もつきません」

そういって額を土間にこすりつけているのは頭取りである。そのうしろには敵役の冠三郎、若衆型の市川浅太郎、その他十数名の役者が蒼くなってふるえている。

「ふむ、何にしても不思議な事件だな。そして、その女は葛籠からたすけ出されると、そのまま海中へとび込んだと申すのか」

「はい、まことに不重宝なことでございましたが、まさかあんな美しい女が、そんな大それた事をしようなどとは、夢にも思えませんでしたので……まったくあっという間もございませんでした。なあ、皆さん」

「はい、頭取りのおっしゃるとおりでございます」

「ふうむ、そういう怪しい奴がまぎれ込んだとあっては、きっと手配をしなければならないが……そして、そのほうたちの座頭はいずくにあるのじゃ」

「はい、それが……今日いっしょにまいりますはずのところ、ゆうべ宮の泊まりで食当りがいたしましたのか、俄かの腹痛、きょう一日向うで様子を見まして、明日乗込んでまいる筈でございます」

「して、その座頭の名前は何んと申す?」

「はい、市川海老五郎と申します」

市川海老五郎ときくと、何んと思ったのか宿場役人は、はっとばかりに顔見合せた。

「これ、詐《いつわり》を申すな。市川海老五郎という役者ならば、昨日宮から当地へ渡って、四日市のほうへ発っていったわ」

「え、何とおっしゃいます」

「それとも海老五郎と申す役者が、二人あると申すのか」

これを聞いて、這いつくばっていた頭取りはじめ役者たちは、あっとばかりに仰天した。

「め、滅相な、そんな筈はございませぬ。親方はたしかに宮の宿場におります筈、昨日こちらへ参ったなど……そんな馬鹿なことがあろう筈はございませぬ」

「はてな」

役人も当惑の面持ちで、

「その海老五郎と申すのは、年の頃は四十二、三、色白の格服のよい男で、左の眼尻に黒子《ほくろ》があり、かすかに跛をひいている男ではないか」

「は、はい、たしかにそれにちがいございませんが……はてな」

と、今度は、役者連中が小首をかしげたが、それを聞いて驚いたのは、表で様子をうかがっていたかまいたちの小平である。

宿場役人がいまいった海老五郎の人相というのは、山城屋糸平にそっくりそのまま当《あて》嵌《は》まる。すると、市川海老五郎と名乗って、昨夜桑名から四日市へ発ったのは、ひょっとすると糸平ではなかったろうか。

敵役の嵐冠三郎は俄かにせきこみ、

「いいえ、いいえ、そんな筈はございません。そいつは贋者《にせもの》にきまっております。はい、人相かたちは似ているようでも、そいつは贋者にちがいございません．そして旦那え、その贋者はひとりでここを通りましたか。それとも一座のものを連れておりましたか」

「ふむ。やっぱり十四、五名の一座をひきつれ、これから四日市、古市へと打って廻るのだと申していた。そして、これと同じように、三桝の紋のはいった明荷を五つ六つ持っていたが……はてな」

と、役人はそこで何を思い出したのか、ぎょっとしたように眼をすぼめると、

「そういえば、昨日もいささか妙なことがあった」

「へえ、妙なことと申しますと？」

「さればじゃ、船から荷物をあげる時、海老五郎の葛籠のひとつが少し毀《こわ》れて、中からバラバラ小判がこぼれた」

「えッ、小判ですって？」

頭取りはじめ役者連中は、あっけにとられたように顔見合せたが、表で聞いていた小平も、思わずぎょっと息を呑む。

「海老五郎の申すには、芝居に使う小道具の贋物だと申していたが、俺の眼にはどうしても、本物としか思えなかった。しかも、あの葛籠には、そういう小判がぎっしりいっぱい詰まっていた様子、何んとしても怪しいのは、昨日通った海老五郎……はてな」

と、役人が不思議そうに小首をかしげるのを皆まで聞かずに、かまいたちの小平は風のように、もとの茶店の奥座敷へひきかえしていた。……

## 伊勢路の旅

「何んと申す。小平、しからば山城屋糸平は、旅役者の海老五郎になりすまし、昨日この桑名の宿をとおっていったと申すのか」

「へえ、それにちがいございません。昨日とおっていった海老五郎の葛籠のなかから、小判がこぼれたというのが何よりの証拠です」

「ふむ」

「海老五郎は芝居の小道具だと誤魔化したそうですが、きっとそいつは本物だったにちがいございません。うまく考えたものじゃありませんか。十万両といやあかなり嵩《かさ》ばるお荷物ですが、役者の明荷に仕立てていきゃあ、誰も怪しむ者はありゃしません。ともかく先生、もうひと足です。急いであとを追っかけようじゃありませんか」

「ふむ」

兵馬はまだ何んとなく割りきれぬ気持ちだったが、小平にせき立てられて桑名を出ると、

「だが、小平、そうするとあのお万の葛籠はどうしたのだ」

「さあ、それでございます。昨日とおった贋の海老五郎が、わざとあの葛籠だけ宮の宿場へのこしていったんでしょう。そこへやって来たのがほんものの海老五郎、何しろ紋も同じだし、それに混雑にとりまぎれ、ついうっかりと自分のといっしょにして持って来たというわけでしょう」

「なるほど、そう考えると辻褄《つじつま》があうな。すると、お万は宮の宿場で、糸平の奴につかまったのだな」

「おおかたそうでしょう。糸平にしてみれば厄介な相手、と、いって殺してしまうわけにもいかず、ああして葛籠詰めにしておいてけぼり、そいつを本物の海老五郎が担ぎ出したというのだから、よっぽどこいつは話がこんがらがっております」

「ふむ、それじゃともかく昨日とおった海老五郎のあとをつけて見ようか」

桑名を出ると大福村、やがて安中の在所もすぎて、やって来たのは富田のたて場、このへんはどこへいっても焼蛤が名物である。

二人は茶店へはいると、昨日とおった海老五郎の消息をたずねてみたが、何しろ人眼につく稼業だから、どこへ行ってもよく覚えている。

「へえへえ、その一行なら昨日ここをとおって四日市のほうへ参りましたが、はてな、さっきもそんな事を訊ねていった女がありますぜ」

「女……?」

と、聞いて兵馬と小平は、思わず顔を見合わせる。人相風態をきいてみると、たしかに人魚のお万にちがいなかった。

「先生、やっぱり間違いはありませんぜ。あのお万が追っかけているからにゃ、昨日とおった海老五郎が山城屋糸平であることは、もう間違いはございません」

「ふむ、どうやらそうらしいな」

と、これに勢いを得た兵馬と小平、それからはつ村八幡をすぎ、あくら川を渡ると、間もなく四日市の宿場である。ここから京都までは四日の行程、二人がこの宿場へはいったのは、宿の軒行燈《のきあんどん》に灯のはいる頃あいだった。

ともかく宿をきめると、さっそく女中を呼び出して、海老五郎一座のことを訊いてみたが、その一行なら昨日同じ宿に泊って、今朝早くたっていったという話である。

「ほんに賑やかな御連中で、なんでもここで興行する筈でございましたが、急に話がかわって、古市を先にするということでございました。はい、明荷も五つ六つはあったでございましょう」

ついでにお万のことを訊ねてみたが、これは知らぬという。

ともかくその晩は四日市にとまって、翌朝早く宿をたつと、やって来たのは、伊勢と都のわかれ道、追分の建場である。

「小平、ここを右へとれば、鈴鹿を越えて都へ出る。きゃつら古市へいくと欺《あざむ》いて、ここから京へのぼったのではあるまいか」

「そうですね。それじゃ念のために、そのへんでひとつ訊ねてみましょう」

追分の建場できいてみると、海老五郎と名乗る一行はやっぱり伊勢路をとおって、古市のほうへいったという。

「ところでお万ですが、あいつもここで海老五郎一座のことを訊ねていったそうです。いまからざっと二刻あまりまえだといいます」

「ふむ、女の脚にしては早いな」

「おおかた、四日市を暗いうちに立ちやがったのでしょう。ねえ、旦那、糸平の奴は陸路は人眼があるというので、これから鳥羽へ出て、そこから船を仕立てて、大坂か堺へ向うつもりにちがいありませんぜ」

ふたりは足を急がせて、伊勢路へはいっていったが、兵馬はだんだん不安になって来る。

なるほど小平のいうとおり、鳥羽から海路をとるつもりかは知らないけれど、それにしてはみちみちあまり多くの証拠を残しすぎる。海老五郎に身をやつしていれば、誰にもわからぬと思っているのかも知れないけれど、糸平ぐらいの男なら、もう少しなんとか細工をして、途中で足跡をくらましそうなものである。尾行があまり簡単にいくにつけ、兵馬はかえって心配だった。

しかし、ここまで来れば乗りかかった舟だ。もう後へもかえれない。ええ、こうなれば行けるところまで行ってみるまでだと、半分は棄鉢《すてばち》な気持ちになって、宇都部川から神戸の宿、雲津松坂の泊りをかさね、いよいよ古市へはいってみると驚いた。

辻々に立っているのが、

市川海老五郎大一座

という幟《のぼり》なので。

これには小平もぎょっとばかり眼をすぼめた。

## 喰わされた三人

「先生、こりゃ妙ですね。山城屋の奴、ほんとに芝居をするつもりなんでしょうか」

と、小平はなんだか心配そうな声音《こわね》である。兵馬はすでに、何か間違いがあったことをピンと感じて、小平の顔を見るさえ気の毒な気持ちである。

「ふうむ。小平、ひょっとするとこいつはいっぱい喰わされたのかも知れぬ。ともかく芝居というのを覗いてみよう」

とてもそんな暢気《のんき》な気持ちではなかったが、たしかめるだけはたしかめておかねばならぬ。

芝居小屋はすぐ見つかった。

表看板を見ると、なるほど市川浅太郎もいったとおり、海老五郎は熊谷が得意と見えて、ここでも組討ちを出している。

はいってみると、ちょうどお誂え向きに一の谷だったが、熊谷になった役者を見ると、山城屋とは似ても似つかぬ男である。

兵馬と小平はもういけないと思った。それでも念のために、

「もし、つかぬ事をお訊ねいたしますが、あの熊谷になっている役者が、座頭の海老五郎でございますかえ」

　小平がかたわらの見物にきいてみると、

「へえ、さようでございます。田舎廻りでこそあれ、なかなか上手な役者でございます。年に二、三度はこちらへ来るので、この土地とはすっかりお馴染みになっているんです」

「なるほど、それじゃ間違いはございませんねえ」

「え？　何が……？」

「いえさ、田舎廻りの役者には、とかく贋物が多いから、これも贋物じゃないかと思いましたのさ。時に、この一座はいつ頃からここで興行しておりますので」

「さようさ、もう半月にもなりましょうか。何しろこの人気なんで、日延べに日延べを重ねて、この分ならばあと半月ぐらいはつづけるでしょう」

　これには兵馬も小平も、あっとばかりにあいた口がふさがらなかった。

　この海老五郎がほんものなら、自分たちが桑名から追っかけて来た海老五郎はさておいて、宮の宿場で寝ているという海老五郎はいったい何者だろう。一時に三人出来た海老五郎に、兵馬はまるで狐につままれたような表情だった。

海老五郎贔屓の見物は、そんなこととは知らず得意になり、

「何しろこの海老五郎という役者は、街道筋の団十郎といわれる名人ですから、おりおり贋者が飛び出しますのさ。今度もおかしなことがありました。ほんものの海老五郎がここで興行しているとも知らず、昨日贋者の海老五郎一座が乗り込んで来たと思いなさい。いやはや大変な騒ぎで、だいぶ悶着あったようです」

「してして、その贋物の一座はどうしましたえ」

「どうもこうもありません。本物のいる鼻先で、まさか贋物が芝居をするわけには参りますまい。何んでも鍵屋という旅籠《はたご》にくすぶって、大弱りだそうでございます」

兵馬と小平はそれを聞くと、思わず顔を見合せた。

「いや、どうもいろいろ有難うございました。それじゃ先生、ひとつそこへ行って見ましょうか」

「ふむ」

行ってみたところで、無駄なことはわかっている、どこかでまんまといっぱい喰わさ

れたらしいのである。しかし、折角ここまで来た以上、徹底的に調べてみなければ気がすまない。

　そこでふたりは芝居からとび出すと、鍵屋というのを聞いてやって来たが、その暖簾《のれん》口《ぐち》をくぐったとたん、

「おやおや、騙されたのはあたしひとりかと思っていたが、どうやらここにも馬鹿な鳥がいたんだねえ」

　嘲けるような嬌声に、

「おお、おまえはお万」

　小平と兵馬は思わずぎっくり顔見合せた。どこで衣裳をととのえたのか、お万は立派な道中姿で上り框《かまち》に腰をおろして、細身の煙管をすっぱすっぱと吹かしている。

　小平も兵馬も二の句がつげなかった。

　お万はすっかり計画失敗とあきらめたのか、なかば棄鉢な調子になって、

「旦那、その節はいろいろ御厄介になりましたわねえ。今度はまた御苦労さまで」

　と、色っぽい微笑を兵馬に投げかけながら、

「ほんに憎らしいのは糸平の奴です。あたしたち三人とも、すっかり騙されたんです

よ。ちょっと、おまえさん、いまあたしに話してくれた事ね、もういちどこちらの旦那に話してあげておくれな」

「へえ」

と、怪訝《けげん》そうに三人の顔を見くらべたのは、市川海老五郎一座というふれこみで、昨日この古市へ乗込んだ、役者のひとりなのである。もっとも役者というのは看板だけで、むろん舞台へ出る時はおしろいも塗ろうが、それよりも楽屋で骰子《さいころ》でもころがしている方が、ふさわしかろうという人態の男ばかり。

「俺《あっし》らもすっかり騙されたんですよ。いえね、ここにいる一座はみんな名古屋のもんですが、そこでくすぶっているところへ、市川海老五郎と名乗る奴がやって来て、古市で興行をしたいから、一座をまとめてくれまいかという話なんです。海老五郎というのは会ったことはありませんが、評判はかねてから聞いております。みんなあぶれて難渋していたところだから、早速その話にとびついたんですが、いや驚きましたよ。ここへ来てみると、本物の海老五郎さんがちゃんといるじゃありませんか」

「そして、おまえさんがたを傭《やと》いに来た、贋物の海老五郎というのはどうしました」

「さあ、それです。いまから考えるとおかしいんですが、宮から桑名へ渡りますと、俄かにその晩宮へ忘れものをしたからと、陸路づたいに宮へ引返していきました。俺には古市へさきにいって待っていてくれろと申しましたが、この様子じゃとても来る見込みなんかありませんや。忌々しいがまんまといっぱい喰わされましたよ」

兵馬はそれを聞くと、思わずはっと顔色をかえた。

贋物の海老五郎は、桑名からふたたび宮へ引返したという。そうすると市川浅太郎や嵐冠三郎が座頭と立てている海老五郎と、この一座を欺いた海老五郎とは、同じ人物ではあるまいか。

「ときに、つかぬ事を訊ねるが、そのほうたちの持参いたした葛籠のなかには、いったい何が入っていたのだ」

「へえ、それでございます。昨夜あんまり癪《しゃく》だから、明荷をひらいてみましたが、中はぼろ衣裳に贋小判が五、六十枚、何が何やらさっぱりわけがわかりません」

しまった！

と、ばかり兵馬と小平は地団駄ふんで口惜しがったが、そばではお万が、面白そうにわらっている。

## 置き手紙

「先生、どうもすみません。俺の早合点からとんでもない御迷惑をかけました」

古市から松坂、雲津、磯山と、このあいだ通って来た路を、逆にたどっていくあいだ、小平はすっかり器量をさげて、口を利く元気さえない。

兵馬もいったんは落胆したが、こういうことで気を落すような人物ではなかった。躓《つまず》いても、ころんでも、あくまで最後の目的に突進していくのが彼の気性なのである。絶望という文字は、兵馬の辞書にはなかった。

「よいよい、そのほうばかりが悪いのではない。拙者の考えがいたらなかった」

慰めながらいくふたりのあとから、お万もぶらぶらついていく。

「それにしても妙ですね。贋海老五郎が山城屋だとすると、きゃつめ、何んだってまた宮へ引返しやがったんでしょう」

「それは拙者にもわからないが、怪しいのはあの時同船いたした旅役者の一行だ。きゃつらこそ、山城屋糸平の一味のものではなかったろうか」

「そうすると先生、あの時、船につんであったほかの葛籠に、十万両という金が入っていたんでしょうか」

「ふむ、どうもそれとしか思われぬ。小平、小判はわれわれの眼と鼻の先にあったらしいな」

兵馬はいまさらの如く、山城屋糸平の智慧《ちえ》のたくましさに舌をまくのである。

小平はお万をふりかえり、

「それにしてもお万、おまえはなんだって葛籠詰めなんかになりやがったのだ」

「ほほほほほ」

と、お万はたからかに笑いながら、

「あれはあたし一代のしくじりさ。宮の宿場で首尾よく海老五郎に化けている糸平のしっぽをおさえ、その寝床へしのび込んだと思いなさいよ。ところがそれこそ向うの思う壺で、あっという間に蒲団蒸し、そのまま葛籠につめ込まれたんです。ところでそれからどうなったと思います。七里の渡しをわたって、いったん桑名へ送られたんですよ。もちろん、その時の一座というのは、いま古市で鳥屋《とや》についているあの一座でした。ところが、桑名へつくとあたしの葛籠は陸づたいに、また宮へ送りかえされました。それからもう一度、海老五郎一座というのにまじって、七里の渡しの船へ積みこまれたというわけなんです。あたしゃまさか糸平も、葛籠といっしょにひきかえし、別の一座を仕立てているとは知らないから、わざわざ海へとび込んで、古市まで糸平のかげを追っていったというわけなんです。いやもう、ほんとに馬鹿な目を見ました」

まったく奇妙な話だが、山城屋糸平は海老五郎一座というのを、二組仕立てていたらしい。そしてお万も兵馬も小平も、みんなその手にひっかかって、糸平の影をおって走っていたことになるのだ。

三人はいまさらの如く、糸平の奸智《かんち》に驚嘆しながら、やって来たのは都と伊勢のわかれ路、追分の建場である。

ひょっとすると、自分たちがここを通ったあとで、あの旅役者の一行が、ここを過ぎて京へ向ったのではあるまいかと、建場の役人に訊ねてみると、誰もそういう一行を見たものはないという。

「へえ、ちかごろここをとおった大一座の行列といやあ、宇和島の殿様が故郷へおかえりになったのと、そうそう、もうひとつ、何んでも桑名の大問屋、角屋の娘というのが京へ嫁入りするとやらで、その荷物がとおっただけでございます」

してみると、どうやら冠三郎や浅太郎の一行は、まだ桑名にとまっているらしい。これに気を得た兵馬と小平は、桑名をさしていよいよ足を急がせたが、途中までついて来たお万は、何を思ったのか、

「あたしゃもう歩くのが可厭《いや》になった。皆さんどうぞ、あたしに構わず行っておくんなさい」

と、動かなくなってしまったのである。もとより兵馬や小平にとっても、あまり好ましい道連れではなかったから、それをよい事にしてお万をそのままおきざりに、桑名の問屋場へとってかえしたが、そこであっと驚いたのは、旅役者の一行は三日まえにここを立ったというのである。

「なに、三日前に立ちましたと……？　そして、宮の宿場に寝ていると申した、海老五郎という役者は参りましたか」

「さあ、それが不思議なんです。あれからすぐに宮へ使いを走らせましたが、海老五郎と申す役者は、一座のものと同じ舟に乗って、宮へ出発したというんです」

「な、何と申さる。一座の者と同じ舟にて……？　それは妙だ。拙者もあの舟に乗っていたが、海老五郎らしい姿は見なかったが……」

兵馬が訊ねると、問屋場の役人は笑いながら、

「それがおかしいんです。海老五郎というのはとんだ悪戯者《いたずら》で、なんでも人をかついでやるのだといって、顔中に大痣のある巡礼の老爺に化けていったそうです」

兵馬はとつぜん耳もとで、あの老巡礼が爆発するようにあざ笑うのを聞いたような心地だった。

知らなかった。知らなかった。それではあの老巡礼が、山城屋糸平だったのか。

「それにしても、ああいう妙な事件に、かかりあいになった役者の一行を、なんだって、何んなくここを立たせたんです」

小平がなじると、

「さあ、それです。あの一行はよほど曰《いわ》くある連中にちがいございません。お城から一切お構いなしと差図書きが参りましたので……。それにしてもおかしうございましたよ。ここを立つ時には役者は廃業だと申しまして、花嫁の輿入れの支度で出ていきました。いやはや妙なことがあればあるもんです」

兵馬はもう、口を利くのもいやになった。まるで鼻面をとって引き廻されているかんじである。見事に糸平に手玉にとられてしまったのだ。

ふたりのがっかりした様子を、問屋場の役人は不思議そうに眺めていたが、俄かに思い出したように、

「おお、そうそう、あなたはもしや、菊水兵馬さまとはおっしゃいませんか」

「いかにも拙者は兵馬だが、それをどうしてそのほうが……」

「いえ、実はあの役者の一行から、手紙をひとつことづかっておりますので……菊水兵馬という人がやって来たら、これを渡してくれという話でございました」

兵馬は取る手おそしとその手紙をひらいたが、そのまま、むむと棒立ちになってしまったのである。

一筆啓上。おまえさまの足の速さには驚き候。危く追いつかれそうになった故、思いきって書いた今度の狂言。これで四、五日のひらきが出来る筈ゆえ、枕を高くして京へのぼり候。またの見参はかの地にて。

山城屋海老五郎

菊水兵馬さま。

追白。私の痣のある老巡礼ぶり。いかがにござ候や、御感想をお伺い出来ぬが残念至極にござそうろう。

その手紙の裏から、糸平の嘲笑がきこえるようで、兵馬は思わず地団駄をふむのであった。

# 浄瑠璃《じようるり》船

## 奔馬《ほんば》狂乱

押照や難波の津は海内秀偉の大都会、木津安治川の両川口には、諸国の賈船《こせん》みよしをならべ、ここにもろもろの荷物をひさげば、その繁昌いうばかりなし。

——と、江戸時代の名所案内記にうたわれた、ここは大坂の天満橋。

天満橋は南に大坂城、北に天満宮をひかえ、人馬の往来絶ゆることなしと、同じ案内記に誌《しる》されているが、その天満橋のうえで、いましもたいへんな騒ぎがもちあがったのである。

何におどろいたのか馬一頭、橋の北詰から疾風のように跳んで来たからさあ大変。

「それ、あばれ馬だ。蹄《ひづめ》にかけられて怪我するな」

と、われがちに逃げまどう老若男女の通行人で、橋のうえは大混乱。群集はわっと叫んで、蜘蛛《くも》の子をちらすように飛び散ったが、なかにはあわてて、橋のうえから、川のなかへまっさかさまに落ち込んだものさえある。

　それでもやっと蹄の難をのがれたものは、汗をふきふき、奔馬のうしろを見送ったが、すると、一様にあっと二度びっくりしたのである。

　馬の背には女がひとり、必死となって鬣《たてがみ》にしがみついている。見たところ十九か二十、白鉢巻に馬乗袴も凛々しかったが、さすがに顔色蒼白となり、額には汗をびっしょりかいている。

「やあ、あれは天満与力の神保様のお嬢さんじゃないか」

　と、ひとりがいえば、

「そうだ、そうだ、梢《こずえ》さまだ。やあ、誰かその馬制《と》めてあげんかい。さもなければ、いまにお嬢さんは馬の背からふりおとされて、大怪我をするにきまっている」

　くちぐちに叫ぶものはあっても、誰ひとり我れこそはと跳び出して、娘の難儀を救おうとする勇者はない。人が騒げば騒ぐほど、馬はいよいよ気をたかぶらせ、全身から白い泡を吹きながら、橋桁《はしげた》を鳴らして南のほうへとんでいく。

　時刻はちょうど午下《ひるさが》り、天満橋の雑踏が、いちばんはげしい時刻だけに、いまに馬が脚を折るかそれとも誰か蹴殺《けころ》されるかと、見ている野次馬は気が気でない。

それでも馬上の娘は、しっかり鞍にすがりついて、振り落とされそうな気配もないのは、よほど馬術に熟練していると見える。髷《まげ》はがっくり横にかたむき、両の袂《たもと》はいなずまのようにうしろにはためいていたが、鐙《あぶみ》をしっかりふまえた脚には、女ながらも力がこもっていた。

――と、この時である。

橋の南詰からよちよちと、何も知らずにやって来たのは、五つか六つの頑是《がんぜ》ない女の子だった。おおかた、天神様へお参りのとちゅうなのだろう。可愛い袂をひるがえしながら、奔馬のまえに現れたから、見ていた群集は思わずあっと息をのんだ。

わけても驚いたのは馬上の娘である。

南無三！　しまったとばかりに手綱をひきしぼったが、そんなことで制《と》まるぐらいなら、いままで苦労はしていない。

女の子もはじめて気がついて、

「あれ、乳母《うば》、怖いよう」

と、袂をひるがえして逃げようとしたが、そのはずみに、重い木履《ぼくり》が足にひっかかったからたまらない。よろよろよろめいたかと思うと、ばったり橋のたもとへ倒れた。

そのうえへ、があーっと蹄を蹴立てた奔馬がおどりかかったから、ああ、もう駄目だと、一同は思わず眼を閉じた。

可哀そうに、馬の蹄にかけられて、ひとたまりもなく蹴殺されたと思ったのである。事実また、当然そうなるところであった。

もしその時、あの勇敢な救いの主が、飛鳥のように飛び出さなかったら……。

この救いの主というのは、番場のほうからやって来た、二十六、七の武士だった。連れがひとりあって、その連れと、何やら話しながら天満橋のほうへ歩いて来たが、折からわっとあがる人声に、ふと向うを見やって、この態をみるや、さっとばかりに地を蹴って、子供のからだをひとっ跳び、奔馬のまえに立ちふさがると、矢庭にむんずと轡《くつわ》をつかんだ。

さあ、これを見た野次馬はたいへんな騒ぎだ。

「あれあれ、無鉄砲な奴がとび出しましたぜ。あんな荒れ馬の轡をとらえて、ひき倒されなきゃよいが……」

「見れば年若いお侍や。それになかなかええ男振りやおまへんか。馬に蹴られて死ぬには惜しい殿御ぶり。もし、お侍さま、頼みまっせ。わてがここにひかえてまっせ」

などとわいわい騒いでいる。

こちらは件《くだん》の武士である。

「叱《し》っ、叱っ、どうどう」

と、なだめるように囁きながら、馬の鼻面を持って引き廻している。いきり立った奔馬は、しかし、それくらいのことではなかなか制《と》まりそうにもない。かえって、ますます怒り立って、前脚をあげて虚空《こくう》を蹴っている。

武士はたくみに、右に左にとその蹄をよけながら、

「小平、小平」

と、連れの男を呼んだ。

「へえ、へえ」

呼ばれて駆けよって来た男のすがたを見て、野次馬はまた、わっという歓声。それもその筈である。その男、顔を見ると立派な四十男だが、体の大きさと来たら十三、四歳の子供ぐらいしかない。

この小男が、武士のうしろに走りよると、

「先生、先生大丈夫ですか」

「こちらは大丈夫だから、早くその子供を向うへ連れていけ」

「おっと合点です」

小男が引っ攫《さら》うように泣き叫んでいる女の子を連れさると、あとはもう心にかける事はない。

武士はしばらく奔馬と揉みあっていたが、やがてしだいに馬の癇《かん》もおさまったのか、やがてぴたりと動かなくなったから、どうなることかと手に汗にぎって見物していた野次馬は、わっとばかりに大喝采である。

## 尾行する女巡礼

「有難うございました。おかげ様で助かりました。なんとお礼を申上げてよろしいやら」

馬の背からひらりと跳びおりた娘は、さすがにまだ蒼褪《あおざ》めていたが、悪びれたところは微塵もなかった。

しずかに鉢巻をとり、襷《たすき》をはずし、真正面から武士の面をみる眼には、物に臆せぬ美しさと、人に屈せぬ涼しさがある。

「いえなに、お怪我がなくて幸いでした」

武士はしずかに馬の腹をかいてやりながら、

「少し癇が高いようですな。きょうはこのまま引いていかれたがよろしかろう。しかし、供の者は……？」

「はい、俄《にわ》かにこれが走り出したものですから、おくれたと見えます。もう間もなくこちらへ参ると存じます」

「そうですか。それでは気をつけていかれたがよろしかろう」

武士は手綱を娘にわたすと、つれの男をふりかえって、

「小平、さっきの女の子はどうした。どこも怪我はなかったか」

「へえへえ、大丈夫です。幸い乳母がおりましたので渡してやりましたが、まるで気狂いのように喜んでまいりましたぜ。ああ、そうだ。お乳母め、あまり喜びすぎて、先生に礼をいうのも忘れていきました」

「なに、礼などどうでもよい。無事とあらば仕合せ。それでは御免」

静かに一礼していきすぎようとしたから、娘は驚いてあとから呼びとめた。

「あれ、もし……お願いでございますから、せめてお名前なりとお聞かせ下さいまし。これほどの御恩をうけながら、お名前もきかずにおいては、わたしの心がすみませぬ。また、改めてお礼にも参上いたしとうございます」

「なに、礼をいわれるほどの事ではございません。見らるるとおりの旅の者、いまだ定った宿とてもありませんから、その斟酌《しんしゃく》は御無用に願いたい」

「あれ、あなた……」

娘は必死となって追縋《おいすが》ると、

「これはまことに失礼いたしました。わたしは天満与力神保伊織と申す者の妹梢。宅へかえって兄にも話をしなければなりません。何卒お名前をお聞かせくださいまし」

これを聞くと武士は、白皙《はくせき》の面を迷惑そうにくもらせながら、

「いや、御丁寧な御挨拶はいたみ入りますが、何んの某《なにがし》と名乗るほどの者ではありません。何卒御容赦下さい。御免」

素っ気なく言い放つと、連れの男をうながして、そのまま天満橋を北のほうへ歩いていく。

「あれ、もし……」

娘はなおもしつこくあとを追おうとしたが、そのまえに立ちふさがったのは例の小男だ。

「お嬢さん、まあ、お止しなさいまし。こちらの旦那はこれくらいの事で礼をいわれたりするのが大嫌いな性分なのだ。有難いとお思いなら、うしろ姿でも拝んでおきなせえ」

「はい……」

娘はもう取りつく島もないのである。惘然《ぼうぜん》として見送るその瞳のなかには、その時はじめて、一種讃嘆の表情《いろ》があらわれていた。

素っ気ないなかに温か味があって、おごらず気取らぬ人柄が、泡のようにふつふつと胸の血をわかせ、梢は思わず、

「あ、もし」

と、五、六歩あとを追いかけたが、その時だった。橋の北詰から汗をふきふきやって来たのは仲間《ちゆうげん》すがたの男である。

娘のすがたを見ると、すぐそばへ駆けよって、

「おお、お嬢さま、ここにおいででございましたか。私はまた、どんなに心配したかし

れやしません。子供の紙鉄砲におどろいて、だしぬけにこいつが走り出しやがって……ああ、息がきれた。それでもお怪我がなくて何よりでございました」

「ああ、これ、源蔵」

べらべらと喋舌《しゃべ》っている仲間を、娘はうわの空で制しながら、

「おまえ、向うへ行くお侍が見えますか。ほら、あの小男とならんでいく……」

「へえへえ、あのお侍がどうか致しましたか」

「御苦労でも、おまえあの方のおあとを慕って、お所とお名前をつきとめて来ておくれ」

「へっ、すると、あのお武家様をつけて参りますんで」

「そう、決して見失ってはなりませんぞ。目印は菊水の紋所。わたしはひと足さきにかえっていますから、あとからきっと知らせておくれ」

「へえ」

仲間の源蔵は、馬をひいてしずしずとかえっていく娘のうしろ姿を、あっけにとられた顔色で見送っていたが、

「お嬢さまの言いつけだ。仕方がない」

くるりと踵《きびす》をかえして、さっきの武士と小男のあとを、見えがくれにつけていく。

――と、この時である、
橋の南詰にある茶店の葭簾《よしず》のかげから、そっと出て来た女巡礼がある。

白い手甲《てっこう》をはめた手で、一文字の菅笠《すげがさ》をちょっとあげて、娘のうしろ姿を見送っていたが、

「天満与力神保伊織の妹梢といったっけ。いったい、どうするつもりだろう」

口のうちで呟いていたが、やがて心にうなずくように、二、三度かるく首をふると、これまた仲間のうしろから、武士の尾行をはじめたのである。

いうまでもなくこの女巡礼とは、人魚のお万にほかならない。そして、お万や源蔵が、見えがくれにつけて来るとは知らずに、天満橋から座摩《ざま》の稲荷のほうへ歩いていく二人づれ、――いわずと知れたこれは菊水兵馬とかまいたちの小平だった。

こうして三人が大坂の地にすがたを現したからには、ここにまた何かひと騒動起るにちがいない。

## ちょんぎれの河蔵

その時分、座摩の稲荷は北大坂の盛り場になっていた。道頓堀の賑わいにくらべると、いささか質はおちるけれど、境内には宮芝居がある。軽業小屋がある。居合抜きや薬売り、さてはいかがわしい見世物小屋などが、ずらりと軒をならべていた。されば、この附近には、いろんな芸人やお天気師、つまり香具師《やし》などが、とぐろを巻いているのである。

そういうお天気師のひとりで、ちょんぎれの河蔵という男。――これは、座摩の稲荷の裏側にある、百足《むかで》長屋という迷路のような長屋に住んで、お天気さえよければ境内で、怪しげな薬を売っている男だが、これがいましも表に立って、朝顔に水をやっていると、おりからそこを通りかかった女巡礼が、ふいにくらくら地上に倒れたから、朝顔の鉢もおっぽり出して、さっそく側へかけよった河蔵、

「おお、姐《ねえ》さん、姐さん、どうしたのだ。おまえ気分でも悪いのかえ」

と、抱き起こして菅笠の中を覗いてみると、女巡礼は真蒼な顔をして歯を喰いしばり、顔にびっしょりと汗をかいている。どうやら暑気にあたったらしい。少し年齢はい

きすぎていたけれど、垢抜けのした、ふるいつきたいほどいい女だ。

女は苦しげに眉をひそめ、

「はい、なんだか胸が苦しくて……もし、すみませんが、冷水をいっぱい……」

「ああ、水か、水ならお安い御用だが、いっそ家へ入って憩《やす》んでいったらどうだえ。どうで穢《きたな》いうちだが、そのかわり遠慮気兼ねのねえところさ」

「はい、有難うございます。そうして戴けますならば……なんだか、あたし体がふらふらして……」

「そりゃそうだろう。どこから来たのか知らねえが、この炎天のなかを長道すりゃ、大の男でも霍乱《かくらん》を起さあな。さあさあ、こっちへ来ねえ」

と、ちょんぎれの河蔵に手をひかれ、よろよろ家のなかへ入って来たのは、いわずと知れたお万である。

このちょんぎれの河蔵という男、表向きはお天気師だが、裏へまわれば小博奕《ばくち》もうつ。時には脅喝《ゆすり》のひとつもやろうという悪党。腕には蟒《うわばみ》の刺青をしているが、途中で痛くなって止したと見え、こいつが胴のまんなかでちょんぎれているので、さてこそちょんぎれの河蔵というだらしない異名がある。

お万の縹緻《きりょう》をみるなりこのちょんぎれ、こいつは物になると、心中ひそかに北叟笑《ほくそえ》んだものだがどっこい相手がお万とあっては、役者の段がちがっていた。

「おまえ、ほんとにひとり旅かえ」

「はい、お大師様とふたりだけの旅でございます」

「そして、この大坂に識合《しりあ》いというものを、一人も持たねえというんだね」

「さようでございます。せっかく頼って参りました親戚の者も、五、六年まえに越後のほうへいってしまいましたとやら……ほんとに途方にくれております」

「そりゃ気の毒なこったが、まあいいやな。そうくよくよしなさんな。捨てる神あれば助ける神の譬《たと》えもあらあ。おまえ、こんな穢い家でもよかったら、当分ここに足をとめていねえ。なんにも出来ねえが、雨露だけはしのげようぜ」

「はい、有難うございます。そうお願い出来ますなら……」

と、そういう事からお万はとうとう、このちょんぎれの家へころげこむことになったのである。河蔵のつもりでは、そのうち追々手なずけるつもりだったのだろうが、おっとどっこい、そこがそれ役者の格がちがうところで、三、四日もたつと河蔵の奴、すっかり目算が外れて、はてなと小首をかしげている。

「ちょいと河蔵さん、もう酒はないのかえ。なんだねえ、啬《しみ》ったれな。こちらは酒の本場にちかいのじゃないか。もっとどんどん買っておいでな」

などというのはまだいいほうで、

「ちょんぎれ、ここへ来て肩を叩いておくれ、おや、何を目を白黒させているんだよ。姐御《あねご》のいいつけだ。はいはいと素直にきくもんだよ」

に、至ってはどっちが主人でどっちが食客かわからない。

これにはさすがの河蔵も、いささかむっとしたかたちで、面ふくらせて黙っていると、お万は鼻の先でせせら笑い、

「おや、おまえ不服なんだね。あたしのいうことがきけないというんだね。いいよ、おまえがその気ならこっちにも考えがある」

「考えがあるってどうする気だ」

「どうもこうもあるもんか。こんな穢苦《むさくる》しい家、今夜にもさっそく出てやるよ」

と、来たから、これには河蔵もあきれはてて物がいえない。

「出てやるって？　なんだ、おまえの口の利きかたじゃ、ここへ転げ込んだのを恩にきせるようじゃないか」

「当りまえさ。河蔵さん、おまえも悪党らしくないねえ」

「え？」

お万はにやにや笑いながら、

「おまえさんのつもりじゃ、あたしをまんまと咥《くわ》えこんだつもりだろうが、憚《はばか》りさま、ありゃみんなあたしの方からしかけた狂言よ。ちょっとこの家に用事があったから、わざとああして霍乱を起してみせたんだよ。それがわからないとは、おまえもよっぽどのろまだねえ」

「なんだって、じゃあの霍乱というのは狂言だったのか。してして、この家にいったいどんな用事があるというんだ」

河蔵もいまさらの如く驚いて膝のり出せば、お万はその顔をじっとみて、

「河蔵さん、おまえ金儲けをしたくはないかえ」

「金儲け？　金儲けと来ちゃ耳よりだ。してしてどんな金の手蔓《てづる》があるというんだ」

「ほほほほほ、金儲けときくと急に眼の色がかわったね、だからさ、福の神が舞いこんだと、あたしを大事にしなきゃいけないよ。なにしろ百や二百の目くされ金とは話がちがうんだからね」

「ふうん、だいぶ話が大きいが、いったいどのくらいになるんだえ」

「十万両」

「げっ、十万両」

河蔵は眼をまるくしたが、すぐまたプッと吹き出して、

「おいおい、お万さん、冗談もたいがいにしておくれよ。どうも話がうますぎると思ったよ」

お万は相手をさげすむように、

「だからあたしゃ小人は嫌いさ。十万両ときいて眼をまわしたね。その調子じゃとても片棒かつげそうもないねえ」

「お万さん、そ、それじゃほんまの話かえ」

「誰が嘘をいうもんか。河蔵さん。まあお聴き」

と、そこでお万は山城屋の一件をこまごまと話してきかせると、

「だからさ、その十万両をこっそりこっちへ貰おうというのさ。おまえひとりで手にあまるようなら、もう少し人数を狩り集めておいでな」

「ふうむ」

と、河蔵はまだ半信半疑の面持ちで、

「しかし、お万さん、その糸平という奴が、大坂へ乗りこんだ事は間違いねえとしても、居所がわからねえじゃ、どうにも手のつけようがないじゃないか」

「ところが、その居所を見つける当てがあるんだよ。河蔵さん、この長屋の表に、鴨下石門という手習の師匠があるねえ」

「うん、ある。それがどうした」

「その手習の師匠のところへ、ちかごろ転げこんでいる二人づれがあるのさ。ひとりは菊水の紋所のついたお侍、もうひとりは大人か小人かわからない化物だが、このふたりがやっぱり十万両を覘《ねら》っているのさ。だからさ、こっちはこっちでその二人づれを見張っていりゃ、いまにきっと山城屋糸平の居所もわかるにちがいないと思うのだよ」

お万がわざわざこの家へころげ込んだのは、兵馬と小平をここから監視するためだったらしい。

## 今巴御前《いまともえごぜん》

天満与力神保伊織の妹梢は、この五、六日妙に顔色がすぐれない。

ふだんは今巴御前と近所でも評判されるほどの女丈夫で、薙刀《なぎなた》は申すに及ばず、馬でも、弓でも、男のやる事ならなんでもやってのけた。その点、どちらかというと当世才子ふうの兄伊織とは大違いだった。

それだけに、梢は兄や兄の友人に慊《あきた》らぬところが多かったが、伊織のほうでもこの妹が、何んとなく煙たいのである。学問や武芸よりも、どちらかというと義太夫でも稽古して、上役の気に入られたいという伊織には、何かというと難しいことを言い出す妹が苦手なのだ。

「おまえのように武張《ぶば》ったことばかりいっているから、誰も嫁に貰いてがないのだ」

と、伊織がいえば、梢はわらって、

「結構です。武張ったことがいけなくて、お嫁にいけないのなら、お嫁にいかなくても沢山ですわ」

と、やり返す梢なのだ。それでいてこの兄と妹は仲が悪いのかというとそうではない。互いに歯掻ゆがったり、煙たがれたりしながらも、これほど兄想い、妹想いの兄妹も珍しいという評判である。

その妹が、ちかごろ何んとなく物思いにしずんでいる様子だから、兄の伊織も心配して、

「梢、どうしたのだ。まだ気分が悪いのか」

「ええ、なんだか頭痛がしてなりませんの」

「それ見ろ、いわぬ事じゃない。女だてらに馬など乗り廻すからだ。以後はきっと、慎んだがよい。しかし、ひどく悪いか」

「ええ」

梢は書院窓からわびしげに、西陽《にしび》をいっぱいうけた庭を眺めている。

どろんと淀んだ黄昏《たそがれ》のいろの中に柳の枝が死んだように動かない。大坂の夏は暑かった。

「どうだ。少し外へ出てみたら」

「ええ」

と、梢の返事は相変らず煮え切らない。涙ぐんでいるのではないかと伊織は訝《いぶか》ったが、妹の日頃の気性を知っているだけに、すぐその考えを打消した。やっぱりあの騒ぎのために、気分がすぐれないのだろう。……そこで伊織は機嫌をとるように、

「どうだ。俺といっしょにいってみないか」

「お兄様はこれからお出かけですか」

「ふむ。いい所へいくんだ。天満から舟に乗って、夕涼みにいこうと思っている」

舟遊山など、若い勤直な武士のやるべきことじゃない……妹にそういわせたかったのだが、相手が黙っているので、伊織はいささか張合がぬけた。そこでわざと焦らすように、

「しかし、これが唯の夕涼みじゃないぜ。夕涼みとは表向き、実は御城代からたいへんなお役目を仰せつかったのだ」

「それじゃわたしが行っては悪いでしょう」

梢はにべもない挨拶なのである。

伊織はいよいよ張合がぬけてしまった。御城代松平伯耆守《ほうきのかみ》から、とくべつの信任を得ていることが何よりも得意の伊織は、こういう冷淡な妹の挨拶に対して、少なからず不満である。そこでいきおい、そのお役目がいかに重大なものであるかを話して、妹を驚かせてやりたくなった。

「これはな、御城代ほか二、三の方々しか御存じない秘密の役目なのだ。梢、おまえち

かごろ、世間がしだいに騒がしくなっていることを知っているだろうな」

「知っています」

「京都には尊攘をとなえて浪士どもが、事あれかしと手具脛《てぐすね》ひいて待っている。あわよくばここで幕府をぶっ倒そうという魂胆なのだ。幕府でもうっかり出来ない。万一の場合に備えておかねばならぬ。それには先立つものはなんといっても武器だ。それも旧式な槍や刀ではいまどき何んの役にも立たぬ。何んといっても異国の鉄大砲だな。それをひそかに買いいれて、万一の場合のために、大坂城へたくわえておこうというわけだ」

「誰から買うんです」

「それはいえない。しかしその打合わせはすんでいるんだ。いまはその武器に支払う金が、江戸から到着するのを待つばかりだが、それがついた。そこで今夜、俺がこっそり打ち合わせに出かけるわけだ」

「そんなこと、何故こっそりやらなければならないんです」

「わかってるじゃないか。浪士どもが鵜の目鷹の目でその金を狙っている。何しろ十万両という大金だ。横奪《よこど》りされちゃ大変だからな」

「御公儀のお金を御公儀につかうのに、そんな苦労があるんですか」

「あるとも、あるとも。浪士どもとくると実にうるさいからな。殊にこの金を狙っている奴のなかに、ひとり物凄いのがいるそうだ。名前はたしか菊水兵馬とか申したな」

　あっというひくい叫びが、梢の唇からもれたので、伊織はびっくりして話を中止した。

「どうしたのだ」

「いいえ、なんだか急に胸へさしこんで……でももう大丈夫です。しかしお兄様、そんな大事な御用なら、あたしが一緒にいっては悪いでしょう」

　梢の顔がにわかに熱心のいろが動いたので、伊織は北叟笑《ほくそえ》みながら、

「なに、その反対におまえが一緒にいってくれるとどんなに有難いかわからないのだ。今夜俺が出向いていくには、出来るだけ人眼を避けねばならぬ。向うも——向うは山城屋糸平という男だが、それもそのつもりで浄瑠璃船に化けて来るから、こちらもふつうの涼み舟の態で出かけねばならないのだ。それには女のいた方が何かと好都合だ。武士ひとり、いかに何んでも浄瑠璃船を呼びとめるわけには参らんからな」

　梢はじっと何か考えこんでいたが、やがてきっと顔をあげると、

「お兄様、そして今夜の打合せというのは、いったい何刻頃のことですの」

と、訊ねた。

「五つ（八時）かっきりに、天満橋の上手であうことになっている」

「五ツ……？　ではまだ二刻のあいだがあるわねえ」

じっと考えて、

「ええ、お兄様、参りますわ。あたしでもお役に立つのなら……」

そういうと、梢は何かほうっと深い溜息を吐くのだった。見ると、睫《まつげ》の先にひとしずくの涙の露が光っている。……

## 立聴く河蔵

このあいだ、天満橋で兵馬に救われてからというもの、梢は以前の梢ではなくなっていた。

名前も語らず、住所もうちあけずに立ち去った、あの人柄の床しさがしのばれて、はじめのうちはそれほどとも思われなかった、相予の冴々とした眼もとまでが懐しく、どうかすると梢はちかごろ、うっとりと涙ぐんでいる自分に気がつくのである。

あの時、仲間《ちゅうげん》の源蔵が、尾行していって聞き出して来た情報によると。——

恋しいその人は、座摩の稲荷の近所に住む、鴨下右門という手習師匠のうちにいる食客とやら、そして、名前も菊水兵馬とはっきりわかった。

それがわかれば梢はすぐに、兄に話していっしょに礼にいって貰うつもりだった。ところが、いまに至るまで、兄にその事を隠しているばかりか、源蔵にもかたく口止めしてあるというのは、菊水兵馬と言うその人に、梢が淡い疑惑をいだきはじめたからである。

「お嬢さま、気をおつけなさいまし。その鴨下右門という手習師匠でございますが、これがどうやら御公儀からにらまれている人物らしいので……おりおり怪しげな浪人どもが入込むということでございますから、お嬢様もあまり、その菊水兵馬とやらいう人に、お近づきにならぬほうがよろしうございます」

源蔵の言葉に、梢ははっと胸をとどろかせたのである。

天満与力を兄にもっているだけに、梢はふつうの娘より天下の事情がよくわかっていた。ちかごろこの大坂の地にも、不逞の浪人が多く入込んで、いろいろ画策しているらしいことは、兄から時々聞いている。

（それではあたしを救けてくれたあのお方も……）

そう考えると、梢は胸もつぶれる思いだった。もしそれが事実だとすれば、当然その人は兄にとっては敵である。何を画策しているのか知らないが、大事の起らぬまえにそのことを、兄に打ち明けたほうがよいのではないか。……いや、よいにきまっていた。そうすることが妹のつとめだと思われる。

それでいて、梢はいまだにその事を、ひた隠しにかくしている自分の心が怪しまれるのである。

そして今日。

梢ははじめて兄の口から、兵馬の大それた画策というのを聞かされた。いまからでも遅くはないのである。真実兄のためを思うなら、兵馬の居所を知らせるべきではないか。……それを梢は黙っていたのである。

伊織が出ていくと、梢はあとでひた泣きに泣いた。そしてさんざん泣いてしまうと、硯《すずり》と紙をとりよせて、なにやらさらさらと認めて、

「源蔵、源蔵」

と、仲間を呼ぶのである。

「へえ、お嬢様、何か御用でございますか」

源蔵が縁端の蹲石《つくばいし》にあらわれると、梢はさすがに顔をそむけながら、

「おまえ、済まないがこの文を、いつぞやの菊水兵馬さまにとどけておくれ。いいえ、あたしからだというのじゃないよ。黙って、投げ込んで来てくれればよいの」

泪《なみだ》のたまった梢の瞳を、源蔵は不思議そうに眺めながら、

「お嬢様」

と、いいかけたが、梢はそれにおっかぶせるように、

「いいえ、何もいわないで……後生だからあたしのいう通りにしてね、あたし、あたし……」

と、口のうちで、

「覚悟はとうからきめております」

むろん最後の言葉は源蔵の耳に入らなかったが、容易ならぬ梢の顔色に、

「へえ、それじゃ行って参ります」

源蔵は小首をかしげながら出ていくのである。

その頃。

座摩の稲荷の近所に、手習師匠の看板をかかげている、鴨下右門の宅では、貧乏徳利《とつくり》を中心にして、若い血気の侍が数名、破れ畳のうえにあるいは寝そべり、あるいは頬杖ついてちかごろ新しく江戸から来た客を珍しそうに眺めている。いずれも口を利くと、すぐ西国訛の出る侍ばかりだった。

「外国から武器を買うなんて、そんな事が真実出来るものかな」

半信半疑でそういったのは、主の鴨下右門という人物である。痩せがたの、一見脾弱《ひよわ》そうな男だったが、どこか骨のある面魂《つらだましい》だった。

「ほんとうなのです。出来るか出来ないか、ともかくそのために十万両という大金が、この大坂へ持ちこまれた事だけはたしかなんです」

新来の客というのは、いうまでもなく兵馬である。江戸の同志からの添書をもって、兵馬は数日まえからこの右門の家に足をとめているのだが、今夜はじめて上坂の目的というのを打明けたところだった。

「十万両？」

右門は眼をまるくして、

「冗談にしても話が大き過ぎる。十万両といえば、千両箱にしても百だ。それだけの嵩《かさ》張《ば》ったものが、人眼につかずに五十三次をのぼって来られたとは思えないな。少しは評判にもなりそうなものじゃないか」

「それはあなた方が、山城屋という男を御存じないからです。あいつと来たら眼から鼻へ抜けるような悧巧《りこう》な男で、十万であろうが二十万であろうが、少しの疑いもひかずにやすやすと運んで見せる男です」

桑名でまんまといっぱい喰わされた兵馬は、却っていまや山城屋糸平に対して、一種畏敬に似た心持ちをいだいていた。むろん敵慨心は十分ある。しかし、その反面どこかユーモラスな相手の遣口《やりくち》に、敵として相手にする価値のある男だという感情が強いのである。

「貴公はさきほどから、だいぶ糸平という男を褒めちぎっているようだが、してみると、道中でよほどやられたらしいな」

寝そべって欠け茶碗を嘗めていた男が、挑むように兵馬にいった。冷やかすような調子なのである。兵馬はその男の無作法なのが嫌だったが、喧嘩をする気にもなれなかったので、

「そうです。君のいわれるとおりです。恥かしながらさんざんでした。幾度か尻尾《しっぽ》をつかまえたつもりで、その都度、指のあいだから逃げられてしまったのです」

「しかし、そいつが大坂へはいったとしたら、何んとしても京都の同志から音沙汰のないのがおかしいな」

寝そべった男は、飽迄《あくまで》も兵馬に喰ってかかる気らしかった。菅村左仲という男で、兵馬をのぞいては、この男だけが西国訛りがなかった。どこか垢抜けのした、世故に長《た》けた人物で、それだけに新参の兵馬が、こういう大物をひろいあげて来たのが気に喰わないのかも知れない。

「いや、ところがあいつは京都を通らなかったのです。鈴鹿から大和路へぬけて、宇治から伏見へ出、そこから大坂へ舟で入りこんだらしいのです」

「しかし、そこまでわかっているなら、貴公は何故、そいつを途中で、やってしまわなかったのだ」

兵馬もさすがに憤《む》っとしながら、

「だから向うのほうが役者がいちまい上だといっているじゃありませんか。私はいつも、半日か一日、あいつに出し抜かれていたんです」

「いい業晒《ごうさら》しだな」

菅村がせせら嗤《わら》うようにいったので、さすがの兵馬もぐっと肚《はら》に据えかねたが、その時、右門がふたりの仲に割って入るように、

「まあまあ、菅村、貴公は黙っていさっしゃい。何んにしてもそれが真実だとすれば一大事だ。まさかこの大坂で外国船と武器の取引が隠密のうちに行われようとは思えないが、予《あらかじ》め警戒しておくに若《し》くはない。しかし、もう手遅れではないか」

「いや、それは大丈夫です。私の連れの小平という男、あいつは妙な男で、どんな場所へでも自由にしのび込むことが出来るのですが、まだ大坂城へ、武器のはこび込まれた形勢はないというんです」

ちょうどその頃である。

いま噂にのぼったかまいたちの小平は、蝙蝠《こうもり》のとび交うおりからの夕闇を、すたすたと右門の家までかえって来たが、ふとみると家のまえに仲間《ちゅうげん》みたいな男がひとり佇《たたず》んでいる。

「おや」

と、小平は眼を光らせて、

「もし、おまえさん、何かこの家に御用でございますかえ」

「はい、あの……」

と、仲間はどぎまぎした様子で、

「菊水兵馬様とおっしゃるかたに、こういう手紙をことづかって参りました」

「なに、菊水の先生へ……？　そしてどちらからでございます」

「いえ、あの、それが……どうぞあなた様からお渡し下さいまし」

手紙を小平のふところへ捩《ね》じこむと、仲間は逃げるようにして立ち去った。

「はてな」

小平が首をかしげてすかしてみると、菊水兵馬おんもとへ――となまめかしい女の手蹟。

「はて、うちの先生へ女から手紙が来る筈はないが……まあ、いいや。とにかくお渡しすることにしよう。はい、只今かえりました」

小平が家のなかへ入っていくと、ふいに近くの用水桶の向うから、黒い人影があらわれて、ぴたりと表の格子に耳をすりつけた。ちょんぎれの河蔵なのである。

# 罠

大坂の夏は暑い。

江戸とちがって、夜になっても気温の下らぬ大坂は、地獄の釜の蓋のうえにあるという譬《たと》えのとおり、風が落ちると蒸すような暑さだった。

その暑さを遁《のが》れるために、誰も彼もあらそって水のうえに涼を求める。天満橋から桜の宮、さては毛間《けま》の閘門《こうもん》のあたりまで、そういう納涼《すずみ》船でいっぱいだった。団子つなぎの紅提灯《あかちょうちん》がくらい水のうえにひらめいて、時節もわきまえぬ三味の音が、屋根舟の簾《すだれ》をもれる。

算盤《そろばん》勘定の金づくで、いつの間にか実質的には、天下を支配する地位を獲得したかたちになっていた大坂商人は、政治がどっちへころんでも、出船入船米相場、菱垣船のボロ儲けがある限り、天下はこっちのものだとばかり、時勢に対する遠慮もなかった。

そういう納涼船をあてこんで、うろうろ船がとおる。影絵芝居が客の御機嫌取り結ぶ。そして大坂名物浄瑠璃船が、冴えた太棹の根締めを水にながしながら、小春治兵衛や、野崎村をかたって歩く。灯あかりとさんざめきに、水のうえにいてさえ涼しさは少なかった。

「菊水、貴公、ほんとうにいまの手紙を信用しているのか」

「わからないのです。しかし溺れる者は藁をもつかむ。とにかく浄瑠璃船というのを探してみましょう」

「罠じゃないかな」

「罠だったところでもともとじゃありませんか」

右往左往する屋根船のあいだを、浄瑠璃船の角行燈《あんどん》を目当てに、さっきから漕ぎまわっている三艘の舟、わかれわかれに乗っているのは、いうまでもなく鴨下右門と菊水兵馬を筆頭に、さっきまで座摩の稲荷でとぐろをまいていた連中だった。

唯ひとり、菅村左仲の姿だけが見えない。

左仲はその手紙をせせら嗤《わら》った。どうで嘘にきまっているといった。いや、ひょっとすると罠かも知れぬと毒吐《どくづ》いた。はては兵馬を疑わしげに凝視《みつ》めながら、

「俺はまあ止そう」

と、寝転んだままついて来ようとしなかった。

左仲の疑ったのも当然だったかも知れない。

その手紙には。――

今宵天満橋したにて山城屋糸平より天満与力へ十万両、引渡す手筈にござ候あいだ、くれぐれも御注意をこそ。ちなみに山城屋糸平は、浄瑠璃船に化けて乗りこむ由にござそうろう。取急ぎお知らせ申上げ候。

と、ただそれだけ。

むろん差出人の名前もなかったし、兵馬自身にさえ、手紙の主に心当りのありようがなかった。大坂という土地を踏むのは、兵馬にとってはこんどがはじめて、どこにも知人はなかったし、たといあっても自分の使命を知る筈はないのである。

しかも、この手紙の筆蹟からみると、どうやら相手は女らしい。女とするといっそう不思議だった。

兵馬でさえ、こうして不審の眉をひそめたくらいだから、菅村が二の足をふむのは、無理もなかった。むしろ菅村をのぞくほかの人々が、兵馬ひとりにまかしておけぬと、一緒に来てくれた信義のほどが、この際過分というべきだった。

ふいに兵馬はどきりとして、暗い水のうえで耳を欹《そばだ》てた。

どこからか小《こ》いきな半兵衛のさわりを語る声がきこえて来る。

太い含らみのある咽喉《のど》、艶をもった節廻し……兵馬はおもわず声のするほうへ眼をやったが、そのとたん、

「あれだ！」

と、船のなかから立上った。

ほの暗い角行燈のかげ、平底船の莫蓙《ござ》のうえに端坐して、余念もなく恋の湖をかたっているのは、まぎれもなく山城屋糸平ではないか。生平《なりひら》の単衣《ひとえ》に角帯をきちんとしめて、頭におき手拭いをおいたところは、どう見ても義太夫語りとしか見えなかったが、それにしても兵馬は、相手のあまりに大胆なのに舌をまいて驚嘆した。

「あれか、間違いないか」

「間違いありません」

「よし、漕ぎよせろ！」

だが、その時である。

「あ、先生、いけねえ」

かまいたちの小平がふいに叫んだかと思うと、はや、ざんぶりと水の中へとびこんで

いた。

　気がつけば、こちらの船と浄瑠璃船とのあいだに、十数艘の船が割りこんで、そして、呼笛《よびこ》の合図とともに、さっとそれらの船のへさきに御用提灯があがったのである。

「あっ、しまった、やられたぞ」

「果してあの手紙は罠だったのだ」

　いまさらの如く、地団駄をふんだが遅かった。十重《とえ》二十重《はたえ》と取りまいた捕手の船は、ひしひしと網をしぼるようにこちらへ近づいて来ながら、

「御用だ、御用だ、神妙にしろ」

　それから小半刻あまり、天満橋から桜の宮あたりへかけて、時ならぬこの捕物騒ぎに、うえを下への大混乱、飛ばっちりを喰って、何も知らぬ町人のなかにも、怪我をした者が多かったという。

## 蛍と女

　空には星がいちめんに輝いている。濃い藍色のその空に、煙のような淡い雲がむらむ

らと湧いては消えていった。

兵馬はその雲のゆくえを凝視しながら、どうしてこんな事になったのか考えている。

ぎちぎちと櫓《ろ》のきしる音、おりおり冷たい飛沫が仰向けに転がされた兵馬の頬にかかる。

兵馬は身動きも出来ぬまでに縛りあげられ、平底船のなかに転がされているのである。

船は兵馬ひとりを乗せて、淀川を伏見のほうへ登ってゆく。漕いでいるのは天満同心のひとりだった。船が岸にちかよると、虫の声が降るように聞えた。おりおり星が尾を曳いてながれ、毛間の閘門を出外れたころから、風はめっきり涼しくなった。

兵馬はもう一度さっきの出来事を考えてみる。蛍のように飛び交う御用提灯、熊蜂のように襲いかかった捕手の人数――それにしてもほかの人たちはどうしたろうと気遣われる。捕えられたのは結局兵馬ひとりだったらしい。右門はたしかに水へとび込んだ。ほかの若侍のなかには、捕手を斬って納涼船に逃げこんだ者もある。

死ぬのは容易だった。しかし兵馬は命が惜しかったのだ。こんなことで大切な命を棒にふる気にはなれなかったので、遁《のが》れられぬ覚悟をきめると、自ら進んで捕えられたのだ。

それにしても、山城屋糸平という奴は豪《えら》い男だ――と、兵馬は思う。

こういう騒ぎのあいだ、浄瑠璃船のなかで眉ひと筋うごかさず、恋の湖を語りおわった。それから捕えられた兵馬のいる船のほうへ、おもむろに微笑を投げかけた。

「兵馬さん、お気の毒ながらまた縮尻《しくじ》りましたね」

肉のあつい眥《めじり》に皺をきざみながら、湯呑茶碗をすすって、

「もういい加減にあきらめたらどうです。実をいうと俺も少々あなたという人がうるさくなって来ました。そこで今度という今度は、いささか荒療治をいたしますよ。よござんすか」

「どうにでも勝手にしろ」

「いい覚悟です。それじゃこれからあんたを船に積んで、毛間の中洲まで送ります。そこにゃ俺の乾分《こぶん》のものが、別の船を用意しておりますから、そいつにあんたを積込んで、今夜のうちに伏見まで送りましょう。それから先はあんたの心まかせ。とにかく俺の邪魔だけは出来なくなります」

「何故殺してしまわないのだ」

兵馬がたずねると、糸平はからからと咽喉までひらいて笑った。

「それは俺にもわからない。あんたを殺すつもりなら、いままで何度も機会はあった。しかしあんたという人は、不思議に憎めない人だ。とにかく今夜のうちに伏見へいらっしゃい」

「よいのか。拙者はどんな縛《いまし》めをやぶっても、今夜のうちにまたおまえのところへ帰って来るぞ」

「いけませんや、そんな事をいっても。……今夜は毛間の閘門からこちらへは、船一艘通しませんぜ。もっとも浄瑠璃船ならかまわないが……」

糸平はまた咽喉をひらいてからからと笑った。

その時兵馬はふと、浄瑠璃船のすぐそばに、浮かんでいる屋根船のなかから、怯えたような眼のいろで、いっしんにこちらを見ている女の姿を発見したのである。

あの女なのだ、自分たちの動勢を探り、自分たちをこの罠のなかへ誘きよせたのは……いつか天満橋で救ってやった女、そうだ、そういえばあの時たしかに、天満与力の妹と自ら名乗ったではないか。そしてさっきの投文も、まぎれもなく女の筆蹟だった。

しかし、兵馬はその女を、大して憎む気持ちにもならなかった。それよりも糸平という男の、不思議な力が快いのである。負けても口惜しくはない。

それに……と、兵馬はまた別のことを考える。……あの小平はどうしたろう。御用提灯があがるまえに、あいつは水へとび込んだが、ああいう種類の男には、十手風に対して一種特別の嗅覚があるのかも知れないな……。

その時。

虫の音が俄かに騒々しくなったと思ったら、船がどすんと泥のなかへ乗りあげた。夜露にぬれた蘆《あし》の葉が、さやさやと頬にふれて、蛍が二つ三つ、鬼火のように顔のうえをとんだ。どうやら糸平のいった中洲についたらしいのである。

（もうおしまいだ）

兵馬は観念のまなこを閉じた。ここから伏見へ送られてしまえば、もう永久に糸平の十万両に追いつくことは出来ないのだ。

だが……その時だった。

船を漕いで来た同心が、ひらりと泥のうえにとびおりると、おいしげった蘆のなかへ入っていったが、とたんに、あっと微かな叫び声。――そして、泥のうえに倒れるような鈍い響きがしたかと思うと、蛍がパッと無数に水のうえを飛び散った。

「おや！」

驚いて首をもたげようとする兵馬の鼻先へ、その時、ぬうっと白い手が出た。女の手で、匕首《あいくち》を握っているのである。

さすがに兵馬もぎょっとした。これはてっきり糸平に計られたかと思ったが、意外にもその匕首は、プッリプッリと兵馬の縛めを断ちきっていく。

「誰だ。私を助けてくれようというのは……」

兵馬は船底からとび起きたが、その鼻先で蒼白く微笑《ほほえ》んでいる女の顔を見ると、思わずあっと驚いた。

あの女――天満橋の女なのである。

「おお、あなたでしたか」

「はい、お怪我がなくて何よりでございました」

梢はにっと淋しく微笑《わら》うと、

「さあ、これにお着更えなさいまし。毛間の閘門より下は、浄瑠璃船のほか通さないということを御存じでしょう」

風呂敷包みをひらいて女が取り出したのは、細い弁慶格子の浴衣に、役者の定紋入りの手拭いだった。

そういう梢の姿を見ると、いつの間に気更えて来たのか、麻の葉散らしの浴衣に、お揃いの手拭を吹流しにかぶって、左の袖で太棹の三味線をかかえている。どう見ても浄瑠璃船の三味線曳きだった。

「あなたが……あなたが……どうして……」

兵馬が思わず口籠るのを、

「何んでもいいんです、話は船の中でも出来ます。源蔵、さあ、やっておくれ」

梢は無理矢理に船のなかへ押し込むと、いつの間に乗り込んだのか仲間《ちゆうげん》の源蔵が、これまたいなせな船頭姿で、はや棹をつっ張っていた。

ゆらゆらと舳《へさき》がくらい水をゆるがすと、船は流れに乗ってまっしぐらに下流の方へ流れていく。兵馬は夢に夢見る心地だった。

「兵馬さま」

梢は必死の面持ちで、

「土佐沖で黒船から積みおろした異国の武器が、今夜桜島に着くんです。それを見遁《みのが》してはあなたのお役目がすみますまい」

「え？　何んですって？」

兵馬は愕然として女の顔を見直した。

「あたしそれをいま、山城屋から聞きました。兵馬さま、今夜あなたを裏切ったのは私ではありません、菅村左仲――あれは天満奉行の諜者《ちょうじゃ》なんです」

「有難う。わかりました。しかし……」

と、兵馬は不思議そうに、

「不思議なのはどうしてあなたが、こんなに早く中洲へ先廻り出来たかということです。さっきあなたは、たしか糸平の側にいましたねえ」

「ほほほほほほ、それは何んでもありませんわ。船と馬では速さがちがいますもの。あたしはあれからすぐに馬で駆けつけて来たのです。さあ、お着更えなさいまし。あたしこれでも大坂育ちのおかげには、浄瑠璃の三味線ぐらいは弾けますのよ」

「梢さん、しかしあなたはどうして私に、こんな事をして下さるのです。あなたの兄さんはたしか天満与力だとききましたが……」

それを聴かれると梢の顔がふっと淋しくなった。

「分りませんの。あたしにもわかりませんの。でも、さっきも山城屋がいったじゃありませんか。あなたという人はどうしても憎めない人だと……あら、そろそろ毛間へ参りました。どれ、ひとつ浄瑠璃でも語りましょう」

やがて梢が弾語りに、張りのある咽喉で語り出したのは鎌倉三代記。父と恋人のいたばさみになって、悶える時姫のはかない歔欷《すすりな》きだった。

その根締めを水に流しながら、浄瑠璃船は桜の宮から、天満橋の下をくぐって中之島の方へと滑っていく……。

## 武器船炎上

淀川の吐き出す砂は、年々つもって洲となり浅瀬となり、だから大坂の港口はどこへ行っても遠浅である。

わけても桜島から二本松へかけては、陸より海のほうが高くなっているので、波打際には防波堤が長城のようにつづいている。

陰暦六日の日がほの白くかかっているこの防波堤のあたりに、さきほどから黙々として動いている黒い影があった。

「姐さん、姐さん、大丈夫ですかえ」

「大丈夫ってことよ。そう焦れずに黙ってそこで待っておいでな」

「へえ、そりゃ待てといえば待ちますが、さっきからもうおよそ二刻あまりになりますぜ。馬鹿らしいじゃありませんか。こんなところで指をくわえて待っているより、いっそ向うの船へ乗りこんだらどうですえ」

「そうだ、そうだ。これはちょんぎれの兄貴のいうとおりだ。こんなところで冷えきって待っているより、暴れこんで十万両——、その方がよっぽど手っ取り早いじゃありませんか」

「まあいいから、黙って待っていなさいというのに……」

上方者はこれだからいやだというふうに、チョッと舌打ちしたのはいわずと知れたお万である。側には、おおかたちょんぎれの河蔵が掻き集めて来たのだろう、人相のよくないのが五、六人、慾にかわいた眼を光らせてひかえている。

お万はさっきちょんぎれの河蔵が、立聴きをして来た一件から、天満橋へ船を出し、そこから糸平のあとを慕って、この安治河尻までつけて来たのだ。

体を伏せて向うを見れば、遠浅のはるか沖合に、五百石積みぐらいの船が浮かんでいる。

お万がつけているると知るや知らずや、糸平はその船へ乗り込んだまま、もうかれこれ、二刻ちかく、河蔵はじめ無頼のものたちが、しびれを切らしはじめたのも無理はない。

「どうもこりゃ、ちょんぎれの兄貴のまえだが、話がはじめからうますぎると思ったぜ。十万両といや、公坊様にとっても容易ならぬ大金だ。それをなあ……松公」

「そうだな。こりゃ河蔵兄貴のいうとおりだ。いささか眉唾物だぜ」

たかが一分か二分かの半端勝負に、血眼《ちまなこ》になるこういうはした人足にとっては、なるほど十万両といえば、天文学的数字だったかも知れない。お万はせせら笑いながら、

「おや、それじゃあたしの言う事が嘘だとお言いかい。嘘だと思うなら遠慮はいらない。さっさとここから帰っておくれ」

「なに、疑うわけじゃありませんが、何んだか話が頼りないから……」

「頼りないか、頼りがあるか、もう少し様子を見ていたらいいじゃないか。おや、何んだか狼火《のろし》があがったようだよ」

その時、沖に碇泊した船のなかから、蒼白い花火があがったかと思うと、こちらを指して進んで来た一艘の小船がある。

「そら来たよ。いいから今度こそは遁さずに、船のなかにいる奴をつかまえておしまい」

「おっと、合点だ」

漸《ようや》く張り切った一同が、手具脛《てぐすね》ひいて待っているとも知らず、浅瀬にわたって漕ぎ寄せて来た船——、その船のなかから、ひらりと石垣のうえに跳び移ったのは、まぎれもなく、山城屋糸平だった。

「では……」

船の中へ挨拶すると、

「では………」

船の中でも答えて、そのまま小船は、糸平ひとりをそこへ残して、また沖の親船へ漕ぎ戻していく。

糸平は石垣のうえに立って、その船の行方を見まもっていたが、やがてくるりと振返ると、

「弥助、弥助――」

と川筋の蘆のあいだを探している。さっきおのが乗り捨てた、船を求めているのである。

「はてな、どこへ行きやがったかな。居眠りでもしていやがるのかな。うっかり船を流さなきゃいいが……」

舌打ちしながら石垣から滑りおりようとしたその鼻先へ、

「糸平さん、しばらくだったねえ」

と、立ちはだかった女の姿を見て、糸平は思わずあっと真蒼になった。

「おお。おまえはお万」

「そうさ、お万さ。気の毒ながらおまえさんの船は川底に沈めてしまったよ。ほほほほほ、なにもそんなに驚くことはありゃしない。糸平さん、あたしゃだにの性で、いちど食っつくと離れないんだから、悪く思わないでおくれ」

　さすが剛腹な糸平も、思わず唇まで真蒼になった。何しろ場所が悪いのである。町を遠く外れたこの川尻、あたりは蘆と泥に取りかこまれた三角洲、空にかかった六日の月まで薄気味悪い。

糸平は思わず乾いた舌で唇をなめながら、

「お万、こんなところで俺を待ち伏せして、いったいどうしようというのだ」

「どうしようって分っているじゃないか、色の恋のと、乳くさい事はもう諦めたから、さあ十万両器用にこちらへ渡して貰いたいのさ」

「また十万両か」

糸平はわざと渋面《じゆうめん》つくって苦笑いしながら、

「お万、おまえ冗《くだ》らない夢でも見ているんじゃないか。十万両はおろか十両の金も持ってやしねえぜ。まあ、御免蒙ろうよ」

そのまま行きすぎようとする背後から、

「お待ち！」

と、呼びとめたお万の声は鋭かった。

「いいからみんな、そいつを簀巻《すま》きにしておしまい」

あっという間もなかった。蘆の茂みにかくれていた荒くれ男が五、六人、バラバラと雁の飛び立つように現れたかと思うと、

「あ、何をする！」

と、たじろぐ糸平を取り巻いて、

「何もへちまもあるもんか。器用に金を渡せばよし、渡さなきゃこうしてくれる」

何しろ多勢に無勢だった。糸平の手取り足取り、

すっかり着物を剥ぎとってしまうと、体じゅう雁字絡《がんじがら》めにしばりあげて、

「姐さん、そしてこいつをどうしましょう」

「いいから、そこの棒杭へでも縛りつけておきな」

川尻の蘆のあいだから覗いている棒杭へ、素裸の糸平をしばりつけてしまった。お万はそのそばへしゃがみ込むと、

「糸平さん」

「ふむ」

「お前さん、女の怨みというものを知っているだろうねえ。ほほほほほ、女は執念ぶかいものだというが、わけてもこのお万は人一倍執念ぶかい方なのさ。これで少しはあたしの怨みもわかったろうねえ」

「お万、この俺をいったいどうするのだ」

「どうもしやしませんよ。明日の朝までそこで辛抱して貰うのさ。そのうちにゃだんだ

ん潮が満ちて来る。夜が明けりゃ鳥が眼玉をほじくりに来るでしょうよ。ほほほほほ」

お万は裾をはらって立ちあがると、

「さあ、みんなおいで」

「へえ、これからどちらへ行きますんで」

さっきまでブツブツ不平を言っていた奴も、お万の度胸に舌をまいて、すっかりおとなしくなっている。

「どこへって知れてるじゃないか。糸平が手ぶらで帰って来たからにゃ、小判はてっきり向うの船だ。いいからこれから乗り込むのさ」

「おっと合点だ」

蘆の間にかくしておいた船に飛びのると、たちまち浅瀬をわたって、矢のように向うの船へ漕ぎ寄せる。


あとでは糸平が唯ひとり。

成程、お万がいま言ったとおり、時刻と見えてだんだん潮が満ちて来る。

最初から、腰から下は水につかっているのだが、その水がしだいに上へ這いあがって来て、臍《へそ》から乳、乳から首へと、潮の満ちて来る勢いは思ったよりはるかに早かった。

「ああ、ああああ、助けてくれえ……」

さすがの糸平も思わず悲鳴をあげたが、そのとたん、耳のそばで爆発するように笑ったものがある。

「ああ、とうとう悲鳴をあげたな。はははは、待て待て、いま助けてやろう」

誰やら土堤《どて》をおりて来る者がある。この際のことだ、多少わらわれても仕方がない。

「後生です。お願いです。どうぞお助け下さいまし」

「よいよい、騒ぐな、その方らしくもない」

と、脇差を抜いてプスプスと縛めを断ち切りながら、

「糸平、これで勝負はあいこだな」

そういう相手の顔を見て、

「おお、そういうお前さんは菊水兵馬……」

糸平が夢ではないかと眼をみはった時だった。

突然、轟然たる音響が、陰暦六日の月光をふるわせたかと思うと、さっと天にとどろく焔の柱、あれ見よ、沖に碇泊したあの武器船が、木っ葉微塵となって飛んだではない

か。

「や、や、や、あ、あれは……」

糸平が泥だらけになって石垣のうえに這いあがるのを尻眼にかけて、

「だから糸平、これで勝負はあいこだと申すのだ。はははは、小平、小平」

「へえ」

と、蘆のあいだから船を出したのはかまいたちの小平。

「旦那、どうやら首尾よく参りましたねえ」

「ふむ。さあ、これでひとつの仕事は終った。糸平、さらばじゃ」

茫然として燃えさかる船を眺めている糸平を尻眼にかけ、兵馬はひらりと舟に乗りうつって……。

やがて、沖の焔も消えてしまうと、あとには六日の月ばかりが物凄かった。

# 謎の金扇

## 加茂の磧《かわら》

――四条の川原すずみとて。夕月夜のころより有明過るころまで、川中に床《ゆか》をならべて、夜すがら酒のみ、ものくいあそぶ。……

……と、これは俳人芭蕉の文章だが、京の夕涼みに今も昔もかわりはないと思われる。

加茂の磧に床を設け、かけつらねたる提灯《ちょうちん》の灯は星の如く、涼み客をお目当ての物真似、猿の狂言、犬のすもう、曲馬、曲枕、ちゃるめらの声もかまびすしく、心太《ところてん》ひさぐ店は涼しげに、これこそ今も昔もかわりのない、加茂の磧の夕涼み、都名所のひとつだった。

その賑やかな加茂の磧のかたほとり、灯影もくらい川瀬の床几《しょうぎ》に、さきほどから言葉数もいたって少なく、黙々として酒酌みかわしている二人づれがある。

ひとりはちかごろ京都へ入ったばかりの菊水兵馬、そしていまひとりは篠塚与惣次といってまだ若年の長州藩士。

与惣次は飲むと蒼くなるほうと見えて、鬱々として楽しまぬふうだったが、それが、

「まったく楽しいな。――いつ見ても溜息が出るほど美しいて」

と、何思ったのかポトリ――と、滴をたらすようにそう言って、苦しそうな盃を下においたのである。

どこか歎くような調子だった。磧の闇に動く灯を、うっとりと凝視《みつ》めた顔がおもく沈んで、瞳にもなんとやら沈痛ないろが漲《みなぎ》っている。

「ふむ、美しいな。京の夜景ははじめてだが、まったく美しいな」

相手の言葉を単純に、あたりの景色のことだと思ったのである。兵馬は合槌を打ちながら盃をおくと、これまた磧の闇に眼をはなった。

河原蓬《よもぎ》におく露が、星の光にキラキラ光って、雛妓《おしやく》が虫でもおさえにおりたのだろう、紅提灯が二つ、磧の闇に見えがくれする。

京の夕涼みは、加茂の磧にとどめをさすといわれたとおり、川沿いの床という床には、青い簾《すだれ》が涼しげに風に吹かれて、雪洞《ぼんぼり》の灯もなまめかしい色をたたえている。どこ

かで尺八の連管の音が、妙に哀れを誘ってきこえた。

今宵は如意嶽《にょいだけ》に大文字のともる夜で、どの床にも微醺《びくん》をおびた風流客や、唇のあかい芸妓《げいこ》雛妓の姿が走馬燈のように動いている。

「いや、拙者の言ったのは景色のことではない」

「景色のことではない？」

「ふむ、拙者が美しいと申したのは、そら、向うに見える女のことだ」

「女――？　はてどの女だ」

「ここから見えるだろう。一《ひ》イ、二《ふ》ウ、三《み》イ、四《よ》つ目の床だ。欄干のそばに立って、空を仰いでいる女――」

相手が何故、女のことなど言い出したのか、いぶかりながら、それでも兵馬はいわれたとおり、四つ目の床に眼をやった。

なるほど、女がひとり欄干に身をよせて、鬢《びん》の毛を風になぶらせながら如意嶽のほうを仰いでいる。雪洞の光りを背にうけているので、顔はよくわからなかったけれど、姿の美しい女だった。京女によく見るように、弱そうななかにどこか強い意志を秘めたような、すらりと背の高い、強靭な姿だった。

「なんだ、芸者ではないか。あの女がどうかしたのか」

「ふむ。名前は里菊という。あの女をよく憶えておいてくれ」

女はその時身をくねらせて、床のなかにいる客に何かいっていたが、そのはずみに柱につるした紅提灯に、くっきりとその横顔がうきあがって……。

なるほど美しい女だ。年齢は二十一か二だろう、磨かれた肌は絖《ぬめ》のように重い光沢を持っていて襟足の線が薄墨でぼかしたように長く美しくたゆとうている。客が何かいったと見え、女はほほとかるく笑ったが、その拍子に胸にさした金扇が、キラリと紅提灯にきらめくのである。

与惣次はそれを見ると、ごくりと唾をのみこんで、あわてて盃を唇へもっていった。その唇が異様にふるえているのを見ては、兵馬も何んとなく気にかかる。黙ってはいられないのである。

「篠塚、どうしたのだ。あの女に何か仔細があると申すのか」

「ふむ」

与惣次は盃をおくと、しばらく沈んだ眼のいろをして、じっとその盃のなかに起る漣《さざなみ》を眺めていたが、やがてきっと兵馬を見ると、

「菊水、貴公はいまあの女の胸にさした金扇を見たであろう。実は拙者、こよいあの女に逢うことになっている。そしてあの女はきっと拙者に、あの金扇をくれるにちがいない。そして……そして……」

と、与惣次はいくらか喘ぐように、

「拙者は殺されることだろう」

兵馬は驚いて相手の顔を見直した。

宵から妙に沈んでいると思ったが、ひょっとするとこの男、気が変になっているのではあるまいか……。

兵馬が入洛してからまだ十日とはたっていない。あの宇治川尻で、幕府の購入した武器船を爆発させてから、兵馬はすぐその足で京都へ潜入すると、ひとまず長州藩邸へ身をかくした。

ちょうど幸い、そこには桂小五郎がいたので、何かと斡旋《あっせん》してくれた揚句、京都の地理になれない兵馬のために、つけてくれたのがこの篠塚与惣次である。

だから、いまこうして加茂の磧で仲よく酒を酌みかわしているものの、二人はいたって浅い馴染《なじ》みだ。兵馬が相手の正気のほどを、疑ったのも無理ではない。

与惣次は薄ら寒いわらいを唇のはしにうかべると、

「いや、貴公の心はよくわかっている。だしぬけにこんな事をいい出して、さぞや狂気の沙汰と思うであろう。だが……ふむ、これは一応貴公の耳に入れておいた方がよいかも知れぬな。あの女——里菊という女は実に不思議な女なのだ。得体の知れぬふかい秘密がありそうな女なのだ」

与惣次は冷くなった盃のうえに、手酌で酒をつぐと、ぐっとひと息に飲み干して、それから改まった調子で語り出した。

「貴公は磯貝数馬を知っているか。いや、知らなくてもよろしい。弱年ながら天晴《あっぱ》れな男だった。腕も出来たし胆力もすわっていた。軽輩ではあったがわが藩でも、将来を嘱目されていた人物だ。その磯貝数馬がふとあの女の魅力のとりこになった。とりこになったとはいえ、弱年ながら思慮もあり分別にもとんだ男だったから、女のためにうつつを抜かすようなことはなかったが、それでもかなりしげしげあの女に会っていたようだ……」

と、与惣次は言葉を切って、

「ところが、ある夜のわかれに、あの女が磯貝数馬に金扇をおくったそうだ。おおかた恋のかたみというわけだろう。磯貝数馬は女から、そのようなものを貰って喜ぶような人物ではなかったが、むげにも退けかねてその金扇をふところに外へ出たが、その途中、木屋町の路上で何者にともなく斬り殺されてしまったのだ」

与惣次の声はかすかにふるえる。

兵馬はひき入れられるようにそれをきいていた。

尺八の連管はまだ嫋々《じょうじょう》とつづいている。

女のすがたは、いつか欄干から見えなくなっていたが、ちょうどその時、如意嶽の大文字に灯がともったのであろう、磧の水が紅をとかしたように明るくなった。

## 佝僂《せむし》の客

「今晩は、姐《ねえ》さん、有難う……」

里菊は京簾の下に手をつかえた。

加茂の納涼もいまが酣《たけなわ》なのである。磧の床という床は、いちじに客がたてこんで、引く手あまたの流行《はやり》っ妓《こ》は、あちらの床、こちらの座敷と席のあたたまるひまもない。

「おや、里菊さん、遅かったじゃないか。さっきから旦那がお待ちかねだよ」

磧のせせらぎをすぐ下にきく床だった。どこか寒そうに手をついた里菊の、蒼いまでに白い顔を振りかえったのは、どこかのお茶屋の女中と見えて、四十を越えた大年増。

「さあさあ、ずんとこちらへ入っておいでな」

「はい、有難う」

「おまえさんがあんまり遅いもんだから、旦那はすっかり焦れきって……」

「すみません、あら、お銚子がすっかり冷えているのね」

「だからさ、おまえさんはここにいておくれな。あたしちょっと取っかえてくるから……」

どっこいしょとばかり、曳臼《ひきうす》のような尻をあげて、女中が出ていくと、あとには妓《おんな》といっては里菊ばかりだ。

里菊は白粉《おしろい》のつめたい頬を妙に強張《こわば》らせて、

「旦那、ひとついかが？」

と、銚子を向けたが、客の様子を見ると張合がぬけたように、簾越しに大文字の火をぼんやりと見ている。

客は二人で、いましも尺八の連管に余念もないのである。

一人は四十二、三の、どこか一癖ありげな面魂《つらだましい》をもった町人ふうの男だが、不思議なのはもうひとりの客である。この暑いのに小豆《あずき》いろの頭巾《ずきん》をすっぽりかぶって、服装を見ても武士だか町人だか見当がつかない。おまけにこの男、どこか体に欠陥があると見えて、坐っている恰好が妙におかしい。背中には大きな瘤《こぶ》を背負っていると見えるのは、きっと佝僂にちがいない。

尺八の連管はようやく終った。

「旦那、どうも有難うございました」

町人の方がそういって頭をさげると、

「いやなに、貴様もなかなか見事だな。久しぶりに思いきって吹くことが出来て満足だった」

「恐れ入ります。いえもう、旦那にひきずられてやっと吹き終りましたようなわけで、御覧下さいまし、この汗でございます」

「はははは。まあ、いっぱい飲め」

「はい、お酌いたしましょう」

と、銚子を持って摺りよった里菊の声に、佝僂の客ははじめて気がついたように、

「おや、里菊、おまえ来ていたのか」

「はい、さきほどから……お邪魔になってはと思ってわざとひかえておりました」

「おや、旦那、それではこれが里菊さんでございますかえ」

と、町人の方が盃を口に持っていったまま、上眼使いにじろりと見る。

「なるほど、こりゃ……」

「あら、いやですよ。それ、なんのことですの」

「なにさ、おまえさんが来るまで、さんざん旦那からのろけを聞かされていましたのさ。なるほどこれは聞きしにまさる……」

「お多福でしょう」

里菊は裾をさばいてつんと立つ。

「おや、憤《おこ》ったのですかえ」

「いいえ、お銚子を取りに……」

「それならいいが、私ゃまた憤らせたのかと思って心配した。はははは」

里菊が出ていくと、町人は妙にあたりを見廻わして、佝僂の客にすり寄ると、

「なるほど、あれが一件ものなんですね」

「そうだ、今宵も胸に金扇をさしているのを見たであろう」

「へえ、すると、今夜も哀れな蝿が一匹、生血を吸われるというわけですかえ。なるほど、あの縹緻《きりよう》なら、どんな固い男でも迷う筈だ」

「飛んで灯に入る何とやら、世の中には馬鹿な男が沢山いる。はははは！」

傴僂の男が、血に乾いたような声をあげて笑った時である。

突然、近所が騒がしくなった。

女の金切り声につづいて、

「泥棒、泥棒！」

と、罵る声。

銚子を投げつける音につづいて、どどどどどと床を踏み鳴らす音。

「あれ、あちらへ逃げたよ、畜生、誰かその男をつかまえておくれ。泥棒だよ、泥棒だよ」

覗いてみると、五、六軒向うの床では、客も妓も総立ちになって、早バラバラと磧へとびおりた者もある。騒ぎを聞きつけて、

「何んだ、何んだ」

「泥棒だとさ。あそこの床へ泥棒がしのび込んで、お客の胴巻きを抜いていったんだと
「馬鹿な、いかに妓にうつつを抜かしているとは言え、胴巻きを抜かれる奴があるもん
か」

「それがさ、まるで霧のような泥棒で……おおかたあいつは忍術使いにちがいない」

と、あちこちの床から跳び出して来た客がわいわい騒いでいる向うでは、

「ああ、あそこへ逃げたぞ」

「ほら、その床へとび込んだ」

そのとたん、例の佝僂の客のいる座敷へ、ひらりと跳び込んで来た男がある。

「誰だ！」

佝僂の客は、刀をむずと引き寄せると、頭巾の下から大喝一声、いやその気合の凄まじさは、とうてい不具者とは思われぬ。

「御免下さいまし。だしぬけに跳び込んで参りまして御無礼をいたしました。無法者に出会いまして難渋いたします。どうぞこの床をお通し下さいませ」

と、そういう顔をさっきから、ほの暗い行燈《あんどん》の影から凝視《みつ》めていた町人の客は、ふいににやりと笑うと、

「はははは、無法者はどっちだか知れやしない。かまいたちの兄哥《あにき》、仕事はたんまり出来たかえ」

あっと、後にとびのいた男、相手の顔をすかして見て、

「おお、おまえは山城屋糸平だな」

「はははは、妙なところで出会ったな」

その時またもや、

「泥棒、泥棒！」

と、叫ぶ声。それを聞くと糸平はくるりと羽織をぬいで、

「兄哥、そのままじゃ眼に立つ。この羽織を着ていきねえ」

「え、それじゃ山城屋、おまえこのまま俺を見逭《みのが》してくれるのかえ」

「見逭すも見逭さねえもねえ。おまえと俺の勝負は五分と五分でいきたいのさ。いえ、旦那、これは仔細のないものでございます。どうぞこのまま見逭してやっておくんなさいまし」

「有難え。山城屋、礼をいうぜ」

かまいたちの小平が、急いで、床から跳び出そうとした時である。出会頭にぶつかったのは里菊だ。

「あれえ！」

「姐さん、御免よ！」

どんと胸をついたから耐まらない。銚子がぱっと座敷にこぼれて、里菊はよろよろと佝僂の客の膝へ倒れた。

「あれ、いまの人は何んでござんすえ」

「姐さん、騒ぎなさんな。ありゃ江戸でも名高い大泥棒さ」

糸平の言葉に、

「え？　大泥棒……？」

里菊ははっと胸に手をやったが、

「あれ、ない！」

「ないとは何が……」

「はい、あたしの扇が……」

「なんだ、大仰《おおぎょう》な声を出すから、何んのことかと思ったら、たかが扇か。里菊、その扇というのはこれではないか」

「あれ！」

佝僂の客の言葉に、里菊はふと相手の手に眼をやると、

と、扇をひったくって、

「ほほほほほ」

「ははははは」

「ふふふふふ」

と、三人三様の意味ありげな笑いなのである。

## 女郎蜘蛛《じょろうぐも》

「何んだろう」

「泥棒とかいっていたようだな」

「ふむ、おおかたこの賑いにつけこんで、掏摸《すり》でもまぎれ込んだのだろう」

向うのほうの騒ぎがおさまると、篠塚与惣次はまた沈んだ眼のいろをして、

「貴公はちかごろ、新選組と称する連中が、この京の町へ入りこんでいるのを知っているか」

と、再び言葉をつぐのである。

新選組の噂は兵馬もかねて聞いていた。京都に入った時、桂小五郎から第一に注意されたのはその新選組のことだった。

その年の二月、将軍家茂が上洛するについて、命知らずの浪人者の一群がその警固の任にあたった。この浪人たちは壬生《みぶ》の南部屋敷に本拠をおいて、国事に奔走する志士を目のかたきにして斬って廻っていたが、そのうちに、隊長の清河八郎その他は、幕府に対して二心を抱くものとにらまれ態よく江戸へ追っ払われた。その後に残ったのが近藤勇、芹沢鴨、土方歳三などという、それこそ骨の髄まで佐幕意識でかたまった連中だった。

新選組というのはこういう命知らずの浪人たちで、いずれも人を斬ることを、屁とも思わない連中なのである――。と、いうことを兵馬もよく知っていた。

「ふむ、新選組の噂なら聞いているが、それがあの、里菊という女となにか関係がある

のか」

「いや、それはまだよくわからないが、いま言った磯貝数馬が斬られた時、われわれの頭に第一に来たのは、その新選組のことだった。おそらくあの連中におそわれたのだろうと思っていたのだ。唯、ここに不思議なのは、数馬の懐中にあった金扇で、これが真二つに引きさかれていた。――しかし、その時には、これがどういう意味をもっているか、われわれは誰ひとり気附く者はなかったのだ」

与惣次はふと言葉を切ると、磧のほうへ眼をやった。

大文字の火はいよいよ燃えあがって来たと見えて、その辺いったいが、火事を映したように明るくなった。

床という床の欄干には、芸妓や雛妓がなまめかしい色彩をこぼしながら、立って東の空を眺めていたが、里菊の姿はもうどこにも見えない。

「さて。――」

と、与惣次は言葉をついで、

「磯貝数馬の斬られたのは、いまから一月ほどまえのことだったが、それから間もなく、今度は斎藤九十郎という男が、あの女のとりこになったのだ。何んでも磯貝の死をあの女のところへ報《し》らせにいったのが縁のはじめだという。しばらく馴染みを重ねているうちに、あの女からまた金扇をおくられた。そして、その夜……」

「斬られたのか」

「ふむ——。三条の橋の袂で、見事に斬られて死んでいた」

「そして、金扇は……」

「真二つに引き裂かれて、その片方はなくなっていたのだ」

「ふうむ」

兵馬はしだいに興を催して来た。

斬られた人々に対する同情よりも、その背後にまつわる秘密の匂いが、ふっと兵馬の血を湧かせるのだった。

篠塚与惣次はますます沈んだいろになって、

「偶然かも知れないのだ。里菊に金扇を貰うということと、暗殺されるということのあいだには、何んの関係もないことかも知れないのだ。そして、金扇が真二つに引きさかれていたというのも、何かのはずみに起ったことで、別に仔細のある事ではないかも知れぬ。しかし、一度ならず二度までも、同じことが起ったとあっては捨てておけぬ。その底にある秘密をきっと詮議しなければならぬ」

「ふむ、そこで貴公がその任にあたったというわけだな」

「いかにも――」

と、与惣次は切なげに、

「斎藤九十郎が殺されたのはいまから十日ほどまえのことだ。それ以来拙者は毎夜のように里菊に逢っている。あの女は不思議な女だ。弱そうで強いところのある女だ。強そうで弱い女だ。情愛もふかい。あの女が嘘をつこうなどとは思われぬ。ましてや磯貝数馬や、斎藤九十郎の死と関係があろうなどとは夢にも考えられない。しかし……」

と、篠塚与惣次はかすかに身ぶるいをすると、

「あの女にはどこか妙なところがある。逢っているとどこかぞっとするような冷い感じを身近かに覚えることがある。やっぱりあの女は、男の生血を吸う女郎蜘蛛なのかも知れぬ」

与惣次がしずんだ顔色で、鬢の毛をふるわせるのを見ると、兵馬は悪いとは思いながらも、吹き出さずにはいられなかった
「どうしたのだ。貴公も妙に気が弱くなったではないか。女の一人や二人、恐れる貴公

とは思えないが……」

「それは貴公があの女を知らないからだ。あの女には何か憑いている。——斎藤九十郎もそういっていたが、たしかに何やら、魔物のようなものが憑いている。それが拙者をこのように臆病にするのだ」

相手があまり真面目なので、兵馬もそれ以上笑えなかった。考えぶかい眼のいろになって、

「それで貴公、今夜あの女に逢うというのだな」

「ふむ、大文字の火が消えた頃、加茂の磧で逢おうという約束になっている。そこで貴公を今夜ここへ引っ張り出したというのも、万一のことがあった場合に、貴公によくあの女の顔を憶えておいて貰いたいと思ったからだ」

「馬鹿な。つまらぬ事をいうものじゃない。しかし、あの女は今宵、貴公に金扇をおくるという約束をしたのか」

「いや、はっきりそういったわけではないが、大文字に火のともる晩に来てくれれば、大事なものをあなたに差しげますとあの女は言うた。そして貴公もさっき見た筈だ。あの女が胸に金扇を挿していたのを……」

「ふむ」

兵馬もますます考えぶかい眼のいろになって、

「しかし、あの女のことは探ってあるだろうな。新選組の連中と、何か連絡でもある様子なのか」

「いや、そういうことはないらしい。だが……」

と、与惣次は急に言葉を改めると、

「菊水、この事は実はいままで誰にも話してないのだ。あまり他愛もない話だから、打明ける気がしなかったのだが……だから、今夜、拙者の身に万一のことがあっても、誰ひとり、この事件の裏にひそんでいる秘密に気附く者はあるまい。きっと壬生の浪人どもに殺されたと、簡単に片附けられてしまうだろう。拙者はそれが残念だから貴公に頼むのだ。拙者の身に万一のことがあった場合は、菊水、是非とも貴公の手で、この秘密を解決してくれ」

「よし、引きうけた。安心して殺されろ」

冗談だったのである。

兵馬もまさか、この物語めいた話を、そのまま信用してしまう気にはなれなかった。

そこでそう冗談めかしていうと、それから間もなく与惣次を唯一人、加茂の磧にのこして別れたが……。

その翌日、与惣次は河原蓬のなかに死体となって現れたのである。ふところに、引き裂かれた金扇を抱いて……。

## 木乃伊《みいら》取り

「菊水、どこへ行くのだ」

苦りきってこう呼びとめたのは桂小五郎だった。

「今夜もまた祇園か」

兵馬はいくらか面目なげに首うなだれている。酒色にほおけた頬がざらざらとして、瞳のいろもどこか濁っているようだ。

今日でもう十日あまり、夜ともなれば兵馬の足は、明るい祇園の灯火にひきよせられる。はじめて遊びを知りそめた若者の、ひたむきな情熱の浪費が、小五郎にも懸念の種だった。

「遊びもいい。まだ若いのだから悪いとは言わぬ。しかし貴公のは少し度が過ぎはしないか。大事なからだだ。それにちかごろ妙な噂もある。気をつけて貰いたいな」

ちかごろ頻々としておこる同志の遭難には、桂小五郎も心をいためている折柄だった。さし迫った用のない限り、なるべく若い者の夜の外出はとめたかった。

「妙な噂といいますと……」

「ふむ、貴公の馴染みを重ねているのは、里菊という女だそうじゃないか。あの女にかかりあって碌《ろく》なことがあったためしがない。みんな不思議に終りを全うしないことは、貴公もよく知っている筈だが……」

「まさか……篠塚与惣次の殺されたのは、あの女のせいではありますまい」

兵馬はさりげなく微笑《わら》っていた。

その顔を射通すような眼で凝視《みつ》めながら、

「ふむ、貴公のことだから、いずれ考えがあってのうえの事だと思うが、……殺されたものは仕方がない。あまり深入りせぬ方がいいぞ」

「いや、別に深入りしているわけではありません……。時に、何か御用ですか」

「ふむ、実は貴公に話しておきたいことがあるのだ。ひょっとすると、これは貴公も関係のあることかも知れないのでな」

桂はそういってから声を低くした。

「これはいつかも話したが、ちかごろまた、攘夷についての廟議がとかくぐらつきがちで困っているのだ。夷《えびす》を退攘《たいじよう》するということは、朝廷の確たる御方針であらせられる筈なのだ。そして、これが幕府を倒すひとつの有力な武器でもあるのだ。ところが、その攘夷論がちかごろになって、俄《にわ》かにぐらつき出した。公卿《くげ》のなかには、幕府の策をいれて、この際、開港したらというような事をいい出したものすらある。こういうふうに廟堂の意見がまとまらないという事は、朝廷の御威信にもかかわる事だ。ひいては、佐幕派のつけこむところともなる。ところが、ちかごろになって、こうして俄かに公卿たちの意見がぐらつき出したについては、その裏面に何かからくりがあると思わなければならぬ。つまり、幕府の手が動いて、灰色の公卿たちを買収しているのではないかと思われる節があるのだ」

この事はかつて、井伊大老の専制時代にも、しばしば勤王の浪士たちを憤激させた問題だった。公卿のなかにはとかく態度が曖昧《あいまい》で、煮え切らない意見を吐くものが少なくなかった。そういう処につけ込んで、関東から莫大な黄金がバラ撒かれたという噂は、しばしば浪士憤激の的となったものである。

ところが、今年の将軍家茂の上洛と同時に、再びそういう噂が再燃して、もっとも強硬な反幕府攘夷論の先鋒である長州藩は、それが頭痛の種だった。軟弱な公卿たちのあいだには、厳重な監視のあみが張ってあったが、相手もよほど巧妙に立ちまわっていると見えて、いままでついぞ尻尾《しっぽ》をつかむ事が出来ないのである。

「ところで、山城屋糸平という男だが……」

桂は再び言葉をついだ。

「おお、するとあの糸平が、またこの事件の裏にいるというのですか」

「いや、たしかなことはいえないが、そうではないかと思われる節があるのだ。あの男が関東から持って来た十万両。その一半は、外国から武器を購入するのに費《つか》われたが、この方は幸い、貴公の働きで、相手の計画をふいにする事が出来た。しかしだ。十万両という大金が、悉《ことごと》くその方に費されたとは思えない。その一半が京都へ流れ込んで、そいつが公卿たちのあいだにバラ撒かれているのではないかと思うのだ」

兵馬はそれを聞くと、じっと腕を拱《こまね》いて考えている。

自分が上方へやって来た目的は、あの安治川尻の爆発で終ったわけではなかった。あの十万両の金の一半は、こうしていまだに幕府のために用立っている。それは是非とも自分の手で、枯らしてしまわなければならぬ禍《わざわい》の根だった。

「もしそれが事実とすれば由々しき一大事です。桂さん、この事は私にまかせてくれませんか。あの金については私は最初から因縁があるんです。どうしても根絶《ねだや》しにしなければならぬとしたら、是非私の手でやってみたいのです」

「では、貴公にまかせるかな」

「是非やらせて下さい。山城屋糸平という男には、私は二重も三重もの因縁があるのですから」

兵馬は涼しげに微笑《わら》った。

山城屋糸平がこの京都へ潜入していることは、かまいたちの小平からも聞いていた。しかし、あの十万両という金を失ってしまった現在となっては、翼を折られた鳥も同然、あの男に何が出来るものかと、兵馬もたかをくくっていたが、いま聞くとなかなかどうして、糸平は依然として辣腕《らつわん》をふるっているらしいのである。

それから間もなく桂小五郎に別れた兵馬が、自分にあてがわれた長屋へかえって来ると、暫く姿を見せなかったかまいたちの小平が、仰向けに寝転んでいた。兵馬の姿をみ

るとにやにや笑って、

「先生、今夜もお出かけですかえ」

「ふむ」

「お止しなさいよ。悪いことは言わねえから」

「どうしてだ」

「木乃伊取りが木乃伊になるといけねえ。相手にはよっぽど妙な化物がついているんですぜ」

「さればだ。その化物の正体を突きとめるまでは後へはひかれぬ」

「とかなんとか言って、あの女にいい具合に鼻毛をよまれているんじゃありませんかえ。いや、これは冗談ですが、今夜だけはお止しなさい。なんだか虫が知らせます」

「愚かなことを。しかし小平」

「へえ」

「その方いつぞや、山城屋糸平に会ったと申したな」

「へえ、会いましたよ」

「その後、糸平の消息はわからぬか」

「それがねえ、先生、今度ばかりはこの小平、すっかり男を下げました。あれっきり、どこへ潜り込んだか、皆目消息がわからねえんです」

「そうか――」

兵馬は何か思案していたが、

「やっぱり出かけよう」

「行くんですか」

「ふむ……」

兵馬は沈んだ面持ちで出ていった。今宵、里菊が何か大事なものを自分にくれるという約束だったのを思い出しながら……。

――と、かまいたちの小平もむっくりと起き直った。そして、兵馬のあとから見えがくれに尾行しはじめた。

ところがいくばくも行かぬうちに、小平は妙なことに気づいたのである。自分のほかにもうひとり、兵馬のあとを尾行している者がある。しかも女だ。巡礼姿に菅笠をかぶって、見たところ顫《ふる》いつきたいくらい様子のいい女である。

（はてな、妙な奴が出て来やがったぜ）

ひとつ顔を見てやれと、つかつかとそばへよった小平は、いきなりひょいと笠の中を覗きこんだが、とたんに、

「ひゃっ！」

と二、三歩うしろへたじろいだのである。

笠の中からじろりと小平を睨んだのは、まるでお化みたいな女だった。顔いちめん赤剥げになって、一眼はつぶれ、一眼は貝の剥身《むきみ》のように飛び出して、それがギロリと睨んだ物凄さ。——小平が腰を抜かさんばかりに驚いたのも無理はなかった。

## しぐれ座敷

その夜。

そこは鴨川のながれの音が、枕にかよう小座敷だった。

めっきりと夜寒をおぼえるようになった磧に、蟋蟀《こおろぎ》がはかなげな音を立てている。京都の秋は早い。送り火がすむと、もうすぐ東山あたりの樹は色づきはじめて、しぐれが来るたびに、その色は深まさりいく。

どこかで、賑やかな太鼓の音が聞えていたのが、ふっと途絶えたあとは、急にしんと静かになって、水の音が俄かにつよく耳にひびいた。川上には、今宵もまたひと時雨《しぐれ》あったらしい。

兵馬はさっき少しばかり飲んだ酒が頭へのぼって、水の音を枕の下に夢見心地で聞いていた。女はどこかへ行ったまま、まだ帰って来ない。座敷のなかは、籠行燈のほのかな光にくまどられて、妙にうそ寒い感じである。

それにしても不思議な女だ——と、兵馬は枕に頭をつけたまま、うつらうつらと考えている。まったく篠塚与惣次がいったとおりだった。美しいことはこの上もなく美しく、情のふかいこともこのうえなく情がふかかった。

逢っていると魂をしびらせるような快さに相手を包んでしまう。それでいながら、どうかするはずみに、言葉がふっと途切れたりすると、何んとなく一沫の鬼気が身のまわりに感じられるのである。

何か秘密を持った女だ。暗い過去を、あの美しい唇の色彩のさきに塗りつぶしている女だ……そんな気がつよくするのである。

それでいて兵馬は相手がいやにならなかった。どことなくはかなげな、思い迫った眉のあたりの憂いのいろを見ると、兵馬は自分でその曇を吸いとってやりたい気がするのである。

「――誰だ！」

兵馬はふいにそう叫ぶと、むっくりと枕から頭を持ちあげた。

障子の外の縁側に、黒い影がすうっと立つのを見たからである。

「誰だ、……そこにいるのは？」

兵馬は思わず刀を引き寄せる。黒い影はゆらゆらとかすかに動いて、障子のそばを離れていく。

兵馬はいきなり立ってがらりと障子を押開いた。――と、そのとたん、磧の風とともにさっと吹き込んで来たのは世にも気味悪い笑い声だ。

ひひひひひ！

と、笑うような泣くような、呻《うめ》くような気味悪い声。

女だった。髪振り乱した女がひとり、縁側からコトコトと磧のほうへおりていくのである。

「誰だ、何者だ！」

兵馬が声をかけたとたん、女がひょいとうしろを振返ったが、その瞬間、さすがの兵馬もジーンと全身の血が凍るような、不快な悪寒に身をすくませた。

顔一面赤剥げになった顔、ひきつった唇、そして飛び出した片一方の眼……。

「誰だ、何者だ！」

兵馬がもう一度声をかけると、女はふたたび気味悪い笑い声をのこして、磧の闇に見えなくなってしまった。

兵馬は刀をさげたまま、茫然としてその場に立ちすくんでいる。と、そこへさやさやと衣摺《きぬず》れの音をさせて、里菊が入って来た。

「おや、どうかなさいまして」

女の情のふかい瞳を見ると、兵馬は思わずぶるると体をふるわした。

「まあ、こんなところを開け放して、さあ、中へ入りましょう」

影のある淋しい靨《えくぼ》をにっとうかべながら、里菊はうしろ手にぴしゃりと縁側の障子をしめた。そして絡みつくような眼で、兵馬を座敷のなかへもう一度連れ戻そうとする。

兵馬はかるくその手を払うと、

「いや、もう帰ろう」

「あれ、あたしが来たからと言って、そう急にかえらなくてもいいではありませんの」

怨じるような女の眼を、まぶしそうによけながら、

「いや、そういうわけじゃないのだ。さっきから帰ろうと思っていたのだが、もう一度おまえの顔を見たかったから……」

「それで待っていて下すったの」

「ふむ」

兵馬は脱ぎすてた袴をはいた。

女はもう、それを止めようともしないで、障子の外の物音に耳をかたむけると、

「あれ、しぐれが降って来ました」

向うをむいたままそういったが、何故かその声は鼻につまってかすかにふるえていた。

「おお、なるほど」

しぐれはバラバラと侘《わび》しい音を立てて、河原の礫《こいし》を叩いている。板廂《いたびさし》をぬらしている。

兵馬はにっと微笑《わら》いながら、

「化物が出ようというにはお誂え向きの晩だ」

「え？」

女の顔がさっと真蒼になった。紅をひいた唇がわなわなとふるえた。

「それ、何んのことですの」

「何さ、いかにも狐か狸の出そうな晩だというのさ」

「ほほほほほほ、それだから気をつけていって下さいまし」

「ふむ」

「今度はいつ来て下すって？」

「さあ、約束は出来ないな。とかく物騒な世のなかだ。いつ何時、どんな事があるかも知れぬからな」

兵馬はひくい声でわらったが、女はそれを聞くとおびえたような顔を、ついと行燈からそむけて襟に顎を埋めた。

「それじゃかえるぞ」

「はい……あの、ちょっと待って……」

「なにかまだ用か」

「はい……。さきほどさしあげた扇を持っていて下すって？」

「ふむ。持っているとも、そなたから貰った大事な品だ。こうして肌身はなさず持っているから安心してくれ」

里菊はそれを聞くと、ぎゅっと呼吸をのむように表情をかたくしたが、すぐ諦めたように深い溜息をついた。そしてそっと男の袴の結び目に手をかけながら、

「どうぞ大事にして下さいましね。そしておかえりに気をつけて……」

「はははは、今夜に限って何をそのように大仰な。拙者の言葉が気にさわったら許してくれい。なに、また近いうちに来る」

泣いているような女の声をうしろにして、兵馬が祇園を出た時には、しぐれはいよいよ淋しい音を立てて降りまさっていた。

## 変化大納言

兵馬はふところの中でしっかと、さっき里菊からもらった金扇を握っている。

それは掌のなかに入りそうな、小さな、骨の細い扇で、地紙の金泥《きんでい》のうえに、菊の花

が一輪画《か》いてある。

見たところ、ただなまめかしいばかりの、どこにどのような秘密も見えない扇なのだが、これこそ三人の男の生血を吸うにいたった、同じ扇のひとつなのである。

三条の大橋のうえまで来た。

そこまで来ると兵馬は何を思ったのか、ふと立止まって、ふところからその小扇を取り出して、闇のなかにすかしてみた。と、その時、ふいにたらたらと橋を踏む音が聞えて来たかと思うと、誰かが、いま兵馬の来たほうから近づいて来た。

兵馬は静かに金扇をまえにさすと、さりげなくその方を振りかえった。

近づいて来たのは妙な影だった。ことこと橋のうえを這うように、こちらの方へやって来る。よほど近くなるまでは、兵馬にもそれが何んであるかよくわからなかった。相手は兵馬に眼もくれず、相変らず這うような姿勢で、二、三歩そばまで近づいて来た。

佝僂なのである。

暗いのでよくはわからなかったが、背に大きな肉瘤を背負った佝僂だった。一瞬、兵馬は凄然たる鬼気におそわれたが、すぐその佝僂から眼をはなした。

兵馬の待ちうけているのはそんな人物ではない。篠塚与惣次をたった一刀のもとに斬り伏せた男は、そんな佝僂などである筈がなかった。

佝僂は土をなめるような姿勢で、兵馬のそばを二、三歩行きすぎたが、そこでひょいと振りかえると、

「誰かをお待ちか」

と、訊ねた。

意外に若々しい、不具者に似合わぬ、美しい澄んだ声だった。

「あ、いや」

兵馬は言葉を濁して、その男から眼をそらしたが、そのとたん、
がーっ！

と、太刀風が襟元に鳴ったかと思うと、兵馬のからだは橋の欄干を越えて、仰向けざまに河の中へ落ちていた。

「しまった！」

佝僂は叫んだ。よたよたと欄干のそばへ寄ると、暗い磧を覗きこんだ。しかし、生憎《あいにく》の暗がりで斬りすてた相手の姿は見えなかった。

「チョッ、おりていかねばならぬかな」

佝僂は舌打ちをすると、血の跡もとどめぬ刀を鞘におさめて、橋の欄干を離れたが、その時、コトリと爪先に当ったものがあった。

金扇なのである。

佝僂はそれを見ると歯を剥き出して笑った。

「ははははは、お誂え向きに落していきおった。どれ、御執心の扇、半分だけはくれてやろう。冥途《めいど》の土産に持っていくがよい」

ビリビリと引きさいて、その半分を磧のほうへ投げ捨てると、またよたよたと祇園の方へとってかえすのである。

しぐれはまたひとしきり強くなった。

そのしぐれの音を聞きながら、里菊はまださっきの座敷で泣いていた。肩を波打たせて泣いていた。それでも、しかし外の気配を、全身をもって聞いているのである。泪《なみだ》にぬれた顔は、息詰まるような緊張で真蒼になっていた。

——と、その時。

板廂をうつ侘しい時雨の音にまじって、ことことと緩い足音がきこえて来た。里菊はそれをきくと、はっとしたように肩をすくめたが、やがて縁側の障子をひらいて、ぬっと入って来た人物のすがたを見ると、みるみる絶望のために、顔を紫色に固張《こわば》らせた。

傴僂は無言のまま小座敷へ入って来ると、

「ああ、すっかり濡れてしもうたわい」

呟きながら、黒衣を脱ぎ、頭巾をとり、袴を脱いでいる。里菊はその様子を、まるで物の怪《け》にでもつかれたような眼差《まなざ》しで、息をつめて眺めていた。

濡れた衣裳をすっかり脱ぎ捨てると、傴僂はそのまま立って、にやにや笑いながら、うえから里菊の顔を覗きこんでいる。

不思議にも美しい人物だった。体は醜い傴僂だったが、その顔の美しさは、照り輝くばかりだった。そしてどうやら公卿らしいのである。黛《まゆずみ》のあとが春霞のように匂やかだった。鉄漿《かね》をつけた歯が、女のようになまめかしかった。

傴僂はにやにや笑いながら、ふところから引き裂かれた扇の半分を取り出した。ポンとそれを里菊のまえに投出しながら、

「里菊、もう止したらどうだ。いくどやっても無駄なことだ」

男の姿を見たとたん、里菊はすでに覚悟をしていたものの、扇を見ると今更のようにぞっと肩をすぼめた。

無言の眼に、恐怖のいろがいっぱい漲っていた。

「そなたがいくらあせっても、もがいても、わたしから逃れることは出来ないのだ。わたしは蜘蛛のように、そなたの身のまわりに十重《とえ》二十重《はたえ》と網を張っているのだから」

美しい佝僂は片靨《かたえくぼ》をきざみながら、あざ嗤《わら》うように言った。

「そなたはわたしの手から逃れようとする。逃れようとして、わたしの秘密を書いた紙片を、金扇の片方の骨に封じこめて、頼もしそうな男を物色して渡す。いつかはその男たちの誰かが、金扇のなかからその紙片を見附け出し、このわたしをほろぼし、そなたを救ってくれると思っているのだろう。しかし、いくらやっても無駄なことだ。殺生を重ねるばかりだ。もういい加減にあきらめたほうがよかろうぜ」

里菊は蒼白い顔をして、眼に恐怖と憎悪のいろをいっぱいうかべながら、この美しい化者を凝視《みつ》めている。

里菊とこの男のあいだには、もう随分と古いものだった。雛妓《まいこ》の時分からのふかい馴染みだった。里菊はこの男の手から逃れたいと、小鳥のように、色彩美しい羽根をふるわせてもがくのである。しかし、相手の執念ぶかい想いと、底知れぬふかい企みをもった智慧《ちえ》は、そういう哀れな小鳥を手のうちにつかまえてしっかりと放さなかった。

男は公卿の出身で、橘大納言の出だという話である。そしてそういう高い身分にふさわしい叡智と才気をもっていた。学問も古今にわたり、刀を使うすべも一流の奥儀に達していた。胆力も公卿のなかではすぐれてすわっていた。しかし、この男は佝僂だったのである。

この醜いからだの不具が、せっかくもって生まれた素質をすっかり台なしにしてしまった。

世を拗《す》ねた。世を拗ねたばかりか、ともすれば世を呪った。そして、もってうまれた策の多い性質から、ちかごろ大それた事を企んでいるのを、里菊はふとしたことから知ったのである。

関東と気脈を通じて、廟堂にくらい魔手をのばしている……そういう秘密を知った里菊は、これこそ、この魔性のような男から、のがれる唯一の機会だと思った。

そこで男の秘密を書きこんだ紙片を、金扇のなかに封じこめて、志士たちにこの佝僂公卿の秘密を知らそうとするのだけれど……。

「それじゃ、今宵もあの方をお斬りなされたのでございますか」

里菊は思わず声をふるわせた。

「ふむ、まだそれを疑っているのか。そこにある金扇の半分が何よりの証拠ではないか。あとの半分は、あの男の死骸のそばにころがっている筈だ」

里菊は絶望の呻きとともに、引き裂かれた金扇を取りあげた。

「里菊、これで四人だ。四人斬った。わたしももうこれ以上の殺生はしたくない。そなたもいい加減に諦めたらどうだ。そして、いつまでも仲よくやっていこうじゃないか。何んといってもそなたはわたしの可愛い人形なのだから」

佝僂大納言があやしくうち笑いながら、すり寄って来た時である。ふいに里菊がけたたましい叫び声をあげた。

「違う」

「なに？　なにが違うのだ」

「この扇は——この扇はわたしが兵馬さまに差上げたものではありません」

それを聞くと佝僂大納言は、一瞬間ポカンとした表情をした。それからはっとした様子で、急いで刀を抜いたが、そこには血曇りひとつ出来ていなかった。

そのとたん彼は、あまりにもうまく、相手がこちらの思う壷にはまったことを思い出していた。手ごたえもなく、橋の欄干からまっさか様に落ちていった兵馬の、暗闇のなかで立てた呻き声が、どこか嘲弄に似ていたのを、この化者のような佝僂大納言は、いまはじめて思い出していた。

「しまった、計られた！」

佝僂大納言はいかりのために、真赧《まっか》になって立ちあがった。

## 悪因縁《あくいんねん》

如意嶽から大文字へかけて、薄墨をなすったように煙り、鹿ケ谷あたりにはおりおりしぐれが激しい音をこてて通りすぎていった。

夜はもうそろそろ明けかかっている。

しかし、しぐれに降りこめられた山際は闃《せき》として音もない。どこかで、早朝の勤行の鐘の音がきこえたと思うと、ほととぎすがけたたましい声を立てて頭のうえを通りすぎていった。

そういうしぐれの坂路を、いまいっさんに駈けのぼっていく人物がある。

いうまでもなくあの佝僂大納言だった。

騙されたという憤怒と、もしや……という不安のために、彼の足はほとんど地につかない。しかも、その不安は進んでいくに従って、しだいに濃くなって来る。

今朝、未明、彼はこの鹿ケ谷の山荘で会う約束をしてあった人物があるのだ。もしその人物が来ているなら、誰かが途中まで迎えに出ていなければならぬ筈だった。

（もしや、あいつが先廻りをして……）

そう考えると、彼はわれながら自分の足ののろさが歯がゆい。不具の体が今更口惜しくなるのである。

（畜生、畜生！）

ギリギリ歯軋《はぎし》りをするような気持ちで、彼がやっと山荘へ辿りついたのは、薄白い光りがしだいに東の空からひろがって来る時分だった。

佝僂大納言はおののく指で、山荘の柴折戸《しおりど》をひらいて中へ踏みこんだ。

山峡の朝の空気はしいんと冷く冴えわたって、どこかで啼《な》いている郭公《かっこう》の音も淋しい。しぐれはいくらか小歇《こや》みになったようである。

（約束の人物はまだ来ていないのかな）

佝僂大納言はいくらか胸に希望をおぼえながら、外から座敷の雨戸をひらいた。もし、約束の人物が来ているなら、その座敷で待っている筈なのである。

座敷のなかは暗かった。

佝僂大納言は土足のまま中へ入ると、勝手知った行燈をさぐりあてて灯をともした。

雨戸のすきから差しこんで来る白い朝の光と、ほの暗い行燈の光がとけあって、そこに寝そべっている男のすがたが朦朧《もうろう》とうきあがって来た。

「あっ」

佝僂大納言は押しつぶされたような悲鳴とともに飛びのくと、

「き、貴様はさっきの男だな」

兵馬は畳のうえからむっくり起き直ると、歯をむき出してあざ嗤いながら、

「はははは、とうとうやって来たな。それにしても遅かったじゃないか。いままで騙されていたことに気がつかなかったのかい。なあ、おい、贋《にせ》大納言」

「何？」

佝僂の顔は一瞬ひるんで蒼白んだ。

「橘大納言の出などとは真紅《まっか》ないつわり、公卿の青侍、島田采女《うねめ》というのがその方だそうだな。だが、そんなことはどうでもいい。さきほどはとんだ茶番で驚いたろう」

佝僂の顔は蒼くなったり赤くなったりした。

「貴様……貴様……」

と、地団駄をふみながら、

「貴様、山城屋糸平はどうしたのだ。あの男はもうここへ来ている筈だが……」

「ああ、その糸平か」

ふいに兵馬の語調がかわった。なんとなく淋しげな、浮かぬ顔色になった。

「おお、その糸平だ。糸平を貴様はどうしたのだ」

「その糸平なら隣の座敷にいる」

「隣座敷?」

佝僂大納言は怪しむように兵馬の顔を見たが、やがて、つかつかと座敷を横ぎって、あいの襖《ふすま》をがらりとひらいた。

と、とたんにぷんと鼻をついたのは血の匂い、

「あっ」

と、うしろにとびのいた贋大納言は、折重ってそこに倒れている男と女の姿に、思わずぎょくんと呼吸をのみこんだ。

男はたしかに山城屋糸平だった。これは見事に横腹をえぐられて、朱にそまって死んでいる。そしてそのうえに重なるようにして死んでいるのは、顔いちめん赤剥けの、見るも気味の悪い化者のような女だった。

「こ、これは……」

贋大納言は思わずうしろにたじろぎながら、

「き、貴様がやったのだな。貴様が殺したのだな」

「違う」

「違う……？　では何人が手にかけたのだ」

「そこにいる女が殺して、自分も自害して果てたのだ。悪因縁――そうだ、ふたりは長い悪因縁だった」

ポツリと、兵馬は歎くような口調でいった。兵馬もさっきはじめて、あの化者のような女が、人魚のお万である事を知ったのだ。思うに安治川の爆発の際、運悪く、あの武器船のそばにいたお万は、危くいのちは助かったものの、こうしてふた目とは見られない化者のような相恰《そうごう》になり果てたのだろう。

美貌がいのちの女にとって、それはどんなに悲しくも絶望的な思いだったろう。

それ以来お万は乞食のように落ちぶれながらも、執念ぶかく糸平の居所を探しまわっていたにちがいない。

そして、今日、兵馬のあとをしつこく尾行していたお万は、ついにここで糸平を発見し、そしてその結果は……そこに見らるるようなことになったのだ。

だが……。

倘儻大納言にとっては糸平の最期など大して問題ではなかった。それよりも大切なのは糸平がもって来た筈の金なのだ。

「そして、金は……金は……糸平の持って来た金はどうしたのだ」

化者のような倘儻大納言は、むなしく消えた黄金の夢を追うように、両手で虚空をかきながら、喘ぐように叫んだ。

兵馬はあざ笑いながら、

「ははははは、安心しろ。金ならわれわれの同志が頂戴して、ひとあし先にさるところへ運んでしまった。おい、倘儻大納言、いやさ島田采女、倘儻の真似もいい加減にしろ。そして、ここで拙者と真剣勝負だ」

「何を」

「貴様には借りがたまっている。三人の男の命の借りがあるのだ。さあ、立て」

兵馬は凛然たる声とともに、すっくと起き直って、颯爽《さつそう》と刀の鞘をはらったのである。

しぐれはまたひとしきり激しく、鹿ケ谷から如意嶽にかけて、一面にわびしい音を立てて降りまさっていた。

# 黒谷の尼

## 星月夜

宵のうち比叡から京都へかけて、ひとしきり大地をひっくりかえすような烈《はげ》しい雷雨だったが、それがあがると、あとはすがすがしい星月夜になった。

そこは若王寺から黒谷へかよう路のかたほとりなのである。

路傍に鬱蒼《うつそう》としげった竹藪の、笹の葉のひとひらひとひらがしっとりと露をふくんでいながら、空は星月夜になっていた。

その竹藪の下草を踏みにじって、五つ六つの人影が、さっきからワラワラとうごめいていた。笹の葉にたまった露が、おりおり星影を砕いて、その人影のうえにバラバラと散った。

人影はみんな黒頭巾で面を包み、手に手に抜身をさげている。そういう様子から見ると、佐幕か勤王か、いずれはちかごろ京都に珍しくない浪人の一団だろう。

手にした抜身を、ぐさりぐさりと草のなかに突きさして歩きながら、

「いないぞ。どうやら逃げられたらしいわい」

と、ひとりが呟けば、

「せっかくここまで追いこんで来たものを、惜しいことをした」

と、ほかの男が口惜しそうに歯軋《はぎし》りした。

「さっきの夕立がいけなかったのだ。あれさえなければ逃がすことじゃない。二人とも見事にしとめてくれたものを」

「ふむ。しかし遠くはいくまい。ひとりはたしかに手を負うている筈だからな」

一同の囁きをきいてみると、どうやら彼らは、ここまで誰かを追いこんで来たらしい。そしてもう一歩というところで、さっきの大夕立のために逃げられてしまったらしいのである。

「そうだ。逃げたとわかったら、いつまでもこんなところでまごまごしていても仕様がない。ひとつ手分けして、もう一度そのへんを探してみようじゃないか」

「よし、それがよかろう」

ぐっしょりと濡れた草鞋《わらじ》が重かった。

その重い足をひきずるように、一同がどやどやと竹藪の外へとび出した時である。若王寺のほうから提灯《ちょうちん》がひとつ、ふらふらと宙にうくようにこちらへ近附いて来るのが眼についた。

「あっ、誰か来たぞ」

「よし、あいつをとらえて聴いてみろ、さっきの連中の行方がわかるかも知れないぞ」

「ふむ……。聴くのはいいが、あまり驚かせるな。悪く騒がれるとあとが面倒だ」

「はははは、それもそうだ。われわれの姿を見ると、たいていの奴が肝をつぶすからな。よしよし、それじゃ俺にまかせておけ。貴公たちは藪蔭にでもかくれていてくれ」

「よし、それじゃまかせた」

一同は蝙蝠《こうもり》のように、バラバラと身をひるがえして、かたわらの小暗い藪の下闇に吸いこまれてしまった。

そんな事とはもとより気附かぬ件《くだん》の提灯、ぼんやりとした光を、藪際の水溜《みずたまり》のうえに落しながらしだいにこちらへ近附いて来る。小刻みな、せかせかとした歩きかたで、いかに夕立のあとのひどい泥濘《ぬかるみ》とはいえ、そのたどたどしい足の運びが、男とは思われない。

（はてな、女かな……）

さっきの男が思わず小首をかしげた時、提灯の灯は五、六歩向うまで来て、ぴったりと動かなくなった。

闇の底にかくれているとはいえ、大の男が五、六人も、あちこちにひそんでいるのだ。そこは本能で人の気配を覚ったのだろう。立ちどまったまま、じっとこちらを透かすように眺めている。あらあらしい息使いが、しだいに不規則になって来て、放っておけばいまにも叫び出しそうだ。

「あいや、卒爾《そつじ》ながらちとお尋ね申したいことがござる」

「は、はい……どういう御用でございましょう」

ふるえをおびた声はまぎれもなく女だった。

そしてわななく手で提灯をかかげると、うろんな物をたしかめるように、首をかしげてこちらを覗きこんだが、その顔を見るとさっきの男は、

（何んだ、尼か）

と、心の中で呟いた。

この辺は寺の多いところである。尼寺も一つや二つあるだろう。尼ならば女の身でこ

の夜道も、あえて不思議なこととは思えなかったのである。

「ほかでもないが、尼どのはここへ来る途中、もしや侍に出会いはしなかったか」

「お侍さま……?」

「そうだ。二人づれの、どちらもまだ若い侍だ。ひとりの方は手を負うている筈だが……いや、ひょっとするともう離れ離れになっているかも知れぬが」

「いいえ、誰にもお眼にかかりは致しませんでした」

尼はしだいに落着いて来たらしい。顔色は蒼褪《あおざ》めていたが、珠数《じゅず》をつまぐりながら話す言葉つきはしだいにしっかりして来た。浅黄色《あさぎいろ》の頭巾《ずきん》で頭をつつんでいるので、年頃はよくわからないが、多分三十五、六から四十までのあいだだろう。瓜実顔《うりざね》の、鼻のたかい、墨染の衣をきせておくには惜しいような縹緻《きりよう》だった。

「しかとさようかな」

「はい、決して嘘偽りは申しませぬ」

「して、尼どのはいずれから参られた」

「はい、若王寺から参りました。さっきの夕立に降りこめられて遅くなったのでございます。これから黒谷の庵へかえります。……あの、御用というのはそれだけでございますか」

「いや、これはお手間をとらせてすまなかった。では、気をつけて参られたがよい」

思いのほかにやさしい言葉に、尼はほっと安堵《あんど》の吐息《といき》をもらして、

「それでは御免下さいませ」

藪の下闇にかくれている連中が、もぞもぞと動き出すのを見ると、尼はさも恐ろしそうに顔をそむけ、逃げるように立ち去った。

そのうしろ姿を見送って、わらわらと路のなかへ出て来た一同は、

「いい縹緻だな」

「いくら縹緻がよくても尼では仕方がないわ」

「だから惜しいもんだというのさ。もっとも少し年をくいすぎているがな」

「馬鹿なことをいっている場合じゃない。それより獲物だが、どうやら若王寺のほうへはいかなかったらしい。黒谷から吉田山――ひとつあのへんを探してみろ」

「よし、黒谷といえば、さっきの尼の庵のあるあたりだな」

六つの影が泥をあげてとんでいったあとは、星月夜の透きとおるような静けさ。

折からどっと吹きおろして来た風に、ひとしきりざわざわと藪が騒いで、星影をやど

した葉末の露が、雨のようにハラハラと砕けてこぼれた。

## 藪のかげ

ちょうどその頃、物淋しげな尼の姿は、黒谷の坂へさしかかっていた。藪はまだこの辺までつづいていて、星月夜とはいえ、藪かげの道はぬかるんで暗かった。

尼は口のなかで念仏を唱えながら、こちょこちょと小刻みに歩調を急がせている。そして、みちみち、浅黄色の頭巾をかぶった頭を振りながら考えるのである。

(さっきの男はいったい何んだろう。……五、六人もいたようだが……)

尼はふと、昨日京の町できいて来た、物騒な噂を思い出して、思わずゾクリと細い肩をふるわせた。

昨日は六月五日である。

ふつうならば祇園祭で、京の町は年に一度の賑いを見せる筈だったが、今年はそれどころではなかったのである。

三条小橋の池田屋へ、新選組が斬りこんで、長州藩士が斬られたのは、その日の未明のことだった。されば京都中はこの話で持ちきりで、お祭りどころの騒ぎではない。いまにきっと長州藩士が、この仕返しをするだろうと、町の中はいまにもいくさが始まりそうな噂だったが、いまのはもしや……と、尼は胸のうちで考えるのである。

ひとりは手を負うている……と、さっきの男はいったが、おおかたあの人たちに斬られたのだろう。

だんだん、世の中が騒がしくなる……と、浮世を捨てた筈の尼にも、世間の激しい動きはやっぱり身にしみた。

尼は何を思い出したのか、いつかうっすらと涙ぐんでいたが、その時、うしろから泥をはねあげる音がちかづいて来たかと思うと、

「おお、尼どの……さきほどは……」

行きずりに声をかけながら、二、三名の男が風のように追い越して、吉田山の方へ走っていった。

さっきの男たちなのである。どうやらまだ落人を探しているらしい。

あの人たちも悪い人間ではなさそうだ。そうすると、逃げたほうの人間が悪いのだろ

うか。いやいや、逃げているほうの人だって、決して悪人というわけではあるまい。

しかし、それならば何故、あの人たちはあのように、斬ったりはったりしなければならないのだろう。尋常に話しあってわからない事なのかしら……。世を捨てた尼には、勤王も佐幕もよくわからなかったが、ただ無闇に殺伐な、何かというとすぐ刀を抜きあう、近頃の世相が浅間しく思われた。

「南無阿弥陀仏、南無阿弥陀仏」

尼は珠数をつまぐって、低声で念仏をとなえていたが、そのとたん、石に躓《つまず》いてよろよろとする拍子に、ぷっつりと前鼻緒を切らした。

(まあ、仕方のない)

尼は舌打ちをしながら、怨めしそうに足駄《あしだ》をとりあげた。

庵はつい眼と鼻のあいだだから、はだしで行っていけないことはなかったが、それでは日頃のたしなみが許さなかった。庵には若い弟子の尼がいる。それに対しても恥かしかった。

(仕方がない。ここで立てていこう)

さいわい路傍に一基の地蔵尊が鎮座まします。

尼は足駄をブラ下げたまま、地蔵尊のそばへ片足でとんでいくと、何気なくひょいと提灯をさしあげたが、そのとたん、

「あっ！」

と、叫ぶと体中の血が凍ってしまったように、その場に立ちすくんだ。

辛うじて提灯の灯のとどく叢《くさむら》のなかに、男がふたり犬のようにうずくまっているのである。

相手の四つの眼と、こちらの二つの眼が、提灯のぼやけた光のなかで、渡りあう剣の穂のようにからみあった。声を立てたらぶった斬るつもりだろう、四つの眼は殺気立っている。しかし、その殺気の底に、憐れみを乞うような、妙に弱々しいものがあるのを認めて、尼は急にいじらしくなった。

この人たちも悪い人ではない！

「あの、もし」

尼はあわててあたりを見廻わすと、ふるえる手で鼻緒を立てはじめた。鼻緒を立てながら低声でいった。

「そこにいては危うございます。……この向うに見えるのがわたくしの庵……わたくし

はひと足さきにかえります。あとから……草叢《くさむら》づたいにおいでなさいまし。手負に夜露は毒でございます」

それだけ言って尼は自分の大胆さに思わず身をふるわせた。草叢のなかではしばらく黙っていたが、やがてホーッと長い溜息が洩れると、

「忝《かたじけな》い」

と、ひとりの方が低い声でいった。

「あとから参ります」

「では……お待ちしております」

尼はようやく鼻緒を立ておわると、逃げるように地蔵尊のまえを離れて、自分の庵へ走ってかえった。

尼は自分で自分のしていることがよくわからないのである。いまの二人が、さっきの男たちに附覘《つけねら》われている侍であることは疑う余地もなかった。もしこんな事がさっきの荒くれ男にわかったら……だが、尼はそれを考えるひまもなかったのである。

二人ともまだ若い男だった。ことに手負いの方はまだ前髪の子供ではなかったか。それに二人のあの眼付き。……どうしてあれを見捨ていかれよう。

庵の戸をとってあけると、幸い弟子の妙椿《みようちん》は奥で居眠りをしているらしい。尼はとっさのあいだに、あの二人をどこへ隠そうかと、ほの暗い行燈のなかで、狭い暗室を見廻わした。

だが、その決心もまだかたまらぬうちに、二人の男がのめるように入って来た。

「尼どの」

「叱《し》っ」

尼は咄嗟《とつさ》に仏壇の下を指さすと、

「あそこへ……あ、そのままで……」

「忝い」

ふたりが土足のまま、転げるように押入のなかへ入ったあと、尼はあわてて畳のうえの泥跡を拭きけすと、ついでに上り框《かまち》へすわって自分の足もふいていたが、するとそこへ弟子の妙椿が眠そうな眼をこすりながら起きて来た。

「おや、お師匠さま、お帰りなさいまし」

「おお、妙椿さん、遅くなって済まなかったね。表の戸をしめて下さいな」

「あい」

妙椿が立って表の戸をしめようとした時だ。抜身をさげたまま、どやどやと雪崩《なだ》れこんで来たのは、さっき追い抜いていった三人連れである。

尼はそれを見ると、黒い行燈のかげでさあーっと土色になってしまった。

## 新選組

「ちと、物を訊ねるが……」

頭と見える、細面の、眼付きの鋭い男に声をかけられて、

「あれ……」

妙椿は怯《おび》えて、真蒼になって、うしろへとびのいた。

「いや、驚かせてすまぬが、この辺でわかい侍を見かけはしなかったか。二人づれで、ひとりは手を負うている筈だが……」

先頭に立った男はそういいながら、ふと、上がり框に腰をおろしている尼の姿に眼をとめると、

「何んだ。おまえはさっきの尼どのではないか。これはよく会うことだな」

と、俄《にわ》かにからからと笑い出した。

「おや、ほんに度々お眼にかかりますこと。皆様があまり驚かしになります故、途中で鼻緒を切らして難渋いたしました」

強張《こわば》ったような笑いかただったが、それでも尼はいくらか心が落着いた。冗談をいうくらいの余裕も出来た。相手はどうやら、二人がここへ逃げこんだことを知って、雪崩こんで来たわけではないらしいのである。

「はははは、それは大きに済まなかったな。しかし、その後怪しい男に会いはしなかったかな」

「いいえ、一向に……」

「会わぬと申さるるか。はてな。そちらにいる若い尼どのはどうじゃ。怪しい二人づれの侍に会いはしなかったかな」

妙椿はこたえなかった。べったりそこに膝をついたまま、上り框のある部分を、穴のあくほど凝視《みつ》めていた。

「これ、尼どの、どうしたものだ。拙者のいうことがわからぬのか」

言いながら、妙椿の凝視めているところへ眼をやって、追手の者はいっせいにはっと顔色をかえた。

上り框にすっと一筋、血の跡がついているのである。

「尼どの」

ふいに先頭に立った男が声をとがらせた。頭巾のなかから、針のような眼が鋭く光った。

「これはいったいどうしたのでござる。この血は何んでござる」

詰められて尼は唇のいろまで真蒼になった。

「いいえ、わたくし存じません。わたしは何も知りません。わたくしはたったいま帰ったばかりでございますものを……」

「じゃと申してこの血の跡があるからは……それ、おのおの、家探しをしてみられよ」

「おお」

と、答えてあとの二人が、上り框に土足をかけた時である。

妙椿があわててうしろから声をかけた。

「あの、もし……」

「あなた方がお訊ねのお侍というのは……、ああ、それそれ、ひとりはまだ前髪の若いお方ではございませぬか」

「おお、それだ。それじゃやっぱりあの二人は、ここへ参ったのだな」

「はい、参りました。いいえ、あの、お師匠様、あたしにまかせておおきなさいませ」何かいおうとする尼を、弟子の妙椿はおさえるように、

「あなたが御存知でないのも御無理ではございませぬ。お師匠様がおかえりになるより、よほどまえのことでございますもの、若いお侍の二人づれが、ころげるようにここへ入って参りまして……はい、ひとりはたしかに前髪の……そして手負いのようでございました。それが……水をくれいと仰有《おつしや》って……はい、もう息も絶え絶えで……あたし怖くて怖くてなりませんでしたけれど、差上げねばまたどのようなことをされるかも知れないと思いまして……」

「ふむ、それで水を呑ましてやったのか。それから二人はどうした」

「はい、水を呑むとすぐここを出ていって、なんでも吉田山のほうへ走っていったようでございます」

「しかと、それにちがいないか。よもや嘘偽りは申すまいな」

「何んで嘘など申しましょう。それについている血が何よりの証拠でございます。あた

し、もう怖くて……お師匠様……」

尼は無言のまま眼を閉じている。

「忝い。尼どの、たびたびお雑作をかけたの。おのおの、やっぱり吉田山だ。いまから探したとて、もうとても見付かるまいが、念のためだ、ともかく行ってみよう」

どやどやと一行がとび出していったあとでは、尼が放心したように、がっくり肩を落している。

妙椿はしばらく、星月夜の薄闇のなかを見送っていたが、やがてそっと戸をしめると、尼のそばへ寄って来て、

「お師匠様」

「おお、妙椿さん、嬉しく思います。お前の機転で助かりました」

「いいえ、そんな事……それよりもお師匠様、あなたいまのお侍を御存でございますか」

「いまのお侍とは？」

「三人のなかでも頭立っていたお侍、お師匠様、あの人はな……」

妙椿が何やら耳にささやくと、尼はのけぞらんばかりに驚いて、

「おお、それじゃいまのが新選組の……」

「はい、近藤勇というお侍でございます。あたしは壬生《みぶ》のほうへ托鉢に参りますゆえ、間違いはございません」

　ちかごろ評判の高い新選組の隊長で、泣く子もだまるといわれた近藤勇の名は、尼もよく知っていた。

「おお、それじゃあれが近藤勇、あれが……」

　尼はもう一度はげしく体をふるわせた。その驚きのあまりにも異様なのは、尼は何かその名について、思いあたるところがあるらしい。勇の敵をかくまったという、ただそれだけの恐怖ではなさそうだった。

　尼はがっくり首を落して、それきり物をいわなくなったが、妙椿はそれとも気がつかず、

「いいえ、お師匠様、決してお気使いあそばす事はございませぬ。押入のなかにおかくまいあそばしたあのお二人」

「えっ」

「決してあたしの口から喋舌《しゃべ》ることではございませぬ故、どうぞ御安心下さいませ」

尼はそれをきくと、何んにもいわずに手をあわしたが、押入のなかでも、その時ほっと溜息がきこえるのだった。

## 梟《きよう》雄《ゆう》真《ま》木《き》帯《たて》刀《わき》

若いほうの手傷はかなり重かったが、幸いにも身体が壮健だったせいか、ろくな手当てもしないのに、思ったよりも癒《なお》りが早く、五日あまりその庵室にかくまわれているうちに、どうやらひとり歩きが出来るようになっていた。

「いろいろお雑作にあずかりました。明日の晩はこの庵室ともお別れいたそうと思いまする」

年上のほうが慇懃《いんぎん》に挨拶をのべれば、尼もいつかこの二人に情がうつってか、思わず涙ぐみながら、

「いいえ、一向何んのお世話も出来ませんで……でも、思ったより早くよくおなおりになって結構でございました」

快《よ》くなればまた、あの白刃のなかへとび込んでいく二人だと思うと、尼はいっそうこ

の袂別《わかれ》が、心にしみいる感じである。

「いつまでもお引きとめいたしたいのはやまやまでございますけれど……でも、この辺でお引上げになったほうがよろしいかとも思います。幸い、新選組の人たちも、あれきり諦めたらしく、この辺へ立ち廻っては来ませんようで……」

「いや、まったく危いところでした。尼どののおかげで生命《いのち》びろいをしたも同然でございます。この御恩は決して忘れはいたしませぬ」

手をついて礼を述べる、まだ前髪の若侍を、尼は泪《なみだ》のたまった眼で、さもさもいとおしげに打ち見やりながら、

「ほんに、そんなお年でよく苦労が出来ますする。失礼でございますが、年はお幾つにおなりでございます」

「はい、十七になりまする」

「十七……？」

と、尼はそっと指を折りながら、

「ああ、十七といえば……」

尼は、ちょっと顔色をうごかしたが、すぐさあらぬ態で、

「そして、御生国はどちらでございます」

「はい、あの、それは……」

若侍はいくらか迷惑そうに言い澱《よど》んだ。

尼はそれをみると、すぐ訊ねてはいけない事を訊ねたのに気がついて顔を紅らめた。

五日あまり、ともに起臥しをしていながら、そして、尼の親切には、二人とも十分に感謝していながら、ついぞ身分はおろか姓名も打ち明けたことがなかった。

世をしのぶ身であってみれば、それもあながち無礼とも とがめられず、尼にとっても、いっそ名前を知らずに別れたほうが、あとの憂いがなかろうと、いままで強《し》いて訊ねようともしなかった。

ただ、年上のほうは着物の紋が菊水なので、いつか菊水の旦那さまと呼んでいた。そしてそれこそ、この男の本当の名前であろうとは、さすがに尼も気附かなかったのである。

新選組に追いつめられたこの二人づれ、そのひとりは実に菊水兵馬だったのである。

「それにしても明日お立ちとすれば、いまのうちに餞別《せんべつ》をさしあげておいたほうがよいかと思われます。妙椿さん、さっきいっておいたあれを持って来て下さい」

「いや、尼どの。さんざん御厄介をおかけした揚句、なおこのうえに餞別などいただいてはすみませぬ。何卒御無用に願いたい」

「いいえ、御辞退なさるほどのものではございませぬ。それに、いまのあなたがたにとっては、なくては叶わぬ品でございます。妙椿さん、すぐここへ持って来て下さい」

「はい」

若い妙椿も別れが惜しまれるのだった。眼にいっぱい泪をためて、うなだれ勝ちに持って来たのは、虚無僧《こむそう》の衣裳が二揃え。

兵馬は眼をみはって、

「おや、これは……」

「はい、そのお姿のままでは眼に立ちましょう、と思って用意をさせておきました。急場のことゆえ行丈のあわないのは我慢して下さい」

何から何まで行きとどいた尼の心遣いに、兵馬も前髪の少年も、礼を述べる言葉さえなかった。

「いや、忝《かたじけの》うござる。せっかくのお志故、遠慮なく頂戴いたしましょう」

「ほんにそうして下されば、あたしもどれだけ嬉しいか存じません。ほんに、かりそめの御縁ながら、お二人様が他人とは思われず……こんな事を申上げては無躾《ぶしつけ》でございましょうが、こちらのお若い方など、何んだかわが子のように思われて……」

「ええ？」

「いとおしうてなりませぬ」

尼は思わず涙ぐんだが、やがて、ほほほと淋しげな笑いにまぎらせると、

「まあ、わたくしとしたことが、失礼なことばかり申上げました。しかし、お二人様とも、新選組を敵といたされるからには、どうぞくれぐれも身辺に気をおつけ下さいまし、またこのあいだの夜のようなことがないように……」

「はい、よく気をつけましょう」

「おお、そうそう、新選組で思い出しましたが、あなた方は真木帯刀という人を御存じではございませぬか」

尼は何気なく訊ねたのだったが、真木帯刀と聞いたとたん、二人の顔色がさっと変った。

ことに年若の方の顔色は物凄かった。瞬間さっと、唾を吐きすてるような憎悪のいろが浮かんだのである。

それもその筈だった。

真木帯刀というのは、もとは公卿《くげ》につかえる青侍だったが、いまでは所司代や新選組と気脈を通じて、隠密の総元締めのようなことをやっている。

尊攘の志士で、非業の最期に斃《たお》れる者は、たいていこの真木帯刀に嗅ぎ出されるのだといわれ、新選組の剣よりも、この帯刀の諜者網のほうが、はるかに志士たちにとっては恐ろしかった。

「尼どのには、その帯刀を御存じか」

知っているといえば、唯ではおかぬ少年の意気組みに、尼は淋しくわらって、

「なんのわたくしが知りましょう。ただ噂を聞いているばかり……しかし、ずいぶんあなた方にとっては恐ろしい敵でございましょう。どうぞあの人の網にかからぬよう、くれぐれもお気をつけあそばして……」

「御注意は有難うござる」

何んとなく解しかねる尼の言葉の節々だったが、兵馬はそう言って素直に頭をさげた。

## 尼吹く風

その翌日、兵馬と若侍は尼寺にわかれをつげた。

あいにくその日は、尼が檀家へ出向く日で、日暮になってもかえって来なかったので、留守居の妙椿に、二人はそれぞれかたみの品を渡して、

「これは私が幼い時から肌身離さず持っている守袋、なにとぞお師匠さまにお渡し下さい。そして、中には私の姓名も書いてございますゆえ、もしそういう名前のものが、非業の最期を遂げたということをお聞きになったら、一遍の御回向《ごえこう》でも賜りたい、尼どのにお伝え下されい」

少年は年に似合わずしんみりと言って、淋しくわらった。妙椿もそれを聞くと、思わずホロリと泪が頬を伝うのである。

この少年の名は柴田秋之助といった。

うまれは丹後の宮津だということだが、詳しいことは兵馬も知らなかった。知らなくてもよかったのである。剣もすぐれていたし、人物もしっかりしていた。男と男が生死を倶《とも》にするには、それだけで十分で、生国や身分などは問題ではなかったのである。

尼の情の虚無僧姿に身をやつした兵馬と秋之助は、それから間もなく黒谷を立ち出でたが、南禅寺のほとりまで来ると、

「では、これにて……」

「ふむ、しからば貴公はどうしても京へ入られるか」

「はい、些《いささか》か気にかかることもございますので……」

「是非もない。それではここでお別れといたそう。しかし、くれぐれも気をつけられよ。勇にはやって滅多なことを致されるな」

「はい、よく気をつけます」

何んとなく影の薄い秋之助だった。

兵馬はそれが気がかりだったが、相手は何んとしても京都に心惹かれるものがあって、そこから再び町へ潜入していった。その後姿を見送っておいて兵馬も自分のいくみちを歩いていった。彼はしばらくほとぼりをさますために、山科を抜けてそれから大津のほうへ出るつもりだった。

山里は秋のおとずれが早い。薄《すすき》の穂の白い山路を、兵馬は天蓋をかかげて辿っていったが、すると間もなく、けたたましい声でうしろから呼びとめられた。

振りかえってみると、黄昏《たそがれ》の山路を躓き、まろび、喘《あえ》ぐように追いすがって来たのは、思いがけなくも黒谷の尼法師だった。

「おお、これは尼どの。拙者にまだ何か御用がございましたか」

兵馬が怪しんだのも無理ではなかった。あのつつましやかな尼が、まるで狂気したような眼を上ずらせているのだった。

「ああ、菊水の旦那様。秋之助は――いえ、あの柴田秋之助様はどうなさいました。あの方はあなた様と御一緒だったのではございませぬか」

「おお、柴田どのか。柴田どのとは南禅寺のそばで別れました。いまごろは京へ潜入していることでございましょう」

「ええっ、京へ……」

尼の眼から、ふいに光がうせた。しばらく石のように固い眼で、じっと兵馬の顔を凝《み》視《つ》めていたが、

と、うつつのように呟いた。

「京へ――あの、京へ――」

「さよう、京へ参りました。しかしその柴田どのに何か御用ですか」

「はい、あの……いいえ、ちょっと申し残したことがございましたので……」

尼はふと自分の右手に眼を落した。そこにはさっき秋之助が、妙椿にあずけた守袋を、夢中でしっかり握っている。おそらくその守袋によって、尼ははじめて、秋之助の名を知ったのであろう。

だが、それだからといって、何故こんなにも取乱しているのか……。

兵馬の無言の問いに気がついたのか、尼ははっとわれにかえると、いまさらのように頰を薄く染めながら、

「失礼いたしました。つい取逆上《とりのぼ》せて……いいえ、なんでもございませぬ。それでは御免下さいまし」

尼はくるりと向うを向くと、よろめくように五、六歩いきかけたが、そこでまた、ふと足をとめると、物問いたげな眼のいろだった。

「何かまだ御用ですか」

「秋之助は——いいえ、あの方は何故、真木帯刀をあのようにお憎しみでございますか」

意外な問いだった。しかも何んとなく斬り込んで来るような鋭い口吻《こうふん》だった。

兵馬は蒼白んだ尼の顔を不審そうに見ながら、

「それは……その理由はあなたもよく御存じのように見受けましたが……」

「はい、存じております。真木帯刀は隠密の元締めのようなことをしております。あなたがたがお憎しみになるのもあたりまえのこと……。でも、それだけでございましょうか。柴田さまがあのように、帯刀の名をきいて、顔色をかえるのはそれだけの理由でございましょうか」

「さあ、それは……」

「聞かせて下さいまし。理由を御存じなら、どうぞこのわたしにお聞かせ下さいまし」

尼の眼には必死の色がうかんでいた。理由はよく分らないなりに、兵馬はその強い気迫にたじろいだ。

「さよう、たっての所望ならお話してもよろしいが……」

「はい、所望でございます。何をおいても聞きとうございます」

「よろしい、お話しいたしましょう」

兵馬はあたりを見廻しながら、

「木屋町に紅屋という大きな小間物店があります。御存じかな」

「はい、存じております」

「その紅屋に萩絵という娘があるそうです。私は会ったことはないが、たいそう美しい娘だということで……」

「はい、存じております。紅屋の萩絵さまなら、小町娘という評判、それはそれは美しい気質のよいお娘御、いつもあのあたりへ托鉢に参りますから、よく存じております」

「柴田秋之助どのは、その萩絵という娘と、言い交わした仲だということです」

尼の瞳がその瞬間、灯をともしたように明るくなった。

「それは……似合いの御夫婦でございましょう。しかし、その事と真木帯刀とどういう関係があるのでございましょうか」

「さよう、……何しろ萩絵どのというのがあまり美しすぎるのが不運のもと、真木帯刀もその娘に、とくより眼をつけていたという事です。お分りですか。ふたりは恋敵というわけです」

「ああ」

ふいに尼の顔から血の気がひいた。両手でこめかみをおさえたまま、うめくように歯をくいしばって、

「どうしよう……どうしよう……」

「世の中に恋の遺恨ほど恐ろしいものはありません。真木帯刀は御存じのとおり、奸悪きわまる人物ですが、それが柴田秋之助のこととなると、眼のいろが変るのです。輪をかけた奸悪さになるのです」

「ああ」

「それ故、私も柴田に、京都入りの不心得をさんざん説いたのですが……」

「ああ。……」

尼は三度うめくと、土のうえに眼をおとしたまま、激しくからだを顫《ふる》わせていた。

それから急に、くるりと身をひるがえすと、気が狂ったように走り出した。呆気《あっけ》にとられている兵馬には、一言の挨拶もなく。……

折から黒い風がざあーっと渦をまいて、そのうしろ姿を包んでしまった。

## 傷《いた》ましき現実

兵馬はそれからひと月あまり、琵琶湖のほとりを放浪していた。

尼の情の虚無僧姿が、うまく幕吏の眼をかすめたと見え、追捕の憂目も見ず、尺八を持つ手もようやく板について来た。

ところが、琵琶湖のさざなみにも、ようやく秋の色が見えはじめた七月十九日のこと、京都騒擾《そうじょう》の噂が、野火のように湖水のほとりにつたわって来た。

京都へ乱入して尊攘のことを一気に決しようとした長州軍が、蛤御門で京都警備の会津藩士や大垣兵、さては薩摩の軍と衝突したというのである。

兵馬はこれを坂本で耳にして愕然として驚いた。

長州藩士には、兵馬はかなり多くの識合《しりあ》いを持っていた。ちかごろの長州藩の、ややあせり気味なやりかたには、兵馬は必ずしも同感出来なかったが、しかし情誼《じょうぎ》は情誼だった。友人たちの安否も気にかかるので、兵馬はそれをきくと、大急ぎで京都へとって返した。

みちみち街道筋はその噂で持ちきりだったが、どうやら聞く度に長州藩の旗色が悪いらしい。

そして兵馬がようやくの事で京都へ潜入した二十二日の晩までには、長州兵は総崩れになって、さしもの騒ぎもあらかた片附いたあとだった。

兵馬はいささか張合抜けのていで、今熊野に住んでいる藤枝という男を訊ねていった。この男は同志の連絡係りみたいなことをしている人物で、辻易者をして世間をくらましている。

藤枝は兵馬の顔を見ると眼をまるくした。

「おお、菊水、――それじゃやっぱり貴公もあの戦に加わっていたのか」

「いいや、違う」

兵馬は強く首を振って、

「私はいま京都へ入ったばかりなのだ。騒ぎをききつけてあわてて引返して来たのだが……しかし残念なことをしたな、総崩れだというじゃないか」

「ふむ、そうなのだ。主だったところがだいぶやられたらしい。長州にとっては痛手だろうな」

兵馬は暗然として、

「それよりもこの後始末だが……故なくして王城の地へ兵を進めたとあってはただではすむまい。拙《まず》いことをやったものだな。長州にはもう少し策士がいると思ったが……」

藤枝もそれを聞くと眉根をくもらせて、

「いや、策はよかったのだが、未然に事が露見したものだから、すべてがいすかの嘴《はし》とくいちがったのだ。それにしても恐ろしい奴だな、あの真木帯刀という奴は……」

真木帯刀――と、きいて兵馬ははっとひと月まえのことを思い出した。

そうだ。そういえば柴田秋之助のその後の消息も気にかかる。

「真木がまた何かやったのかい」

「ふむ。長州の今度の企ても、あいつのためにすっかり洗いあげられていたんだ。だから、長州兵が京都へ入るまえに、会津や桑名がすっかり先手を打ったんだよ」

「ふむ、それじゃまたあの帯刀めが……」

「そうだ。あいつひとりのために、長州もここしばらくはうかばれまいな」

兵馬はそれを聞くと、いまさらの如く帯刀に対して、八つ裂きにしてもまだあきたらぬ忿満《ふんまん》を感じた。

藤枝はなおも言葉をつづけて、

「時に貴公は柴田秋之助を知っていたね」

と、いった。

「おお、それだ、その秋之助だ」

兵馬は膝をすすめて、

「私がここへやって来たのも、あの男の安否を知りたいと思ったからなのだ」

「それじゃ、貴公はまだ知らないのか。あの男も可哀そうなことをしたよ。やっぱり真木の餌食になったのだ」

「何っ、真木の……あの男も……」

兵馬はかっとせき込んだ。

「そうだ。あれは池田屋騒動があってから間もなくのことだったな」

「ふむふむ」

「しばらくどこかへ姿をかくしていた柴田が、ほら、貴公も知っているだろう、紅屋の萩絵という娘……あの娘のところへそっと邂《あ》いに来たと思え。何しろこういうこともあろうかと、真木の奴が網をはって待っていたところだから、忽《たちま》ちそれにひっかかって

……」

「つかまったのか」

「斬られてしまった」

「何っ、斬られてしまったと？」

「そうよ、真木の注進で新選組の連中が網を張っていたのだからな、寄ってたかって膾《なます》にされたそうだ」

あっと、兵馬は思わず口の中で叫んだ。

知らなかった！　それじゃあの南禅寺のまえで別れたのが、この世の別れだったのか。

兵馬はそのとたん、黒谷の尼の悲しげな、絶望しきったような表情を思い出して胸が痛んだ。

藤枝はなおも言葉をつづけて、

「いや、ひどいのはそればかりではない。真木の奴め、一昨日のあのどさくさまぎれに、紅屋の萩絵という娘を、今出川の屋敷へつれ込んでしまったという話だ。表向きは、取調べるという名目だが、何を取調べるのだか、……あいつが萩絵という娘に懸想していることは貴公も知っているだろう」

兵馬はもうそれ以上聞くに耐えなかった。

虚無僧の天蓋かかげたまま、兵馬は夢中になって走っていた。京の夜はまだなんとなく物騒がしく、あちこちに余燼《よじん》がくすぶっている感じだったが、兵馬はそれを気にもかけず、ただひた走りに走っていた。

怒りが、憎しみが、火のように頭脳のなかで渦巻いていた。

やり場のない癇癪《かんしゃく》と、胸をかむような自責の念が、兵馬から、すっかり、日頃の分別を奪っていた。

(真木の奴を斬って捨てねば、秋之助の霊に対しても面目ない)

彼はどんな危険をおかしてでも、今出川の屋敷に乗り込んで、真木帯刀を斬って捨てるつもりだった。

ところが、その今出川の真木の屋敷の表まで来た時だった。

出合頭に、中から飛び出した男と、危く衝突しそうになった。

「邪魔だ、退け！」

どんと胸をつかれて、兵馬はよろよろと二、三歩よろけたが、そのとたん相手の顔を見て、

「おお、真木帯刀、待て！」

と、叫んだが、帯刀にはその言葉も耳に入らなかったらしい。

兵馬をつきのけると、まっしぐらに闇のなかをとんでいく。その様子が日頃の真木とすっかり違っているのである。

鬢《びん》の毛は逆立ち、眼は血走り、寝間着のままで刀の提緒をひっつかみ、足には下駄さえ穿《は》いていなかった。

どう見ても兵馬以上の逆上ぶりなのである。

さすがの兵馬もあまりのことに、一瞬呆然としてその場に立ちすくんでいたが、やっとわれにかえると、

「真木帯刀、待て！」

駈け出そうとする袂を、いきなりうしろからしっかりと引きとめた者があった。

「菊水様、お待ちなさいませ」

兵馬はふりかえって愕然とした。そこに立っているのは意外にも黒谷の尼なのである。

「おお、そなたは尼どの」

「はい、いつぞやの尼でございます。菊水様、帯刀はあなたがお手にかけるまでもございませぬ。どうしたら一番よいか、あの人自身がよく知っております。菊水様」

尼は声をふるわせると、

「これが亡くなった秋之助の嫁でございます。見てやって下さいまし、よい嫁でございましょう。せめてもこの娘の純潔を守ることが出来たのが、あたしにとっては喜びでございます。いいえ、秋之助にとっても、帯刀にとりましても……」

黒谷の尼はそういうと、築地に顔をよせてさめざめと泣くのである。

その側には萩絵の白い顔が粛然としてうなだれていた。

真木帯刀が壬生の新選組の屋敷へ単身乱入して、膾のように斬り殺されたという噂が、京都中にひろがったのは、その翌日のことだった。

人々はこれを彼の酒乱のなすところと、むしろその愚かな最期に快哉を叫んだが……。

しかし、その傷ましい真相を、三人の男女だけが知っていた。

真木帯刀は柴田秋之助の父だった。黒谷の尼はその母だった。

尼はわかい頃、秋之助を腹に持ったまま帯刀にすてられた。そして秋之助はうまれるとすぐ、丹後の宮津へ親知らずで里子にやられた。

いたましい現実である。

天下の大きな変動期にあっては、いたるところに、そういう傷ましい葛藤があった事だろう。だが、兵馬はそういう傷ましい現実を踏み越えて前進しなければならぬのである。大きな、燃え狂う焔をめざして……。

それから間もなく、黒谷の庵室には、若い尼がひとりふえたという事を、兵馬は風のたよりに聞いた。

# 名月の使者

## 角兵衛獅子

兵馬が京の町で、その少年のすがたを見かけるのは、今日で三度か四度目だった。昨日は丸太町で出会った。一昨日はたしか、下京の西本願寺のほとりで、その姿を見かけた筈である。そして今日は西陣の今出川の通りで……。

「はてな、よく出会うことだが……」

兵馬も世をしのぶ身の、こうたびたび同じ人物に行きあうと、たとい相手が子供であるとはいえ、妙に不安になるのである。二度目にはまた出会ったと思った。三度目にはよく出会うなと苦笑に似たものをかんじただけですんだが、四度目のきょうになると、はてなと小首をかしげざるを得ない。

相手は角兵衛獅子の少年なのである。

いつも頭から朱塗りの獅子頭をかぶり、縞木綿《しまもめん》のたっつけをはいていた。年はまだ十二か十三の、あかい括紐《くけひも》を顎にむすんだ顔が元気よく日焼けして、目許《めもと》の凛々しい少年だった。

「ひょっとしたらあの角兵衛獅子、自分のあとをつけているのではあるまいか……」

兵馬がそんなふうに、胸騒ぎを覚えるのも無理はない。

先日、長州藩士が尊攘《そんじょう》の大義をいっきに決しようとして強引に入洛しようとしたのを、蛤御門で幕兵に阻止されて敗走してからというもの、京都における浪人狩りは、ますます峻烈《しゅんれつ》になっていた。

殊にちかごろでは幕府の強硬意見が、長州征伐にまで発展しそうな形勢になっていた折柄、お膝下をかためておくという意味でも、京都の警戒は前後に例をみないほど辛辣《しんらつ》になっていたのである。

たとい相手が少年であるとはいえ、油断がならなかった。所司代や壬生《みぶ》の新選組の一味が、どういう手先や隠密を使っているかもわからなかったのである。

（それにしても……）

と、兵馬は深編笠のなかで小首をかしげる。

(あの角兵衛獅子の少年が隠密であろうか。角兵衛獅子なら、町を流してあるくのが商売である。それに出合ったとて不思議なことはないではないか……)

どう打消しながらも、兵馬はやっぱり心の底から妙な疑惑があたまをもたげて来るのをかんじるのである。

考えてみると、記憶しているのは四度だけれど、もっとまえから度々出合っているのかも知れない。それにいままで一度も、角兵衛獅子の芸当を演じてお鳥目《ちようもく》を集めているのを見たことがないのも不思議である。

(いずれにしても怪しい奴……)

そこで兵馬は逆に相手をつけてやろうと思った。そして少しでも相手に不審な挙動があったら、たちどころに取りおさえて、よくよく糾明《きゆうめい》してみなければならぬ。大人気ないなどと言っている場合ではないのである。

角兵衛獅子の少年は、わびしげな豆太鼓の音を立てながら、今出川の通りを西へ歩いていく。だいたい角兵衛獅子などというものは、たいてい二人ずつ組みになっていくものである。それが一人で流して歩いているだけでも、十分怪しまれてしかるべきだった。

日は漸く西にうすづいて、雀色にたそがれかけた通りには、人影もあまり多くない。だいたいが公卿《くげ》屋敷などの多いこの辺は、昼間でもいたって淋しい場所なのである。

角兵衛獅子の少年は、おりおり思い出したように豆太鼓を鳴らしながら、今出川の通りを出外れて、北野の天満宮のまえを通りすぎると、そこから道を北の方へとった。その行手には衣笠山が、眉根にせまるように、まゆずみ色にかすんでいるのだ。

今出川の通りでさえ、滅多に人影がなかったくらいだから、この辺へ来ると淋しさはいよいよひとしおである。暗い風が葛の葉の白い裏をかえして、丈なす薄《すすき》が手招きするように穂をゆすっている。

角兵衛獅子の少年は、どうやら兵馬の尾行に気がついたらしい。おりおり気になる風情でうしろを振りかえりながら、また足を急がせていく。道はしだいに爪先登りの坂になって、朱塗りの角兵衛獅子がおりおりすすきの穂叢《ほむら》のなかに見えがくれする。爪先登りの坂を幾曲り、足傍の木立はしだいに深くなって、兵馬はにわかに肌寒さをおぼえはじめた。

――と、この時、坂のうえに見えはじめたのは、寺の山門である。京都は寺の多いところだから、こんなところに山門があったとて、あえて不思議ではない。だが、そこまで来ると角兵衛獅子の挙動が急にかわった。

不安そうにうしろを振りかえって兵馬のすがたを見ると、ふっと吹き消すように山門のなかへ姿を消した。(はてな。するとあの寺の中に住んでいるのかな)

足早に駆けつけてみると、祥雲寺という額があがっている。山門から中を覗いてみると、掃き清められた庭のあちこちに、色づきかけた楓の葉がところどころ落ちていた。どこにも人影は見えない。しいんとした静けさが、いかにも寺の尊厳を誇示するようだ。——と、その静けさの中から、ふいに誘うような豆太鼓の音がした。

兵馬は引きずられるように、その方へ近附いてゆくと、しいんとした戸のまえに立ったが、すると中から、

「姉さん、姉さん、やっとお客様をお連れして参りましたよ」

と、そういう声は、どうやら角兵衛獅子の少年らしい。

お客様——? 兵馬は思わず人気のない庭を見廻わしたが、その鼻先でがらりと戸がひらくと、

「よくおいで下さいました。このあいだからどのようにお越しになるのをお待ちしてい

た事でございましょう、さあ、愼太郎、お洗足《すすぎ》を……」

当然、来るべき客をもてなすように、いそいそと迎えたのは、まだ十八、九の娘である。角兵衛獅子の少年とよく面影の似ているのは、姉弟でもあろうか。

だが、兵馬は事の意外さに、思わず呆然として立ちすくんでしまったのである。

## 長州士魂

「お人違いではございませぬか。私はあなたからおもてなしを受けるような者ではございませぬ。ついうかうかと迷いこんで参った者です」

「いいえ。お人違いではございませぬ。あなたは菊水兵馬さまでございましょう」

兵馬はぎっくりとしたが、娘はほの白い顔でにんまりと微笑《わら》っている。俗にいう美人ではなかったが、いかにも小ざっぱりとした、清潔なかんじのする娘だった。

「私を菊水兵馬と御存じのあなたは……」

「それはいずれお話をいたします。どうぞ人眼につかぬうちにお洗足《すすぎ》を……」

こうなるとまさか尻込みをするわけにはいかぬ。角兵衛獅子の少年が用意してくれた盥《たらい》で、無言のまま足を洗っている間に、娘は手早く戸をとざした。秋の日は短い。それは山懐にいだかれたこの寺院の庫裏《くり》のなかは、戸をしめてしまうと、薄い紗《しゃ》をはりつめたような暗さである。その暗さの中にプーンと香の匂いが鼻をうつ。

「愼太郎、あかりを……」

「はい」

角兵衛獅子の少年は愼太郎というらしい。カチカチと燧石《ひうちいし》を鳴らす音がすると、やがてボーッと行燈《あんどん》に灯がはいった。

「どうぞおくつろぎ下さいまし。まことに不躾《ぶしつけ》なお招きでさぞ御不審でございましたでしょう」

「お招き?」

兵馬は相手の言葉を、そのまま鸚鵡《おうむ》返しにして、

「それでは、あの角兵衛獅子の少年の素振りは、私をここまで誘い出すための手段だったのでございますか」

「はい、その通りでございました。もう五、六日まえから、あなた様をお招きしようと、どのくらい苦労したことでございましょう。人眼があるので明らさまにお近附きに

なれずいろいろ失礼をいたしました。愼太郎、ここへ来た挨拶をなさい」

「はい」

角兵衛獅子の衣裳をぬぎ捨てた少年はピタリと兵馬のまえに手をつかえると、

「先日よりの失礼の段お許し下さいまし」

「いやいや」

兵馬はすっかり面喰いながら、

「その失礼はこちらこそですが、それにしてもあなた方は御姉弟と見えますが、いったいどういう人々なのですか。この兵馬に何んの御用があると仰有《おつしや》るのです」

「その御不審は御尤《ごもつと》もでございます。あなたは結城伊織を御存じでございましたね」


結城伊織。──むろん、兵馬はよく知っていた。

結城伊織というのは長州藩士の中でも熱烈な尊攘派で、江戸にいる時分から深い交りを結んでいた。こちらへ来てからも、藩邸で二、三度顔をあわせたことがある。

「いかにも結城伊織殿ならば、私にとっては刎頸《ふんけい》の友です。二人とない親友です」

「そのお言葉、嬉しうございます。ここにおりますのは、その伊織の弟で愼太郎と申します。また私は同じく伊織の妹で梢というもの、何卒お見識りおき下さいまし」

兵馬もなるほどと、はじめて事情がわかりかけて来た。伊織から、その弟妹の噂をきいた事は一度や二度ではない。それに結城伊織の姉弟ならば、伊織同様京都においては厳しい詮議をうけねばならぬ筈である。自分をここまで招きよせるのに、ああして苦肉の計をめぐらすのも無理のないところと頷《うなず》けるのである。

「これはこれは……お噂はかねてから伊織殿より承っておりました。そして、その伊織殿は御健在でございますか」

「はい……」

梢はさすがに眼を伏せて、愼太郎と顔を見合せると、

「その兄は、あれ、あの通りになってしまいました」

梢がふりかえった部屋の隅の経机のうえには、白木の位牌が安置してあった。さっきから兵馬の鼻をうつ香の匂いは、そこから立ちのぼっているのである。

「えっ、それでは伊織殿は……」

「はい、先日の蛤御門の戦いに、立派に討死いたしました」

さすがに涙は見せなかったが、梢の言葉はいかにも口惜しそうだった。愼太郎は袴の

うえに両の拳をおいたまま、きっと兵馬の面に眼をそそいでいる。兵馬はその視線のはげしさをかんじながら、無言のまま立って、位牌のまえに線香を新しくささげて、

「それは残念なことをいたしましたな」

「残念——残念とおっしゃって下さいますか」

梢の声が、かすかにふるえる。

「むろん、残念といわずして何んと申しましょう。あたら有為の材を……まだ死ぬのは早うござったに……」

「いいえ、生命を捨てるに遅速はございませぬ。兄はとくより生命を捨ててかかっておりました。私とても天朝様のおんために殉じたと思えば、兄の討死をいささかも口惜しうは思いませせぬ、ただ、残念なのは……」

「残念なのは……」

「あの、蛤御門の戦いでございます。桑名、会津の藩を相手にいたすことはもとより覚悟のうえでございました。幕府の親藩である桑名藩と、大君のために事を計る長州と、氷炭《ひょうたん》相容れぬことはもとよりのことでございます。ところが……蛤御門ではわが藩が、さんざん敵を悩ましているところへ、横あいから出て来たのが薩摩の兵でございま

した。わが藩があすこで破れたのは、とりもなおさず薩摩兵のため、薩摩藩こそは、わが藩にとって敵でございます」

梢は怺《こら》えかねたように袂《たもと》を顔におしあてた。愼太郎も前髪をふるわせながら、ずっと膝のうえに眼をおとしている。おそらく不覚の涙を見られたくないためだろう。

## 西郷吉之助

裏山に夜中時雨《しぐれ》の音がして、兵馬は幾度か眠られぬままに寝返りをうっていた。愼太郎にはからずもここまで誘い出されて、親友結城伊織の最後をきき、それから頼まれた妙なこと……兵馬は眠られぬままにそのことを考えている。

そして、それを考えるにつけ、いまさらの如く感じられるのは、長州藩のはげしい子女の教育である。梢のような娘、愼太郎のような少年ですら、この沸きかえる時勢のなかから、一筋の正しい途《みち》、——大義のなかに生き抜こうとして闘っているのである。

当時の長州藩にあっては、敵は桑名、会津藩よりもむしろ薩摩だった。長州藩の企てが、ことごとに失敗するのは、すべて薩摩藩の横槍のせいだと考えていた。その時分の薩摩の藩論は、どちらかというと公武合体《こうぶがったい》の穏和手段が勝ちをしめていた。これに反して長州はどこまでも討幕のひと筋みちなのである。そこに、ともに勤王の志を抱きながら、とかくこの二藩のあいだに隙のできる原因があった。ことに蛤御門の戦いが、薩摩の横槍に破れて以来、薩摩は長州にとって、不倶戴天《ふぐたいてん》の仇敵となっていた。

その薩摩を牛耳《ぎゅうじ》っている人物が、おりおりこの祥雲寺の住職と歓談にやって来る。それを是非討ち果して、兄への手向けとし、かつまた郷里への土産《みやげ》としたいから、是非ともそれに手を貸していただきたい。……と、いうのが梢、慎太郎姉弟の頼みなのである。

伊織とは、刎頚の誓いをたてた仲である。かつはまた、これは単なる敵討ちではない。私の怨みなどどうでもよいのだ。それよりも国のために、この激しい陣痛の悩みを悩んでいる日本のためにも、その男を討ち果すことが必要なのだ……そういわれると、兵馬には拒むべき理由はなかった。

それに兵馬は不思議に、長州藩士とは親交が多かったが薩摩藩士とは縁が薄かった。それだけに薩摩の行動には、歯がゆさを覚えることも多かったのだ。

「よろしい、引受けました。相手が鬼神であろうとも、必ず討たせてあげましょう」

夜が明けると、昨夜の時雨のために、紅葉《もみじ》の葉がいちめんに庭に散りしいていた。

梢の心尽しの朝粥をすすりながら、

「しかし、その男がこの寺へ折々来るというのは間違いのないことですか」

兵馬はたしかめるように訊ねてみた。

「はい、間違いはございませぬ。いままでにも度々その姿を見かけました。こちらの和尚さまは、鐵牛《てつぎゅう》といって高徳のほまれたかい御坊です。その人は鐵牛さまにふかく帰《き》依《え》していると見え、おりおり教えを乞いに参るのです」

梢はわざとその名を語らなかった。愼太郎はすでにご飯をすませて、しきりに刀をといでいる。その焼刀の匂いが兵馬の血を湧かせるのである。


こうして兵馬は二、三日、人知れずこの祥雲寺の庫裏《くり》のなかに起臥《おきふ》していたが、するとある日の事だ。

「姉上、姉上」

あれ以来、角兵衛獅子を廃業して、しきりに剣を磨いていた愼太郎が、あわただしく庫裏の中へかけ込んで来た。

「姉上、参りましたぞ」

「おお、来ましたか」

「はい、唯今、奥に和尚様と御対談でございます」

「菊水様」

梢は念を押すような眼を兵馬に向けると、素早く鉢巻をしめ、襷《たすき》を綾取って、長押《なげし》から薙刀《なぎなた》を取りおろしていた。

「おお、助太刀は引受けましたぞ」

兵馬は素早く身支度をすますと、二人を引きつれて庫裏を出、山門から外へしのび出た。寺院の庭を血でけがすにしのびなかったのである。木立の影に身をかくしながら、

「帰りはいつも何時頃になる」

「はい、たいてい夕方になります。それより遅くなることはございませぬ」

「よし、それじゃ待つにしても長いことはないな」

刀の目釘にしめりをくれながら、兵馬は呟いた。考えてみると何んだか不思議な気持ちだった。いままで待ち伏せされたことは度々だったが、待伏せするのは今日がはじめてなのである。しかも相手が、どういう人物なのか少しも知っていない。些か理不尽で

はないか……だが、今はそういう小さな感情を押し殺さねばならぬ時代なのである。

やがて、日が衣笠山の向うに傾きかけた。山門の影がしだいにのびて、間もなくすっかりあたりは黄昏《たそが》れて来た。

その山門のなかから、いましも悠々たる歩調で出て来た人物――兵馬は一瞥その魁偉《かいい》な風貌を見るなり、

「ああ、あれは……」

「薩摩の西郷……」

「吉之助ですぞ」

兵馬がとめるひまもなかった。梢と愼太郎は、木立の影からバラバラと駆け出していた。

## 鬼面の人物

兵馬と梢と愼太郎の三人は、その夜黙然として、伊織の位牌のまえに首をうなだれていた。

目指す西郷吉之助を討ち洩らしたのである。討ち洩らすというよりも、相手の大きな気迫に圧倒されて、討つ気がなくなってしまったのである。

梢と愼太郎が名乗りをあげて斬りつけた時、さすがに西郷も太い眉をピクリと動かしたが、すぐにっこりと微笑《わら》った。その微笑《わら》いがまず彼らに太刀先をにぶらせたのである。

「知っております。長州の人々たちが、俺の首をねらっていることは……」

そして憐れむように梢と愼太郎を見ると、

「いや、元気なことじゃ。それでなければいけぬ。……が俺の首をとったところで何んになりましょう。やめられたがよい」

最後に西郷の眼は兵馬のうえにとまったが、その射すくめるような視線にあうと、さすがの兵馬も冷汗が背筋を走るのを覚えた。

「こういう激しい時代だ。誤解もあれば摩擦もある。だがその誤解や摩擦のなかからやがて真実の大道がうまれ出るのです」

その時、梢はやっと口をひらいた。

「いいえ、誤解ではありませぬ。わが長州藩が蛤御門で敗れたのは、みんな薩摩の兵に背後をつかれ、側面をつかれたからです。そしてその薩摩の兵を指揮していたのは、あなたではありませんか」

「そうじゃ。だが、あの場に居合せた者なら、誰でもああするよりほか仕方はなかったろう。長州藩の動機はよかった。しかし、少し行動が過激にすぎた。しかも、中には血迷った御仁もいられたと見え、勿体なくも禁裡《きんり》に向って発砲したものもあったのだから」

これには梢も慎太郎も言葉もなかった。しかし、さすがに若い慎太郎はそのまま黙ってはいない。

「だが、だが、聞けば幕府ではちかく朝廷のお許しを得て長州征伐をするということです。しかもその薩摩では、そのお先棒をつとめるというではありませんか。長州をこういう窮地に陥入れたのは、みんな薩摩だ。西郷、あなただ」

西郷はそれを聞くと、急にカラカラと笑った。

「幕府が長州征伐をする？　はははは、やれるものならやらせて御覧なさい。長州にも人は沢山いる。そうやすやすと征伐されるようなことはございますまい」

「それじゃ、そのことについては、あなたは何も知らぬというのですか」

「いや、知らぬとはいわない。だが、そういうことになれば、さぞ面白い形勢になるだろうと思っている。菊水……貴公はたしか菊水殿だったな」

兵馬は突然、自分の名をいわれたのではっとした。

「いや、貴公の名はかねて人づてに聞いていたが、ここで会ったのは何よりだ。貴公にひとつ頼みたいことがある」

「はて、私に頼みとは……？」

「そう、ここ二、三日うちに、この寺へ鬼女の面をかぶった御仁《ごじん》が見える筈だ。その御仁が見えたら……おお、そうだ」

西郷は矢立と懐紙を取り出すと、それにさらさらと何か書いて、封じ文をこしらえた。

「これは貴公に預けておく。鬼女の面をかぶった御仁に見せて貰いたい」

西郷はそこで肩をゆすると、身をひるがえして飄然と坂を下っていった。

こうして三人はまんまと西郷を討ちもらしたのである。

## 月夜の使者

月が東山の空にのぼって、衣笠山から金閣寺へかけて雲母《きらら》をとかしたような色をまき散らしている。

等持院の裏から、衣笠山の祥雲寺へ通う山路は、片側だけ昼間よりもかえって明るさをまして、それだけに他の片側の暗さは格別だった。その暗い片側に、木の間を洩れる月影が点々として斑《ふ》を落していた。

いましも、この月影の斑を満身にあびながら、悠然たる歩調で坂をのぼって来るのは、この間西郷が言ったとおり鬼女の面をかぶった人物だった。

いや、面ばかりではない。能衣裳と見えて、鱗形の気附けにきらきらと輝く金襴《きんらん》の袴《はかま》をはき、手に小さき撞木《しゆもく》をさげている。

もし兵馬があらかじめ、西郷からこの人物の話をきいていなかったら、きっと妖怪変化とばかりに斬りつけたことだろう。

鬼女は低声《こごえ》で謡曲を口ずさみながら、しだいに山門にちかづいていった。が、と見ると山門あたりでかすかに灯の色がゆれている。鬼女はそれを見ると、急に足を早めて山門へ辿りついた。

「おお、お迎えおそれ入りました」

「いや」

灯を吹き消してあたりを見廻わしたのは、この寺の住職鐵牛和尚である。

「途中、間違いがありはせぬかと気を揉みました。その服装でよくここまで来られましたな」

「いや、この服装だから、無事に来られたのかも知れぬ。屋敷では代りのものが下手な謡いをうなっている。所司代の諜者《いぬ》たちも、その謡いの声が聞えているあいだは、安心していることだろうて」

面をとったところを見ると、剽悍《ひょうかん》な面差しをした公卿だった。鐵牛和尚と何やら言って高笑いをしながら、そのまま山門の中へ消えてしまった。

「梢どの、そなたいまの御仁を御存じか」

鬼女姿をした公卿が寺の中へ消えてしまうのを見送って兵馬はかたわらの梢と愼太郎をふりかえった。

「はい、存じております。時折人眼をしのんでこの寺へ参られるようです」

「そして、その姓名は……?」

「たしか、岩倉様と承りました」

岩倉——岩倉といえば岩倉具視《ともみ》卿にちがいない。岩倉卿は公武合体論者として、そのために勅勘を蒙り、洛外岩倉村に目下隠棲中の筈である。しかし、この閑居のあいだに卿の心境には大変化を来して、その後王政復古を目指す熱烈な討幕論者となっていることは、かねて同志の口から聞いたことがある。


その岩倉卿は、今書院の間で、鐵牛和尚と対座していた。

「先日、土佐の坂本龍馬という者が、私の住居へやって参りました」

「土佐の坂本……? あの男なら愚衲《わし》も知っている。一見識ある男だ」

「そうです。私もそれで久しぶりに大いに意見をたたかわしたものですが、あの男の主張するには、目下のこの国の危急を救うにはどうしても薩長連合して、一挙に幕府を倒し王政を古《いにしえ》に復《かえ》すより他はないというのです」

「なるほど、それについて卿のお考えは」

「さよう。私も至極同感だと答えておきましたが……」

「ほほう、すると誰の考えも同じと見えますな。先日、薩摩の西郷がここへ来た時、愚《わ》衲《し》も口を酸っぱくして、それを説いたのだが……」

「そして、西郷はそれについて何んと答えました」

「いや、大分心を動かした模様だが、何分長州の薩摩に対する怒りがはげしいから、なかなか難しかろうと申しておりました。そこで愚衲《わし》がいったのだ。この事は長州から働きかけて来るのを待っていては埒《らち》があかぬ。薩摩の方から働きかけたらよろしかろうとな。……しかし、まだ決心がつきかねている模様でして」

「いや、西郷殿のその決心なら、すでについているのではございますまいか」

だしぬけの声に驚かされて、二人は、はっと振りかえった。岩倉卿は色を失いながら、

「誰だ。われわれの話を聴いていたのは……」

「いや、だしぬけにお驚かせ致しまして申訳ございませぬ。私は菊水兵馬と申すもの、岩倉卿にと、西郷殿より手紙を預っております」

「なに、西郷から」

岩倉卿が取る手おそしと披《ひら》いてみた、西郷吉之助の書面とはつぎの如きものだった。

——薩長連合の事、当方には夢異存無是候も、長州藩の思惑は如何《いかが》に候也。可然《しかるべ》き人物を以ってこの事長州を御説伏被下度《ごせっぷくくだされたく》……

「おお、それでは西郷も異存はないと見える。ただ、何人をつかわして、長州藩を説伏せたものやら……」

「卿、その使者の役目ならば私におまかせ下さい」

「なに、あなたに……?」

「そうです。私は長州藩士ではありません。が、桂小五郎殿をはじめ、長州藩にかなり沢山友人を持っております。この役者、きっとしとげてごらんにいれます」

岩倉卿と鐵牛和尚はしばらく兵馬の顔を見つめていたがやがて二人ともにんまり微《わ》笑《ら》った。

「よろしい。お願いしましょう」

「有難うございました」

兵馬は頭をさげて出ていった。

兵馬はもう一度西郷に会って、よく打合せておきたいと思ったが、西郷はその頃京都をたって、大坂から舟で薩摩へかえったという噂だった。

兵馬はそれを聞くと、今は大義のため私怨を捨てて釈然とした梢姉弟に別れを告げ、直ちに馬をかって、摂津街道をまっしぐらに西へ向けて走っていた。折りからの仲秋名月を踏み砕いて……。

明治維新への大きな前進を画した薩長連合が成立したのは、それから間もなくのことである。

# 鳥羽の兄弟

## 鳥羽街道

パチパチと豆を煎るような小銃の音がする。

大砲のひびきが、ながい耳鳴りをのこして、ダーン、ダーンと空を縫っていく。おりおり流弾が無気味な音を立てて耳もとをかすめていった。

菊水兵馬はそういう流弾のなかを、遮二無二《しやにむに》、おもてもふらず突進んでいくのである。

今日というきょうは敵を斬った。幾人斬ったかははっきりおぼえていないけれど、刀の柄《つか》までぐっしょりと血にぬれている。鉢巻も陣羽織も腹当ても、かえり血で真っ赤にそまっていた。

この一戦こそ、維新回天の事業成るかならぬかの関ヶ原なのだ……そう考えると、何糞っとばかりに、遮二無二、兵馬は敵のなかへ斬りすすんでいくのである。

思えば黒船の渡来以来、目まぐるしい紆余曲折《うよきょくせつ》を経て来たものだ。ことに、この二、三年の、猫の目のように変わる国内情勢の変転はどうだろう。公武合体――長州征伐――薩長連合――将軍の大政奉還から王政復古へと、急転直下して来た情勢はきょうついに、この伏見鳥羽の両街道で、薩長の連合軍と桑名会津の幕軍との衝突となって爆発したのである。

真に維新回天の大業は、鉄火の洗礼を経たうえでなければ確立することは出来ぬと、日頃から唱えていた西郷吉之助にとっては、この一戦こそ、まったく思う壷だったにちがいない。

この日。――

それまで大坂城にいてひたすら謹慎していた徳川慶喜とその旗本、ならびに、幕府の親藩である桑名会津の藩士や新選組の連中は、江戸における西郷吉之助の擾乱策《じょうらん》、それに憤激して起った幕府の三田屋敷焼打ちの報を耳にして、ついに堪忍袋の緒を切らした。

さすが温厚篤実な慶喜も、とうとう主戦派の勢いにおされて、討薩の決意をかためければならなかったのである。

そこで大坂にあった桑名、会津、大垣の兵のほかに、見廻組や新選組を合して約二万、これだけの兵をひきいて、鳥羽伏見の両街道から京都へと進発したのだ。

朝廷の命で伏見、鳥羽の両街道の口をかためていた薩長の連合軍は、もとよりかねてこの事あるを知っていたから、高台に砲列をしき、竹林中に陣を張って、幕軍の来るのをいまやおそしと待っている。

そこへ幕府の軍がやって来て通過上京を要求する。無論、薩長軍がその要求をいれる筈がない。

交渉に時刻がうつるうちに、突然薩軍の陣中より砲撃がおこって、ついにここに、伏見鳥羽の一戦の幕はきって落されたのである。

時は明治元年正月三日——酉《とり》の刻（午後六時）。

ふいの発砲におどろいた幕軍は、意気地なくもいったんは潰走したが、夜にはいってから再び逆襲して来た。そして、ここではじめて本格的な戦闘状態にはいったのである。

パチパチと豆を煎るような小銃の音がする。

大砲のひびきが、ながい耳鳴りをのこして、ダーン、ダーンと空を縫っていく。おり おり流弾が無気味な音を立てて耳もとをかすめていく。

突然、桃山あたりで、空がパッと明るくなったのは、砲弾に農家がもえあがったのだろう。その火明りで、葉の落ちた竹藪がすけてみえる。

兵馬は、そこではじめて気がついたように、ほっとひと息いれるとあたりを見廻わした。

誰もいない。

敵の姿も、味方の兵もそのへんには見えなかった。だいぶ向うのほうで、おりおりワーッとにぶい鯨波《とき》の声がきこえる。大砲の音もやんで、小銃のひびきも間遠になっていた。

(長追いしすぎたかな)

兵馬は苦笑いしながら、ふと気がつくと左の手頸《くび》から血がながれている。斬られたおぼえはなかったから、流弾にでもやられたのだろう。

どこかで血をあらうところはないか――あたりを見廻わしたが竹藪ばかりだった。

まったくその辺は竹藪が多かった。

兵馬はかるく舌を鳴らしながら、藪沿いの小道をあるいていったが、やがて、サラサラと水の流れる音を耳にした。

しめた――と、兵馬はいそぎ脚にそのほうへ近よっていったが、見ると果して藪陰に小川の流れがあって、そのうえに土橋がかかっている。

兵馬はその土橋のうえにしゃがんで、痛む左手を水につけていたが、何思ったのか、ふいにぎっくり刀の柄を手にかけると、竹藪の中にむかって、

「誰だ！」

と、大喝一声《だいかついっせい》、きめつけるように叫んだ。

## 竹藪の女

答えはない。

薄曇りのほの明りのしたに、葉の落ちた竹藪の梢が、微風にちょっと揺れたばかりである。

一瞬――二瞬――

（はてな、空耳だったのかな。たしかに落葉を踏む音がきこえたように思えたが……）

兵馬は自分の臆病をわらいたい気になって、ふたたびじゃぶじゃぶと水を使いはじめたが、その時、またガサゴソと落葉を踏む音がした。

今度こそ空耳ではなかった。しかも狐や狸の足音でもない。誰か人が……敵か味方か、とにかく人間がつい間近な竹藪のなかにひそんでいるにちがいないのだ。

そう気がついた瞬間、兵馬は土橋のうえからとびあがって、ほほけた竹藪のなかへとびこんでいた。

――と、果して。

ザ、ザ、ザ、ザ――と、落葉を踏みならして、竹藪の奥へ逃げこむ音がする。ピシ、ピシ、と音を立てて枯竹が折れる。

「待て！　待て待て！」

声をかけると、相手はいよいよ歩調を速めて逃げ出した。

ちょうどその頃、いったん下火になった桃山あたりの火事が、ふたたび勢いを盛りかえしたと見えて、竹藪のなかが奥のほうまでパッと明るくなった。

その火明りで見ると、相手の着ているものが針のように光ってみえる。どうやら蓑《みの》を着ているらしい。そして、一文字の菅笠をかぶった首をすくめるように……。

（怪しい奴！）

兵馬も落葉を鳴らして走っていくと、いきなり菅笠の首根っ子をおさえて、相手をそこへ押し倒した。

「何者だ。敵か味方か――名を名乗れ」

そのとたん、落葉のなかから、

「お許し下さいまし、お許し下さいまし」

と、洩れて来たのは、意外にも艶かしい女の声だったので、これには兵馬も驚いたように、首根っ子をおさえた手を離した。

「ああ、そういう声は……」

「怪しい者ではございませぬ。急用あってこのあたりを通りかかりましたもの、思いがけないこの戦にまぎれこんで困っております。何卒お見のがし下さいませ」

「女性の身としてさりとは危い。して何《いず》れへ参らるる」

「はい、巨椋池《おぐらのいけ》のほとりまで参ります」

「巨椋池といえばそう遠くはないな。そして急用とはどういう事だ」

「はい、あの、それは……」

そのとたん、どこか近くのほうで、またしてもパチパチと豆を煎るような小銃の音がきこえた。どうやら逃げおくれた敵を見付けて、小競合《こぜりあ》いがはじまったらしい。

「あれえッ」

女はそれを聞くと、おびえたように恥も外聞もなく兵馬にすがりついたが、そのとたん、菅笠がバラリと落ちて。……

声の様子からまだ若い女とは察していたが、それにしても、これほど美しい女であろうとは、兵馬の意想のほかだった。長い黒髪がパラリとうしろに解けて、顔は青貝のように澄んでいる。唇にさした紅のいろが丹花のように艶かしい。堅気の女ではなかった。

兵馬はその美しさにうたれるとともに、これほどの女が、どうして只ひとり、この危い戦場を……と、いったん消えかかった疑念が再びむらむらと頭をもたげて来る。

「いったい何んの用事があって、巨椋池のほとりまで参らるる」

兵馬は、念をおすようにかさねて訊ねた。

「はい、あの、……お世話になりました旦那が、御病気とうけたまわりましたので……」

「それで見舞いに行かれるのか」

「はい」

「それにちがいないか」

「誓文——ちがいございませぬ」

「ふむ。ついでのことにお身の名前をうけたまわっておこうか」

「はい……」

と、女は羞《はじ》らいがちに、

「千里と申します。祇園のほうから参りました」

この一言で、いったんは敵方の女間者ではないかと、ちらりと脳裡をかすめた疑惑も、たちまち氷解してしまった。

(なんだ。つまらない)

贔屓《ひいき》の旦那を見舞いにいくという、この女の心の、いまの自分の心とあまりかけ離れているのを感じて、兵馬は思わず失笑をおぼえながら、

「よろしい。気をつけていかれたがよい。旦那によろしく」

かるい冗談とともにはなしてやると、女は頬を薄桃色にそめながら、それでも、

「有難うございます」

と、嬉しそうに礼をいうと、竹藪をぬけて吉祥院のほうへ急いでいった。

小銃の音もバッタリやんで、夜はふかく静かだ。

この調子なら、女も無事に旦那のもとへ辿り付くことが出来るだろうと、兵馬は苦笑いしながら、鳥羽の中橋のほうへ引返していった。

## 加納勘三郎

明くれば四日。

幕軍は昨夜からいくどか逆襲をこころみたが、その度に薩長連合軍の力強い鉄のかいなにはねかえされてこの日の正午頃までには、勝敗の数すでに歴然たるものがあった。

幕軍と薩長軍とのあいだでは、第一士気が、ちがっていた。それに両軍の武器には格段の差があった。

幕軍の中にも、一騎当千の勇士がなかったとはいえないが刀と槍との旧態依然たる戦法では、今日あるにそなえて訓練された薩長軍の砲術陣には、はじめからかないっこないことはわかりきっていた。

この戦いに幕軍の先鋒をつとめた新選組の副隊長土方歳三は、後にこう語ったということである。

「これからの武器は、飛道具《とび》でなくては役に立たぬ。自分は刀と槍としか持っていなかったから、ついに何んの働きも出来なかった」

——と。

この武器の優劣のほかに、もうひとつ幕軍の士気を沮喪《そそう》せしめたのは四日にいたって薩長軍の陣中に、突如としてひるがえった錦旗である。

ここにおいて、順逆の名分はついに決した。薩長軍は官軍となり、幕軍は賊名を負うにいたったのでこれでは抗しようもなく、大河のけっする如く幕軍は潰走したのだ。

菊水兵馬はこの錦旗のもとに、昂然として進軍している。

いまこそ大業成るの時なのだ。七百年の幕府政治が倒れて、王政復古にかえるの秋なのだ。

ああ、千載のこの好機にまみえる光栄、栄誉、――それはどんな労苦をも艱難《かんなん》をもつぐなってなおあまりがあるだろう。

昨日、先頭に立って奮戦した兵馬は、きょうは殿軍《しんがり》をつとめていた。

勝敗の決するのがあまり速かだったので、幕軍の敗残兵が、あちこちに散在していた。

兵馬は数名の部下をひきつれて、それらの敗残兵を狩り出しながら進軍していた。

その部下のなかに、加納勘三郎という若い武士がいた。

この男と菊水兵馬だけが、その小隊のなかで、薩長の出身ではなかった。兵馬もこの男の素性はよく知らないが、まえに二、三度、京都の薩長屋敷であったことがあるので顔だけはよく知っていた。年齢は二十二、三だろう。色の黒い、筋骨の逞ましい青年で、腕っ節も強かった。

だが。……

きょうのこの進撃に、その加納勘三郎の顔色がなんとなくすぐれないのに、兵馬はさきほどから気がついていた。

「加納」

「はい」

「貴公、どこか悪いのではないか。顔色が悪い」

「いいえ、どこも悪くはありません」

「そうか。それならよろしいが、気分が悪いのならあとへ残ってもよいぞ」

「いいえ、どこも悪くありませんから、一緒にいかせて下さい」

「ふむ。そういうなら一緒に来てもかまわないが……」

その話のうちに、敗残兵を見付けたと見えて、ほかの連中がいっせいにバラバラと駈け出した。

兵馬と勘三郎が見送っていると、森の中から狩り出された幕軍の武士がひとり、いっさんに逃げていく、その後を兵馬の部下の四人が追っかけて、みるみるその姿は森蔭に見えなくなった。

一瞬——二瞬——森蔭から白い煙がパッとあがったかと思うと、やがてズドンとにぶい銃声がきこえて来た。

勘三郎はそれを聞いたとたん、歯を喰いしばって、二、三歩うしろへよろめいた。兵

馬はじっとその顔色に眼をとめながら、

「加納、やっぱり気分が悪いのだな。まあこの草のうえに坐れ」

「はい」

兵馬の命に、素直に腰をおろした勘三郎が待っているところへ、敗残兵を追っかけた四人の部下が、声高に笑い興じながら、森蔭からひきかえして来た。

「どうした、やっつけたか」

「はい。ズドンと一発——それきりです。馬鹿な奴。素直に降参したら命だけは助けてやったものを」

「桑名か、会津か」

「いいえ、新選組の奴です。あいつの顔にはたしか見覚えがあります」

「新——選——組——」

そのとたん、加納勘三郎の顔が苦悶にひきゆがんだのを兵馬はじっと注視していた。

「新選組か」

兵馬はわざとさりげなく笑いながら、

「新選組の連中なら不愍《ふびん》をかけるにも及ぶまい。あいつらにはずいぶん借りがあったからな」

と、横目で加納の顔を眺めながら、

「名前はわからないか」

「池永伝八郎――懐中から、そう書いた名札が出て来ました」

そのとたん、軽い溜息が――安堵の想いにも似た溜息が加納勘三郎の唇からもれるのを、兵馬は見のがさなかったのである。

## 巨椋《おぐら》の池

その翌日、幕軍はついに淀まで退いた。

淀の城主は春日局以来、徳川氏の殊恩を蒙むる稲葉美濃守で、当主は現に老中として江戸にあるくらいだから、当然味方をすると思ったのに、意外にも幕軍の入るのを峻《しゅん》拒《きょ》した。

幕軍はこれにはすっかり計画が齟齬《そご》して、八幡、橋本まで退き、淀川堤に陣をしいたが、錦旗の威力には敵すべくもなかった。

武器の差もさることながら、戦の第一は士気である。その士気が錦旗の光にすっかり畏怖《いふ》しているのであるから、これでは頽勢挽回《たいせいばんかい》など思いもよらぬ。幕軍の陣営は惨憺《さんたん》たるものだったが、わけても淀に陣をしいていた新選組の面々は、刀と槍より持たぬ悲しさ、この戦いで将棋倒しに討死した。


その頃。

兵馬のひきいる小隊は、きょうも随処に敗残兵を狩り出しながら、いつか宇治川を南へ越えていた。

加納勘三郎の顔色は、あいかわらず今日も悪い。

日暮ちかく、小隊は大きな池のそばまで辿りついていた。

「おやこれは、だいぶ本隊からはなれたらしいが、ここはどこだろうな」

兵馬が蒼茫《そうぼう》とくれなずむ池の面を見渡しながら呟くと、

「これは巨椋池です」

と、こたえた者があった。

「巨椋池？」

と、聞きかえして、兵馬はふとこの間の晩のことを思い出していたが、勘三郎の顔色も、それを聞くと何故かはっと変っていた。

「巨椋池といえば面白いことがある」

と、そこで兵馬が先夜のことを語ってきかせると、

「ほほう、それは面白い。祇園の千里といえば、名高い名花ですが、そいつが戦場の危険をおかしてやって来るとはよくせきの事があったに違いない。まだ、この辺にいるでしょうか」

　兵馬はわらいながら、

「そこまでは私も知らないな」

「いや、いるにちがいありませんぜ。あの戦場の中をとてもかえっていかれるものですか。いったい、その旦那というのはどういう男です」

「そこまでは聞いておかなかった。お気の毒ながら……」

「いずれにしても、ここら辺をうろついているとしたら、一度お眼にかかりたいものですな。千里というのは園八の名手です。敗残兵狩りにはあきあきしたから、耳の保養にあいつに園八でも語らせたい」

「馬鹿なことをいうものでない」

こういう会話のあいだ、勘三郎の顔色がますます重く沈んでいったがその時である。

「あっ、いたぞ……敗残兵だ」

誰かが叫んだ拍子に、池端の枯蘆《かれあし》の中から、雁が飛び立つように黒い影がとび出した。

「待て！　待たぬと撃つぞ！」

ひとりが叫んだが、そういう言葉も耳に入らないのか相手は池づたいに逃げていく。

「よし、追っかけろ」

兵馬の命令に、一同はたちまちにバラバラとそのあとを追っていく。

相手は一度、バッタリと地上に倒れたが、すぐ起直って向うの森の中へとび込んだ。

むろん、兵馬の一行六人もそのあとからとびこんだことはいうまでもない。

森はたいしてふかくはなかったが、生憎《あいにく》の黄昏《たそがれ》時である。樹々の下は暗くて、探し出すのにかなり骨が折れる。六人は手分けして六方から森の中を進んでいったが、それを向うへ抜けた時には、誰の顔にも、いささか間のぬけた表情がうかんでいた。

「いない」

「森の中にはいなかったな」

「逃げるとしたらこちらよりみちはないが……」

言いながら、兵馬はふと、向うに見えるささやかな庵に眼をつけた。見廻わしたところそこよりほかに咄嗟《とっさ》の場合で姿をかくすべきところはないので、

「よし、あの庵で聞いて見ろ」

何人の住居か、心憎い芝の戸の風流――兵馬がそのまえに立って、

「頼もう！」

声を張りあげた時である。

ふいに中からひそやかな三味の音がきこえて来た。兵馬にはわからなかったが園八のひとくさり。

新選組隊士

兵馬もこれにははっとひるんだが、すぐ言葉をつづけて、

「頼もう。ちとお尋ね申したいことがござる」

聞えないのか、庵の中では依然として三味の音がつづいている。頽廃《たいはい》的な江戸音曲のなかでも、園八はひとしお頽廃的な味をもっている。巨椋池の夕まぐれを渡って流れるそのひと節は、およそ戦場とはにつかわしからぬものだった。

兵馬は気をいらって、

「頼……」

もう一度声をあげかけたが、そのとたん、部下のひとりがぐいとその袖をひいた。

「血が……」

「なに、血が……」

なるほど、指さすところを見ると、一筋の血が柴の戸のこちらから、ずうっと中へ点々としてつづいているのである。疑う余地はない。さっきの男がこの庵へころげこんだのだ。

「よし、構うことはないから、その戸を叩きやぶって家探ししろ」

言下にめりめりと柴の戸が打ち破られて、一行はどやどやと中へ躍りこんでいた。

「ちとお訊ねしたいことがある。ここへ手を負うた武士が、ひとりまぎれ込んだ筈だが、すぐこれへ出して貰いたい」

「はい、あの……」

ほの暗い庵のなかには灯もつけず、二人の男女が対座している。園八を弾いていたのは、たしかにこの二人にちがいなかった。側に二挺の三味線がおいてある。

女はたしかにこの間の千里、そして男は三十前後の、いわゆる色男の部類に属すべき男だったが、ふたりとも生きた色は見えなかった。

相手があまりおびえ切っているので、兵馬はいくらか言葉をやさしく、

「隠してはためになりませぬぞ。どこへ逃げ込みました。そのかくれ場所を教えて下さい」

男は声をのむように眼を閉じた。千里はわなわなふるえながら、それでも男をかばうように二膝ほどまえへ乗り出してきた。どうやら兵馬の顔はおぼえていないらしい。

「あの……何んのお訊ねかは存じませぬが、ここへは誰も参りませぬ。はい、決して嘘は申しませせぬ」

「いうな、女。それではこの血の跡はどうしたのだ」

ひとりが叫んだ時だ。

「あ、あそこにおりますぞ。ほら、床の下に犬のように腹這いになっておりますぞ」

その言葉と同時に、床下からひとりの壮漢が無言のまま跳り出して来た。

右の肩のあたりに深傷を負うていると見えて、袖の下から手の甲へ、生々しい血が伝わっていたが、唇には不敵な微笑がうかんでいた。

「あ、おまえ、そこを出ては……」

庵のあるじが、泳ぐような手つきで体を乗り出すのを、壮漢は無言で制して、

「いや、お気遣い下さるな。この場に及んで逃げかくれしようとしたのは拙者の不覚でござった。かねて覚悟はきめていたつもりでもいざとなると、やっぱり命が惜しくなったと見える。いや、われながら恥かしい」

悠然と兵馬のほうを振りかえると、

「貴公が隊長と見える。さあ、いかようとも処分を願いたい」

年齢の頃は二十七、八だったが、従容たるその態度は敵ながらも天晴《あっぱ》れなものだった。

だが……と、兵馬はその顔を見て、ふと小首をかしげるのである。

色の浅黒い、眼の大きな、唇のひきしまった顔を、兵馬はどこかで見たような気がするのだ。

「おお、立派な覚悟だ。藩は……？」

「いずれの藩でもない。壬生《みぶ》の浪人者だ」

「おお、すると新選組の者だな。姓名は？」

「磯貝荒二郎」

磯貝荒二郎――兵馬はそれを聞くと、思わずビクリと眉をふるわせた。

磯貝荒二郎といえば、有名な新選組の腕利きで、この男のために、同士の血がどれくらい流されたかわからないのである。余人ならばともかく、磯貝荒二郎とあっては、どうでも命を助けておくわけにはいかなかった。

「お名前はかねてから聞き及んでいました。で、どういう手段をお望みですか。ならば、介借して進ぜてもよろしいが……」

「切腹か。忝《かたじけな》いが……」

磯貝荒二郎は、不敵な微笑をうかべながら、ずらりと一同の顔を見廻わし、

「とても事には、どなたかお一方と果し合いが致したい。見らるる通り拙者は片腕、とても尋常の太刀討ちはおぼつかないが……」

果し合い――？　一人対一人で――？

兵馬はそれを聞くと勃然として怒りがこみあげて来た。磯貝荒二郎といえば有名な剣

客である。一人対一人では敗れることはあるまいと、たかをくってかかって来たのだ。

「よし、それでは……」

拙者がお相手を申そう——と、一歩まえへ踏み出した時、それまで小暗い庭の片隅に、顔をそむけて立っていた加納勘三郎がつかつかと二人のあいだに割ってはいったのであった。

「いや、その相手なら私が致しましょう」

何事かを思いつめたような勘三郎の顔を、黄昏の最後の光で眺めたとたん、

「あっ！」

庵の主と磯貝荒二郎の唇から、ほとんど同時に驚きの声が洩れたのである。

## 前進一途

「よし！」

しばらく眼を閉じていた荒二郎は、だいぶたってから、ほっとしたように眼を見開く

と、

「いかにも、お相手をしよう」

「いや、いけない。そ、それはいけない。おまえたち、そ、そんな馬鹿なことを……」

庵の主がどうしたものか、狂気のように叫ぶのを、しかし荒二郎も勘三郎も、もう耳にはいれなかった。

ふたりとも刀を抜いてきっと向いあって立っている。荒二郎は片手で……そしてだらりと垂れた左手の甲からは、滴々として血が垂れている。……

「ああ、皆さん、その二人をとめて下さい。恐ろしい。それはあまり恐ろしいことです。お願いです。どうぞ……どうぞ止めて下さい」

「あなた、あなた、お静かにしていらっしゃい。そう気をたかぶらせて、もしもお怪我でもあっては……」

座敷のほうで、庵の主と千里が必死となって揉みあうのを、兵馬は不審に思いながら、それでも眼だけは、庭の中央に立っている二人の姿を追っていた。

しばらく二人は黙然として向いあったまま立っていた。

勘三郎の頬は真蒼に血の気がひいて、おりおり頬がひくひくと痙攣する。それに反して、荒二郎のほうは、水のように澄みきった色をしていた。

「御免！」

ふいに勘三郎が斬ってかかった。チャリンと音がしてその刀がはね返された。

ふたりはまた無言。

しばらくして、今度は荒二郎のほうがはげしい勢いで斬ってかかった。勘三郎はその刀の鋒鋩《ほうぼう》の鋭さに圧倒されてしだいしだいにうしろへ退っていったが、

「危い！」

兵馬が思わず叫んだ拍子に、勘三郎は盛りあがった松の根に足をとられて、仰向けざまにひっくりかえっていた。

「ええい！」

もしこの時、磯貝荒二郎がすかさず斬り込んでいたら、加納勘三郎はむろん真二つになっていたにちがいないが、どうしたものか磯貝は、そこで刀をふりかぶったまま、一瞬じっとうえから相手の顔を見詰めた。

その眼付きは、勝誇る勝利のいろではなかった。反対に慈悲とあきらめがあたたかく相手を包んでいた。

「御免」

倒れながら勘三郎が、夢中で横に払った刀に、

「………」

磯貝荒二郎は、無言のまましろにのけぞっていた。

加納勘三郎はつぎの瞬間、刀をすてて立ちあがると、いそいで倒れている相手を抱き起し、しっかとその肩を抱きしめると、

「お許し下さい、兄上、お許し下さい」

兄上……そうだったのかと、兵馬をはじめ一同は、思わず暗然たる眼を見合せていた。そういえば、さっきからかの男の顔に見覚えがあると思ったのも道理である。さすがに二人の兄弟は、どこか似通った面影を持っていたのだ。

「お許し下さい。兄上、お許し下さい」

勘三郎が狂気のように叫ぶ声に、荒二郎はにっこり眼を見開くと、

「いいのだ。おまえの手にかかる事が出来たのは本望なのだ。どうせ誰かの手にかからなければならぬ俺だったのだから……」

磯貝荒二郎は出来るだけ苦痛をおさえながら、

「勘三郎、やっぱりおまえの方が正しかった。おまえの主義の方が、日本人として本当だったのだ。俺は間違っていた。だから勘三郎、ちっぽけな感傷など捨てるのだ。俺のことなど気にすることはない。屍を踏み越えて——屍を踏み越えて、おまえは国家のために前進しなければならぬ。だが……」

荒二郎はふと息を切ると、

「俺のことなどどうでもよいが、俺は兄のことが気にかかる。あの人は弱い人だ。こういう荒々しい時代に生きていくことの出来ない弱さを持った人だ。勘三郎、あの人を守ってあげてくれ。俺はそれだけが気にかかる……」

「いや、その心配には及ばない。荒二郎も勘三郎も、さあいちばん弱い兄の最期を見ておくれ」

「あれ。あなた……」

千里が叫んだが遅かった。二人の兄の和市郎、この庵の主は見事に咽喉《のど》をかき切って畳のうえにうつぶしていた。

それから間もなく。……

「そうです。私たち三人は兄弟です。長兄の和市郎は幼い時から柔弱な人でした。詩歌音曲――これよりほかにあの人の興味をひくものはありませんでした。あの人はこのあらあらしい時代を生き抜くことが出来なかったのです。そして、次兄の荒二郎は……」

粛然として勘三郎の語るのを、兵馬はおさえて、

「いや、君の心中はお察しする。しかし加納君、これがこの荒々しい時代の本然の姿なのだ。お気の毒だが、君の長兄のような人は、とうてい生きることの出来ない時代なのだ。哀れな落伍者……して君の次兄は、魂こそ強かったが、その選んだ道は残念ながら間違っていた。しかし、君こそ次の時代を背負って立たねばならぬ人だ。三人の兄弟の末に、君のような人をうんだのは、これこそ神の恵みと言わねばなるまい。さあさっき兄さんもいわれた通り、君は前進しなければならぬ。小さな感傷など捨てて、そして屍をふみ越え、ふみ越え……」

そして、それから間もなく兵馬と加納勘三郎は、淀を目指して進発していた。

# 彰義隊夜話

## 弾　雨

いっとき小降りになっていた雨が、またバラバラと強くなって来た。

本郷台から根津へかけて、薄墨をなすったように霧がしぶいて、その中からおりおり、バチバチと豆を煎るような小銃の音がきこえて来る。

どこにも、ここにも、ズブ濡れになった官軍の兵士が溢れていて、根津の窪地は、餡《あん》子《こ》をこね廻したようにぬかるんでいた。菊水兵馬がそういう官軍の中を駆け抜けていくと、俄《にわ》かにドカーンと物凄い音がとどろいて、民家の雨戸をふるわせた。

(やったな!)

兵馬は思わず路上で立ちどまった。

黒門口から攻め寄せた官軍の主力が、御自慢のアームストロング砲をぶっ放したのにちがいなかった。

砲撃の音につづいて、どこからかワーッと鯨波《とき》の声が、海嘯《つなみ》のようにひびいて来た。

（急がなければならぬ。急がねば何もかも終りになってしまう）

兵馬はズブ濡れになった菰《こも》をいちまい、頭までスッポリかぶって、いっさんに上野の山内めざして走っている。

幸い、そのへんを受持っている寄手の指揮官というのが、兵馬とは顔馴染みだったので、通過券をくれたが、それも根津権現あたりまでで、それから先はまだ彰義隊の連中が頑張っている。無事に上野の山内まで辿りつく事ができるか、そして探ねる人物を首尾よく探しあてることができるか、そこのところはまったく運次第であった。

根津八重垣町のあたりまで来ると、雨はいよいよ激しくなった。その雨の中に、ところどころ畳をつんだ堡塁《ほうるい》が築いてあった。逃げ出したそのへんの民家から、彰義隊の連中が持ち出したものらしかったが、堡塁のかげには人影はみえなかった。せっかくの堡塁が、ただいたずらに、降りしきる雨の中で濡れている。

兵馬は、それでも用心しながら、幸いその堡塁をたよりに、栗鼠《りす》のように走っていったが、その時、だしぬけに傍の民家の二階から、ドスンとばかり数発の小銃がとどろいた。

「あっ！」

兵馬が思わずつみ重ねた畳のかげに身をかがめると、両側の二階からどっという笑い声が起った。弾丸はまぎれもなく兵馬をねらったのだが、幸い一発もあたらなかった。

彰義隊の連中が、退いたと見せて、そのあたりで官軍の来るのを待ち伏せしていたのだ。

兵馬が身動きすると、

「撃つぞ！」

かたわらの二階から怒鳴った。

「どこへ行くのだ」

見ると、しめ切った雨戸の隙から、銃口が五つ六つ覗いている。動いたらすぐにも発砲しようという構えだった。

「はい、人を探ねて上野へ行くのです」

「誰を探ねていくのだ」

「土屋大内蔵《おおくら》――」

「ああ、土屋か」

と、呟く声が聞えて、

「どうやら官軍じゃないらしい。その土屋なら鶯谷方面を固めている筈だ」

「有難う。それじゃ通ってよろしいか」

「よろしい。ああ、ちょっと待て。官軍はどのへんまで攻め寄せて来ているか」

「根津権現の向うまでです」

答えをはると、兵馬は急いでその場を離れた。

雨は相変らず降りしきっているが、砲撃の音は一時中絶して、住民の立退いた民家が、がらんと雨に煙っているのが、妙に淋しかった。

兵馬が立ち去ると、二階に立てこもっていた彰義隊の連中が顔を見合わせながら、

「いまの奴は何んだろう」

「土屋大内蔵の事を訊いていたな。してみると味方だろう」

「それにしても、よく官軍の中を通って来られたものだな。あ、誰かまた来たぞ」

言いも終らぬうちに、向い側の二階から、二、三発の小銃がいっせいに轟《とどろ》いて、菰をかぶった人物がひとり、またばったりと地上にうつ伏せになっていた。

「誰だ、どこへ行くのだ」

二階から声をかけると、

「怪しいものではございません。どうぞお通し下さいませ」

意外にもそういう声は女である。ズブ濡れになった手拭いの下から、白い顔がちらりと見えた。

「ああ、女だな。女が何用あってここを通る」

「はい、あの、探ねる人がありまして……」

「おや、さっきの男と同じような事を言いやがる。その探ねる人というのは、もしや土屋大内蔵という人物ではないか」

「いいえ、ちがいます。私の探ねますのは、菊……いえ、あの、さっき菰をかぶって、たしかここを通っていった人でございます」

「はてな。いずれにしても怪しい奴だ。女、顔を見せろ、顔を見せれば通してやる」

「あれ……」

女は当惑したように立ちすくんだ。

籠城している連中にとっては、面白半分なのである。

「さもなくば通すことはならん。強いて通ろうとすると、これだぞ」

脅かしにズドンと一発放ったときだ。恰《あたか》もそれが合図ででもあったかのように、またもや轟然ととどろいたのはアームストロング砲。その地響きに、民家がビリビリとふるえて、二階に立てこもっていた連中が、思わずあっと、床に顔を伏せた時である。

女ははっと身をひるがえすと、雨の中をいっさんに走っていった。

さっき通っていった菊水兵馬のあとを慕って……。

## 贋《にせ》菊水

それにしても菊水兵馬が、なぜ生命の危険をおかしてまで、上野の山内へ入っていったかというのに、それはひとつの理由があった。

伏見鳥羽の戦いで、幕軍が一敗地にまみれて、将軍慶喜が東に走ったその直後のことである。

兵馬もある使命をおびて、単身江戸へ潜入したが、そこで非常に意外なことを耳にした。

兵馬が京阪で活躍中、その留守の江戸に、あろうことかあるまい事か、もう一人菊水兵馬と称する者が現れて、これがさんざん江戸町民を悩ましたという噂なのである。しかもその遣口《やりくち》が、非常に悪辣《あくらつ》で残虐で、おかげで江戸っ児《こ》は菊水兵馬と聞くと、蛇《だ》蝎《かつ》のごとく忌《い》み嫌っているという評判なのだ。

兵馬はそれを聞くと愕然とした。

薩摩の連中が御用盗と称して、わざと幕府の反感をかうために、江戸を荒しまわった話は兵馬も聞いている。

しかし、その連中が自分の名前を持ち出す筈はなかった。また、贋兵馬のやりくちというのが、とうてい御用盗などとは較べものにならぬほど悪辣なもので、なるほどこれでは、江戸町民が兵馬を憎むのも無理はないと思われるのだった。

兵馬はそれを聞くと、地団駄ふんで口惜しがった。

元来、兵馬は同士の中でも穏健派だった。過激に走ることを憎んで、いままでもつとめて非常手段をさけて来た。

勤王に名をかりて、庶民に迷惑をかけることは、たといそれが手段としても、避けねばならぬという意見を守って来たのである。

それが……それが……自分のいない不在中に、菊水兵馬という名が、悪魔のように江戸町民のあいだで憎まれていると知ってこれが憤激せずにはいられるだろうか。

兵馬は憤然として復讐心に燃えた。

誰がいったい自分の名を騙《かた》ったのか。また、何んのふくむところあって、かくも自分の名を踏み躙《にじ》ったのか……。

その日以来、兵馬は必死となって、下手人を捜索した。

そして、その手懸りをやっとつかんだのが昨日のこと。

相手は土屋大内蔵という、千五百石取りの旗本だというのである。

しかし、兵馬の探りえたのは、ただそれだけで、土屋大内蔵とは果して何者か、また何んの意趣があって自分の名を騙ったのか、それらの点については全然わからない。

――と、そこへ起ったのが、今日の上野の戦争である。聞くところによると、土屋大内蔵という旗本も彰義隊にまじって、上野に立てこもったという。

兵馬はそれを聞くと愕然とした。もし、大内蔵という男が、ここで討死するか、あるいはまた、奥州筋へ脱走するか――そういうことがあった時には、永久に自分の汚名をすすぐ機会はないかも知れない。その男の生きているうちに、あるいは脱走しないまえにつかまえて、ぜひとも兵馬は、一切の疑問を解決しておかねばならなかった。

こうして兵馬は、生命の危険も覚悟のまえで、土屋大内蔵なる人物を探しているのである。……

谷中まで来た。兵馬はもうこれ以上尋常のみちをとおっては、一歩も進めないことに気がついた。

しばらく停頓《ていとん》していた戦闘は、そのときふたたび火蓋《ひぶた》を切っていた。根津から追い込まれて来た彰義隊の連中が、なだれのようにあとから走って来た。刺子のうえから撃剣の道具をつけた連中はまだいい方で、ただ単に白鉢巻に襷《たすき》をして、袴の股立《ももだ》ちを取ったにすぎぬ者さえいた。

こういう服装から見ても、この戦争ははじめから勝負がわかっていた。それでもかれらはさすがに意気軒昂《いきけんこう》として、倒れかけた徳川の大屋台をともかく、支えようというその気力は物凄かった。

かれ等は上野へむかって敗走しながらも、おりおり立ちどまっては窮鼠《きゆうそ》の勢いで、追撃軍へ反噬《はんぜい》する。すでに死を決したかれ等の意気にはあなどるべからざるものがあって、その度に官軍は、意気地なくわっと浮足だっていた。

兵馬はともすればまき込もうとする、そういう小競合《こぜりあい》から、出来るだけ避けるために裏路をとおった。

と、かれは自分と同じ道を同じ方向へむかって急いでいるひとりの男に気がついた。役者の立役らしい大きな紋を染抜いた手拭いを額において、肩に大きな太鼓をかついでいる。尻端折った竪縞《たてじま》の着物の下から、花色の股引が泥にぬれてのぞいていた。見たところ幇間《ほうかん》か落語家という恰好で、どう見てもこの乱軍の中にはふさわしくない姿だった。

「これこれ、町人」

「へえ、へえ」

兵馬に呼びとめられると、相手はぎょっとしたように太鼓を抱いて立ちどまった。

「その方はどこへ参るのだ。まごまごしていると生命が危いぞ」

「へえ」

「町人どもはみな立去っているのに、いまごろまで何をまごまごしているのだ。早く逃げたがよいぞ」

それだけ言って兵馬が行きすぎようとすると、今度は向うのほうから逆によび止めた。

「もし、旦那様」

「なんだ」

「あなた様はどちらへお越しでございます。もしや上野へおいでではございませぬか」

「ふむ、上野へ行くならどうした」

「はい、上野へおいででございましたら、どうぞ私をお連れ下さい」

「なに、その方も上野へ参りたいと申すのか。いったい何んの用で参るのだ」

「へえ、探ねる人がございますので。……」

「探ねる？　いったい何んという人物だ」

「へえ、土屋大内蔵様とおっしゃいます」

「なに、土屋大内蔵？」

兵馬がはっとして立ちどまった時である。

わっという鯨波《とき》の声をあげて、彰義隊の連中が十数名こちらの方へ逃げて来る。あとから官軍の射ち出す小銃の音が追っかけるように追ってきた。

お駒と亀八

「しまった！」

この小競合いをやり過したあとで、兵馬はあたりを見まわしたが、さっきの町人の姿はどこにも見えない。おおかた泡を喰ってどこかへ逃げてしまったのだろう。そういえば、自分もいつの間にか四、五町夢中で走っていた。

兵馬は苦笑いをしながら、もう一度口の中で、

「しまった！」

と、呟いた。

いまの男は、たしかに土屋大内蔵を探ねていくといった。とすれば、あの男に聞けば、土屋大内蔵という男のことがわかったかも知れないのだ。

兵馬はいま、自分が探ねようとする男の、顔形はおろか、年恰好さえ知らぬ事を覚束《おぼつか》なく思っていた所なのだ。

もう一度、あの男をつかまえてやろうと、兵馬はしばらくその辺を探してみたが、どこにも見えないので、とうとう断念《あきら》めて、またお山の方を目差して歩き出した。

その頃、さっきの男は一軒の空家の中でほっとしたように床下から這い出していた。顔から胸からいちめんに蜘蛛の巣がからみついて、その気味悪いことといったらない。

「ああ脅かしやがった。すんでのことでお陀仏《だぶつ》になるところだわい」

ブツブツ呟きながら、蜘蛛の巣を払っていると、

「おや、亀八つぁん、妙な恰好でおまえどこへ行くんだねえ」

と、唐突に声をかけられて、男はぎょっとしたように眼をすぼめた。

「あれ、おまえはお駒姐《こまねえ》さんじゃないか」

と、亀八はあきれたように、

「おまえさんこそ、いったい何処へいくんです」

「あたしかい、あたしは探ねる人があって、あとを追っかけて来たんだが、それにしてもおまえのような臆病者が、弾丸のなかをよくもこんなところまで来られたね」

「へえ、それやもうあっしだって生命《いのち》がけになればどんな事でも出来まさ、実はあっしもお山に探ねる人がいるんですよ」

「誰だい。おまえが探ねる人というのは？」

「へえ姐さんも御存じの人です。ほら土屋の御前ですよ」

「おや、おまえさんも土屋の御前を探しにいくのかい。それじゃおまえ、さっきこの辺を通ったお侍で、やっぱり土屋さんを探しにいくという人に会いはしなかったかえ。菰をかぶっているが、着物の紋はたしか菊水だが……」

「へえ、それじゃ、あのお侍も土屋の御前を探しにいくんですかえ」

「おや、それじゃおまえ会ったのだね」

「へえ、たった今そこで会ったばかりですよ」

それを聞くと女は、

「しまったッ」

と、ばかり空家から外へ跳び出していた。

この女は櫓下《やぐらした》の芸者で名はお駒という。そして男は同じ土間の幇間で、露の屋亀八という人物。

どういう因縁があるのか、ふたりは共に雨霰《あめあられ》と降る弾丸をくぐって、上野の山へ急いでいるのだった。

## 乱軍

兵馬はようやく乱軍のなかを駆け抜けて、上野の山へはいりこんだ。

根津のほうを守っていた彰義隊の進中が、続々として山の方へ逃げ込んで来る。黒門口の方面の砲撃もいよいよ熾烈《しれつ》になって来た。

土屋大内蔵という人物は、鶯谷のほうにいる——と、そう聞いていた兵馬だったが、いつの間にか戦いの気勢に押されて、黒門口の見える方へ出て来ていた。

その辺はもう血と煙硝の匂いで、さながら修羅《しゅら》地獄を現出していた。

「糞ッ！　糞ッ！」

叫びながら、山のうえから官軍を狙いうちに射っている者があるかと思うと、どこかに弾丸をうけたと見えて、全身に血を浴びながら、大声で詩を吟じている若者もあった。

どうせ徳川のへなへな武士とあなどっていた兵馬だったが、これを見ると、一種悲壮な感激にうたれずにいられなかった。

「日本人なのだ。やっぱり日本人なのだ」

兵馬は夢中で、わけの分らぬ事を呟きながら、黒門口から密集して押しよせて来る官軍の姿を見おろしていた。

と、その時である。

「あの、ちょっとお訊《たず》ねいたします」

と、兵馬の袂《たもと》をひいたものがある。この十字砲火の下で、町人の声を聞こうとは、夢にも思わなかったので、兵馬が驚いてふりかえると、そこに立っているのは、四十恰好のどこか、垢抜けのしたところのある男だった。

見ると、手に鉦《かね》を持っている。それがこの際、兵馬には何んともいえない滑稽さに見えた。

「ふむ、何か用か」

と、あきれたように訊ねると、

「あなたは若《も》しや土屋大内蔵様という方を御存じではありませんか」

「なに、土屋大内蔵?」

と、兵馬は驚いたように、

「ふむ、その大内蔵がどうしたというのだ」

「ああ御存じでございますね。御存じならばお教え下さいまし、その土屋様はどこにおいでてございますか」

「土屋大内蔵なら鶯谷のほうにいると聞いたが……あっ、これ、待て待て」

声をかけたが遅かった。

「あっ、有難うございます」

と、いったかと思うと、相手はくるりと身をひるがえし、いっさんに山内を奥の方へ走り去った。

兵馬は茫然として、しばらくその後姿を見送っていた。

土屋大内蔵――自分と同じようにその人物を探していく人間に、早二人会った。しかし二人とも町人である。ひとりは、太鼓を持ち、ひとりは鉦を持っていた。

兵馬はしばらく狐につままれたような感じだったが、その時、またもや官軍の射ち出したアームストロング砲が轟然として吉祥閣に命中したから耐《たま》らない。

見るみるうちに、あたりは黒煙に包まれてしまった。

遅かれ早かれ、どうせ落ちる上野だったが、その陥落の時刻をはやめたのは、たしかにこの吉祥閣の出火という事が大きな原因になっていた。官軍がここを狙って十字砲火を浴せた策は当を得ていた。

上野の山を包んだ焔と黒煙は、そこを守っていた彰義隊の連中に、一種名状しがたい絶望感をあたえた。

もうこれまでという感じが、かれ等を浮足立たせた。

兵馬もこれを見るとしまったとばかり、我れにかえったように、黒煙の中をくぐって鶯谷のほうへ向ったが、その時だった。

やにわに兵馬の足にからみついて来た者がある。

## 頼まれ太鼓

「あっ!」

驚いて地上を見ると、いまの砲撃にやられたらしい。かなり年輩の男が土のうえに倒れて、

「おおお願いッ」

叫びながら片手で兵馬の足をつかんでいる。

見ると五十前後の白髪まじりの町人だったが、みるとこれまた太鼓を持っている。兵馬は思わずはっとした。

「御老人、いかが致した。傷は浅いぞ。確《しっか》り致されい」

「いいやいいや、もう駄目、……もう駄目でございます」

老人は苦しげに半身起して、

「旦那、土屋の御前に御会いになりましたら、千柿《せんし》もたしかに参りましたとお伝え下さいまし。……そして、この太鼓を……」

そういうと、老人はばったり息絶えて倒れてしまった。

兵馬は、なんともいえぬ驚きの眼をもって、その老人の姿を眺めた。太鼓を見ると、蓑虫庵《みのむしあん》千柿と筆太に名前が書いてある。そういう名前から、またその服装《なり》から、どうやら俳諧師か何かに見えたが、それにしても、土屋大内蔵を探ねてこの山内へ駈けつけた町人は、兵馬が出会っただけでもこれで三人目だった。

いったい、どういう用事があって、生命の危険をも顧《かえりみ》ず、かれらは土屋大内蔵をたずねてこの上野へ駆けつけるのだろう。土屋大内蔵という人物はどういう男だろう。

兵馬は、何んともいえぬ惑乱をかんじながら、それでも老人が断末魔の際に指さした太鼓を取りあげた。

老人の仔細ありげな頼みを、出来ることなら果してやりたいと思ったのである。

だが、こうして太鼓を持って立ちあがってみると、あたりはもう上を下への大混乱だった。

黒門口の防ぎが破られたと見えて、広小路から山内へかけて官軍が雪崩《なだれ》をうって押し寄せている。

勝負はすでについたも同然だった。最後まで踏みとどまって、ここを死場所と定めようと覚悟した、少数の者をのぞいては、ほかは浮足立って、山の奥の方へ逃げている。それを追っかけて、弾丸が霰のように降って来た。

「しまった！」

兵馬はそれに気がつくと、彰義隊の敗走兵にまじって、夢中で鶯谷のほうへ走り出した。

よしない事に愚図愚図していて、土屋大内蔵をとり逃しては……。だが、それから間もなく、鶯谷のちかくまで来たときである。

兵馬は突然ぎょっとしたようにそこに足をとめた。

路を外れたかたわらの松林のなかから、だしぬけに騒々しい馬鹿囃子《ばかばやし》の音がきこえて来たからである。

## 糸平の復讐

「あっ！」

兵馬は自分も同じように太鼓を持ったまま、茫然としてそこに立ちすくんだが、その時だった。

「菊水の御前様」

松林の中から出て来たのはお駒である。

「おや、おまえはお駒ではないか。おまえがどうしてこんなところへ……」

兵馬はお駒を知っていた。久しぶりに江戸へかえって来てから、ふとした機会に知ったのだが、それ以来、お駒の方から妙に自分に付きまとっているのを、かねがね不思議に思っていたところだった。

「はい」

と、お駒は眼を伏せて、

「あたしはあなたのあとを追って来たのでございます。妹の敵を討とうと思って……」

「なに？　妹の敵……、それはどういうわけだ。私はおまえの妹という人を知らない」

「そうでした。間違っていたのでした。妹が欺《だ》まされて、身を投げて果てたのは菊水兵馬と名乗る別の人のせいでした。あたしはいまはじめて、その事を土屋の御前から聞いたのでした」

「土屋の御前……？」

兵馬はそれを聞くと、はっとしたように我れに返った。

「して、土屋大内蔵はいずくにいる。そなたの妹を欺いたのも、きっとその大内蔵にちがいないぞ」

「はい、さようでございました。しかし、その大内蔵さまは、もう敵を討とうにも、討てない体になってしまったのでございます。さあ、菊水様、こちらへお越しなされませ」

その時、いったん止んでいた馬鹿囃子が、また俄《にわ》かにやかましく鳴り出した。

その騒々しい、この戦場の風景とは、およそ縁の遠い音響にひきずられるように、兵馬が松林の中へ入っていくと、そこには十数名の町人がずらりと円座をつくって、狂気のように馬鹿囃子を演奏しているのだ。

そして、その中央に、白蝋のような白い骸《なきがら》を横《よこた》えているのは、まだ十五、六の、前髪の美少年だった。

「あ、それじゃこれが土屋大内蔵という人物か……」

「はい」

見ると大内蔵はよほど奮戦したのだろう、体中に数ヶ所の傷をうけて、全身血に染まっている。

「しかし……しかし、この態は……」

兵馬は呆気《あっけ》にとられて、馬鹿囃子の連中を見廻した。

「はい、大内蔵様はここにいる人々に、死ぬ時は淋しいのはいやだ。ぜひとも賑やかに、陽気に死にたいと、常々言っていられたそうでございます。そこでこの方々は、今日の一戦こそ大内蔵さま討死なさるに違いないと、皆それぞれ生命がけで駆けつけて来られたのだそうでございます」

そのとたん、兵馬は何かしら心の虚をつかれたような、一種異様な身顫《みぶる》いをかんじた。そういう遺言をする人物も人物だが、それをまた真実果そうとする、こう社会の義理というか、約束というか、その固さは何か彼にはわかり難いような感じだった。しかも分らないなりに、兵馬はやっぱり、この馬鹿馬鹿しい馬鹿囃子に感激するのだ。

「だが、だが……」

兵馬はしばらくして夢から醒めたように、

「この少年がなんだって、私の名前を騙ったのだろう。私にどういう怨みがあって……」

それを聞くとお駒は帯の間から一通の手紙を取出した。

「おお、それについては、大内蔵さまからことづかりものがございます。これをあなたにお渡しするようにと……」

兵馬が受取ってみると、それはボロボロになった古手紙だった。不審に思って開いてみると、

兵馬さま、これが私の復讐でございます。私自身おまえ様との戦いに敗れましたが、私の子供がその復讐をついでくれます。私の子――土屋家へ養子に入った大内蔵

　が、きっと私に代って復讐をしてくれるでしょう。

山城屋糸平

兵馬はそれを聞くと愕然とした。

山城屋糸平——それはかつて兵馬と深讐綿々《しんしゅうめんめん》たる戦いを演じた好敵手だった。そして、その糸平の執念が、その子に伝わって……つまり彼らは親子二代がかりで兵馬に戦いを挑んで来たのであった。

だが、……兵馬にはもうその事は不快ではない。

馬鹿囃子に取りかこまれて死にたいという、大内蔵の心根の、妙に歪んだいじらしさが、兵馬の心をなんだか熱くして、いつの間にやられ知らず、さっき千柿から托された太鼓を叩いていた。

本作品中に差別的ともとられかねない表現が見られますが、著者がすでに故人であることと作品の文学性・芸術性に鑑み、原文のままとしました。

（春陽堂書店編集部）

『菊水兵談』覚え書き

初出

初出「講談雑誌」（博文館）

第1話　浦賀街道　昭和16年1月号
第2話　妖霊星　昭和16年2月号
第3話　金座大疑獄　昭和16年3月号
第4話　鳳凰の鳴く時　昭和16年4月号
第5話　十万両旅　昭和16年5月号
第6話　浄瑠璃船　昭和16年6月号
第7話　謎の金扇　昭和16年7月号
第8話　黒谷の尼　昭和16年8月号　※「黒谷尼僧記」改題
第9話　名月の使者　昭和16年9月号
第10話　鳥羽の兄弟　昭和16年10月号
第11話　彰義隊夜話　昭和16年12月号

初刊本　菊水兵談　杉山書店　昭和16年12月　※1～8話収録
南無三甚内　文松堂　昭和17年9月　※9話収録
菊水江戸日記　杉山書店　昭和17年9月　※10、11話収録

再刊本　菊水兵談　桃源社〈ポピュラーブックス〉昭和46年10月　※1～8話収録
菊水兵談　出版芸術社〈横溝正史時代小説コレクション 伝奇篇2〉　平成15年9月
※全話収録、「しらぬ火秘帖」「密書往来」「具足一領」
「妖説孔雀の樹」「神変黒髪党」「河童武士道」を併録

（編集・日下三蔵）

春陽文庫

菊水兵談《きくすいへいだん》

<横溝正史　時代小説コレクション 1>

2023年8月25日　初版第1刷　発行

著者　横溝正史

発行者　伊藤良則

発行所　株式会社　春陽堂書店
〒一〇四—〇〇六一
東京都中央区銀座三—一〇—九
KEC銀座ビル
電話〇三（六二六四）〇八五五（代）

印刷・製本　ラン印刷社



定価はカバーに明記してあります。

ISBN978-4-394-90454-0　C0193